郭宏安／著

法国文学
讲演录

百花洲文艺出版社
BAIHUAZHOU LITERATURE AND ART PRESS

图书在版编目（CIP）数据

法国文学讲演录 / 郭宏安著. — 南昌：百花洲文艺出版社，2021.9
ISBN 978-7-5500-4203-2

Ⅰ.①法… Ⅱ.①郭… Ⅲ.①文学评论—法国—文集 Ⅳ.①I565.064-53

中国版本图书馆CIP数据核字（2021）第041792号

法国文学讲演录
FAGUO WENXUE JIANGYANLU

郭宏安 著

出 版 人	章华荣	
策 划 编 辑	程 玥	
责 任 编 辑	游灵通 黄文尹	
书 籍 设 计	方 方	
制 作	周璐敏	
出 版 发 行	百花洲文艺出版社	
社 址	南昌市红谷滩区世贸路898号博能中心一期A座20楼	
邮 编	330038	
经 销	全国新华书店	
印 刷	南昌市红星印刷有限公司	
开 本	889mm×1230mm 1/32 印张 8.5	
版 次	2021年9月第1版	
印 次	2021年9月第1次印刷	
字 数	190千字	
书 号	ISBN 978-7-5500-4203-2	
定 价	36.00元	

赣版权登字 05-2021-122

邮购联系 0791-86895108
网 址 http://www.bhzwy.com
图书若有印装错误，影响阅读，可向承印厂联系调换。

自　序

自20世纪80年代迄今，近40个年头，我在30个左右的大学或社会机构做过有关法国文学的讲演，次数不多，主题亦有限。现蒙百花洲文艺出版社的错爱，选出10篇，编为《法国文学讲演录》。讲演，演讲，既讲又演，既演又讲，两个词，意思可以完全一样，也可以有些许的差别。说是一样，是说它们都是就某个问题对听众说明事理，发表见解。说是有差别，讲演，讲在前，说明讲解为重，演在后，说明表演为轻；演讲，演在前，说明表演为重，讲在后，说明讲解为轻。我重在两个词的差别，所以叫《法国文学讲演录》，而不叫《法国文学演讲录》。鼓动群众的情绪，点燃群众的激情，不需要多少的道理，而需要语言的搭配，有些夸张的形体动作，是为演讲。其中讲的成分是很少的，演的成分居多。演讲面对的是大众。讲演则不同，它面对的主要是专业的人士，例如大学生。有些人论随笔，说它"兴之所至，也说些以不至于头痛为度的道理"。演讲的听众大率如此。讲演的听众则相差甚远，他们的头多少是要痛一痛的。我的这些讲演，可以听，也可以读，听时可以有瞬间的领悟，读时可以停下来思考。因此，我的讲演重在普及性、知识性和学术性，意在与听众交流思想，沟通观点，相互学习。

讲稿中有引证的文字，多少不等，大多出自我自己的翻译，恕不一一标出。

是为序。

中国社会科学院荣誉学部委员　郭宏安

2020年11月，北京

目 录 | CONTENTS

20世纪的法国文学图景

一个国家在某一时段的文学图景，在不同的文学批评家的眼中是不同的。这幅图景在本国的批评家眼中已经不同了，在外国批评家的眼中差异就更大了。例如法国，一个中国批评家看她的文学图景，就如同用一架望远镜看，看得清楚与否，有赖于焦距准不准。但这还不够，由于文学是一个多层次的活动的场所，焦距的准确就有赖于立场和角度的选择，而这是由他的文化背景决定的。所以，我们看20世纪法国的文学图景，一是要亲眼观察，二是要参照法国批评家的言论，三是要调整好"亲眼"和"参照"之间的距离。

法国文学史家雅克·白萨尼在《法国文学，1945—1968》一书中写道："近五十年来，在法国，先锋派文学和传统派文学不仅是存在着，而且是并行的……它们分别拥有自己的刊物、批评家和奖项：前一种文学，读的人很少，但谈的人很多；后一种文学，读的人很多，但谈的人很少。"

美国的法国文学史家杰尔曼娜·布雷在《20世纪法国文学，1920—1970》一书中写道："……（在法国）两种文学并存：一种是人们都在读但谈论不多的文学，另一种是人们不大读但解说很多的文学。"

法国著名的文学批评家克洛德·莫里亚克有过这样的论断："文学的历史和'非文学'的历史，两者是平行的。"这里的"非文学"指的是"那种不易读，因而摆脱了贬义的文学"。这番话，是他在一本叫作《当代非文学》的书中说的。所谓"非文学"，即现代主义文学，也叫先锋派文学，即那种以晦涩难读标榜的"读者少而论者多的文学"。

上述三位论者不约而同地说到了同一种文学现象：有些作品只因为打出了现代主义的旗号，就可以被批评家以及自以为文化精英者连篇累牍地谈论，尽管很少有人阅读，甚至许多人在热烈地谈论着他们根本没有读或根本读不懂的东西；而有些作品只因为被归在传统派的麾下，立刻就在一些批评家的眼中跌了价，哪怕这些作品在社会的各阶层中被广泛地阅读着。这一多一少和一少一多，实际上构成了现当代法国文学的基本图景。只是"并存""并行""平行"等用语，含义有些模糊，孰轻孰重，孰显孰隐，不清楚，容易使人产生错觉，很可能会从中得出两幅截然不同的图景。读者翻开一本欧美学人的著作，多半会看到作者对现代主义的作品津津乐道、不厌其详，而对传统派的作品则轻描淡写、惜墨如金，于是便可能以为被津津乐道者即现当代法国文学图景的主体。其实这可能正是一种错觉。

上述三位批评家所说的当代法国文学的情况，到1970年为止，今天我们回眸一望，发现这么多年来法国文学并没有质的变化，反而有了一种新的、传统派和现代派相互融合的趋势。由此我们可以想到，传统派和现代派融合之后，新的东西为传统所吸收，变成了传统的东西，又会产生现代派，又会出现传统和现代的冲突、对峙和融合，如此反复不已，以至于无穷。所以，对于如何看待20世纪的法国文学，这三位批评家的判断仍有参考的价值。这里有必要对传统派文学和现代派（先锋派）文学的界定做一番解释。首先要说明的是，两种文学的分野往往是十分模糊的。例如，有人将文学作品中表现了新观念、新精神、新感情而形式上仍是古典的、传统的文学称作现代派文学，而有人只以形式做标准；有的指的是创作方法，有的指的是创作原则等；有的则干脆说，看不懂的是现代派，看得懂的就是传统派。我这里的标准是偏重于形式的。

法国的20世纪文学不是一股无源之水，也不是一种突如其来的崛起，它是在19世纪文学的基础上发展起来的。纵观19世纪，法国文坛上先后出现了三大潮流：浪漫主义、现实主义和象征主义。这三大潮流只是产生的时间有先后，其发展却不是一个取代一个，也没有哪一个真正地销声匿迹，它们是时而对立，时而并行，时而彼此重叠，时而互有弃取。就小说等叙事文学而论，现实主义生机最为旺盛，内涵最为丰富，门户也最为开放，成为法国19世纪文学中持续时间最为久长的主流。它的三位最为杰出的代表各具特色：巴尔扎克雄伟，富有想象力，被称为伟大的洞观者；斯丹达尔深刻，个人色彩浓厚，他的主张与实践被归纳为主观现实主义；福楼拜冷静，注重形式的完美，最得现代小说家的青睐。他们为法国文学开辟了一条面向现实、深入社会、关心人生的广阔道路。当然，走在这条路上的并不止现实主义一家，它汇集了一切为人生而艺术的流派或倾向。这就是法国20世纪文学继承并发扬的传统。

20世纪初年到第一次世界大战之间，这近二十年的文学是否属于现当代文学，在许多人那里都是一个问题。在一些论者看来，1900—1910年的文学仍然是19世纪文学的余绪，他们因此而缺乏对其描述和分析的热情。事实上，这恰恰说明这个时期的文学没有偏离作为19世纪文学主流的现实主义道路，大胆地面对社会和人生，敢于触及时代提出的重大问题。新时代的新气象并不是天上飞来的东西，而是新的社会变动和新的精神生活在文学中的表现。阿纳托尔·法朗士（Anatole France，

1844—1924）的短篇小说《克兰比尔》（*L'Affaire Crainquebille*，1901）
借一个推小车卖青菜的老汉无端受警察迫害哀苦无告的故事影射德雷福
斯冤案，揭露和抨击了资产阶级司法机关的腐朽和黑暗；他的寓言小
说《企鹅岛》（*L'Île des Pingouins*，1908）对资产阶级的法国进行了辛
辣的嘲讽，活画出一部日趋腐朽没落的历史，亦庄亦谐，意味深长。
罗曼·罗兰（Romain Rolland，1866—1944）的多卷本长篇小说《约
翰·克利斯朵夫》（*Jean-Christophe*，1904—1912）展开了广阔的社会
画面，呈现出一个战云密布的欧洲，用社会的黑暗与猥琐强化了主人公
的反抗性格，堪称20世纪第一部批判现实主义杰作。以描写贫苦大众的
悲惨生活、表达"卑微阶级的痛苦与不平"为己任的夏尔-路易·菲利
普（Charles-Louis Philippe，1874—1909）发表了《蒙帕纳斯的布布》
（*Bubu de Montparnasse*，1901），讲述一个心地淳朴的外省青年和一
个沦为妓女的贫苦姑娘在巴黎的悲惨遭遇。他的文笔简练朴素，鲜明
有力。罗歇·马丁·杜伽尔（Roger Martin du Gard，1881—1958）的
《让·巴洛亚》（*Jean Barois*，1913）以细腻的分析和冷静的描述揭
示了一代青年面对德雷福斯案件等重大历史变动所经历的精神磨难，
反映了当时法国政治斗争和社会动乱的状况。空前惨烈的世界大战在
许多作家的作品中得到了反映，如乔治·杜亚美（Georges Duhamel，
1884—1966）的《文明》（*Civilisation*，1918）、亨利·巴比塞（Henri
Barbusse，1873—1935）的《火线》（*Le Feu*，1916）等等。尤其是《火
线》，它有力地揭露了这次帝国主义战争的本质，表明了群众革命意识
的增长。

　　20世纪初的诗歌驱散了悲观主义的迷雾，挣脱了神秘主义的桎梏。
诗人们把目光转向了外部世界，人在现实生活中的喜怒哀乐成了诗歌的

主题。即使象征派诗人也不再沉溺于无休止的内心探索，而表现出对现实生活的关注。他们走出了象牙之塔。例如弗朗西斯·雅姆（Francis Jammes，1868—1938），他置身在家乡的山水草木之间，与它们娓娓倾谈，甚至身边的家具器什也成了有感情的朋友。诗人阿尔贝·萨曼（Albert Samain，1858—1900）这样评论雅姆的诗："在一片精神的过度燥热之中，思想干渴难忍，他的诗仿佛一杯清水，大家都痛饮不止。"这样的评论也适用于保罗·福尔（Paul Fort，1872—1960）。他轻声地咏唱着淳朴的生活和对大自然的孩童般新鲜的感受，其诗有民歌风，清新质朴，亲切感人。著名的"修道院派"汇聚了一批年轻的诗人，如乔治·杜亚美、夏尔·维尔德拉克（Charles Vildrac，1882—1971）、勒内·阿科斯（René Arcos，1880—1959）等，他们脱离了象征主义的轨道，采取了为人生而艺术的态度。他们受到美国诗人惠特曼的影响，歌唱劳动、自由和友谊。提倡"一致主义"的儒勒·罗曼（Jules Romains，1885—1972）也曾是这座修道院的常客。他们意识到了社会性的重要，他们捕捉和表现集体的感情和群众的情绪，描写城市、国家乃至更广阔的领域。他们的诗语言简朴、明快，力图与生活的节奏相合。

20世纪头20年的文学的基本特点是关心现实，具有浓厚的生活气息，许多作品显露出强烈的民主倾向。即使那些倾向保守甚或反动的作品，也绝不是脱离现实的无病呻吟。保罗·布尔热（Paul Bourget，1852—1935）的捍卫资产阶级传统道德与天主教信仰的小说以其细腻的心理刻画而流布甚广，莫里斯·巴雷斯（Maurice Barrès，1862—1923）的鼓吹民族沙文主义的"民族精力"（L'Energie nationale，1897—1902）三部曲等作品，也不能不说是进入帝国主义阶段的法国内外矛盾在文学中的表现。

　　同时，发轫于19世纪中叶的现代主义文学在20世纪初年也有了新的发展，在主题、形式、技巧等方面都有了新的突破。瓦莱里·拉尔博（Valéry Larbaud，1881—1957）和布莱斯·桑德拉斯（Blaise Cendrars，1887—1961）在诗中歌唱现代文明，他们用火车、轮船等现代交通工具展示出一种崭新的世界面貌；维克多·谢阁兰（Victor Segalen，1878—1919）从一种独特的"差异美学"出发探索中华文明的奥秘，彻底更新了"异国情调"的含义。这时期最重要的诗人纪尧姆·阿波利奈尔（Guillaume Apollinaire，1880—1918）更是一位承先启后的人物。他兼作古典诗和现代诗（自由诗），题材广泛，感情真挚，特别注重采用现代文明中特有的形象和节奏，大力讴歌"新精神"，被称为"新精神之王"。他曾经明确指出："新精神首先要求具有古典主义的巨大优点，即秩序和责任……"并且说："保持古典和冷静的最好方式是跟上时代，同时也不丢弃古人教给我们的一切东西。"因此，他虽然是一位现代派的诗人，却从不故作惊人之语，也不为新奇而新奇，他不是盲目地丢弃传统，也不是消极地接受传统的束缚，他的诗是传统与创新的美妙的结合。

　　在小说方面，创新与传统也是紧密结合的。法国批评家克洛德-埃德蒙德·马尼（Claude-Edmonde Magny，1913—1966）曾经指出，在第一次世界大战前的二十年中欧洲产生了一种新型的小说，其中"艺术家要比所描绘的现实更重要，甚至可以说，这种现实只是一种托词，作家借此来表现自己内心的现实"。这类小说在法国的代表是普鲁斯特（Marcel Proust，1871—1922）和纪德（André Gide，1869—1951）。马尼明确指出，这种小说"源出于自然主义"。她的这一论断可以从普鲁斯特的长篇小说《追寻失去的时间》（*A la recherche du temps perdu*，1913—1927）和以纪德为首的《新法兰西评论》月刊的活动中得到证明。普鲁斯特虽然被认为是意识流小说的代表作家之一，但他同时也是一位社会和人生的深刻敏锐的观察者和研究者，正如一位批评家指出的那样："《追寻失去的时间》既是一个时代的历史，又是意识的历史……"在他的小说中，意识的流动从来都不是无端的、任意的、无迹可寻的，换言之，普鲁斯特小说的意识流是清醒的、理性的。因此，以维护和鼓励现实主义传统为己任的龚古尔文学奖授予《追寻失去的时间》是颇令人深思的，而普鲁斯特成为巴尔扎克的崇拜者，他的小说技巧很快成为传统的一部分，也实在是一件很自然的事情。《新法兰西评论》月刊于1909年正式出版第一期，它的周围聚集了一批有才华的青年和中年作家，他们的共同意愿和志趣是反对19世纪遗留下来的象征主义文学矫揉造作和华而不实的风格，提倡陀思妥耶夫斯基式的含混和狄更斯式的质朴。他们赞赏《让·巴洛亚》的现实主义技巧和灼热的现实感。该刊的宗旨是"博采众家之长"（纪德语）。普鲁斯特和《新法兰西评论》的一批作家虽然已经使20世纪初的一些小说呈现出不同于19世纪批判现实主义小说的面貌，他们创作出一批使人耳目一新并经得起时间考验的现代主义小说，但他们也显然没有采取与传统一刀两断的态度，这就使他们的创作在很大程度上丰富了传统。

两次世界大战之间（1919—1939），最为活跃的是小说，传统与创新相互促进，呈现出一种多变中有统一、纷乱中有齐整的壮丽景观。在这个时期，老一代作家如纪德、罗曼·罗兰等精力尤盛，中年作家如马丁·杜伽尔、杜亚美、乔治·贝纳诺斯（Georges Bernanos，1888—1948）等日臻成熟，年轻作家如马尔罗（André Malraux，1901—

1976）、圣埃克絮佩里（Antoine de Saint-Exupéry，1900—1944）、季奥诺（Jean Giono，1895—1970）等崭露头角。人们身经战乱之苦，惊魂未定，又眼见战云重聚，惶惶不安，以往的价值观念和精神支柱已经摇摇欲坠，再经不起一点风吹雨打，作家们都力图成为这个动乱的时代的见证者。迷惘、惶惑、悲愤，或者是希望、斗争、奋进，都贯穿着一种紧迫的现实感和深刻的历史感。罗曼·罗兰的《母与子》（*L'Ame enchantée*，1922—1933）表现了法国人民的反法西斯斗争，以及革命知识分子从个人反抗到投身群众运动的新的觉醒，具有更加鲜明自觉的现实主义倾向。柯莱特（Gabrielle Sidonie-Colette，1873—1954）的《麦苗》（*Le blé en herbe*，1923）等小说反映了少男少女们在战后颓废松弛的社会风气中所发生的精神上和感情上的变化。马塞尔·阿尔朗（Marcel Arland，1899—1986）的《秩序》（*L'Ordre*，1929）描绘了当代青年精神上的骚动和对社会的反抗。弗朗索瓦·莫里亚克（*François Mauriac*，1885—1970）在1923至1935年间写出了一系列小说，再现了外省的保守和闭塞，揭露了资产阶级家庭的猥琐和专制，其中最著名的有《爱的荒漠》（*Le Désert de l'amour*，1925）、《苔蕾丝·德斯盖鲁》（*Thérèse Desqueyroux*，1927）和《蛇结》（*Le Noeud de vipères*，1932）。场面阔大，情节复杂，人物众多的多卷本长篇小说在这个时期出现了空前繁荣的局面。马丁·杜伽尔的《蒂博一家》（*Les Thibault*，1922—1940）、杜亚美的《帕基耶家族史》（*La Chronique des Pasquier*，1933—1945）、儒勒·罗曼的《善意的人们》（*Les Hommes de bonne volonté*，1932—1947），都是脍炙人口的名作。他们或是通过两兄弟的命运，或是通过一个家庭的变迁，或是通过众多人物的活动，都试图概括整个社会，揭示全人类的命运。结论不免悲观，但揭露是深刻的，批判是有力的。这种描绘社会生活、批判资产阶级的作品还有欧仁·达比（Eugène Dabit，1898—1936）的《北方旅馆》（*L'Hôtel du Nord*，1929）、路易·吉约（Louis Guilloux，1899—1980）的《黑血》（*Le Sang noir*，1935）和路易·阿拉贡（Louis Aragon，1897—1982）的《高等住宅区》（*Les Beaux quartiers*，1936）等。在揭露资产阶级的委顿堕落的同时，一批年轻的作家表现出对行动的渴望与赞美，体育运动、旅行、探险甚至革命成为许多作品的主题。圣埃克絮佩里的《夜航》（*Vol de Nuit*，1931）的主题是人和机器的关系，颂扬了人的意志和责任感；马尔罗的《人的状况》（*La Condition humaine*，1933）则在重大的历史事件和政治冲突中展示出人的命运。总之，两次世界大战之间这段时期的小说继承了现实主义的传统，成为广泛的、变动不安的社会生活的一面镜子。法国著名作家克洛德·波纳伏瓦写道："战前的小说像19世纪的小说一样，使人看得见。后世的历史学家比居维叶优越的地方，就是他们小说在手就可以了解20年代或30年代了。全部的社会生活一目了然：从莫里亚克看资产者，从马尔罗看革命，从贝纳诺斯看宗教信仰，从莫朗和拉尔波看世界性，从罗曼看激进政治，从科克托看理智的、引人注目的放纵。他可以知道一个小学教师挣多少钱，邮局的雇员和公证人是怎样生活的，小伙子怎样发现爱情，有夫之妇如何与人通奸并找到过夜的旅店。"信哉斯言！生活画面的广阔，人物形象的鲜明，心理活动的细腻，使这时期的小说在现实主义的道路上达到了新的高度。普鲁斯特的意识流手法已被广泛地吸收和运用，成为传统的一部分，滋养着新的小说家。即使一些刻意创新的作品也绝不沉溺于对纯技巧的追求。例如纪德的《伪币制造者》（*Les Faux-monnayeurs*，1926）。这部小说写法别致，没有中心人物，几条线索齐头并进，往返穿插，夹叙夹议，互不相干，又嵌入一个人物的一段日记，记叙他如何构思一部叫作《伪币制造者》的小说。全书时而叙事，时而议论，各人的故事也都无头无尾，又在日记中大谈对小说创作的看法，给人扑朔迷离、万象纷呈的感觉。但是，综观全书，情节的进展仍可把握，人物的形象相当鲜明，与时代氛围和社会生活的联系亦可称紧密，还是反映了一代青年精神上的迷惘和苦闷。可以说，这部被称为"纯小说"或"法国第一部反小说"的《伪币制造者》散发着强烈的时代气息。在诗歌方面，后期象征主义的代表人物保罗·瓦莱里（Paul Valéry，1871—1945）虽然提出了"纯诗"的概念，但也清楚那是一个"无法达到的目标"，他从不把诗本身当作目的，只是当作一种反映人的精神活动的一种媒介。他的诗一向以晦涩难解著称，却纯然是一种理性思维的产品，与超现实主义者的"自动写作法"大异其趣。

这里说到了超现实主义。在二十世纪二三十年代，超现实主义显然是一个引起了最热烈的谈论的派别。超现实主义的文学主张是以弗洛伊德的潜意识学说和关于梦的解释为理论依据的，于是"自动写作"成了最基本的写作方法，"梦境记录"被当作最好的作品。然而，类似于扶乩的"自动写作法"并未对超现实主义做出多大贡献，安德烈·布勒东（André Breton，1896—1966）的《超现实主义宣言》（*Manifeste du Surréalisme*）还必须用清晰的、理性的语言写出，而那位最善于做梦记梦的罗贝尔·德斯诺斯（Robert Desnos，1900—1945）也终于在抵抗运动中回到了古典诗歌的道路上来。至于路易·阿拉贡和保罗·艾吕雅（Paul Eluard，1895—1952），他们最好的诗歌产生于他们脱离超现实主义运动之后，这已是人所共知的事实了。超现实主义运动是一次影响既深且广的文学运动，它的主要影响在于反抗的精神、创新的努力和离经叛道的勇气（当然这种影响并不总是积极的），而并不在其文学上的主张。曾经是超现实主义者的法国著名作家雷蒙·格诺（Raymond Queneau，1903—1976）说过："超现实主义远非蜿蜒多变的法国诗歌的一段曲折，它只不过是从山旁逸出的一条运河，很快就流入一个污水净化场。"这大概是对超现实主义的一段最严厉的判词了，但也似乎并不过分，而它出自一位过来人之口，其意味就更加深长了。这个时期在创作上有所成就的大多是超现实主义运动之外的一些诗人，如瓦莱里、科克托、马克斯·雅各布（Max Jacob，1876—1944）、儒勒·叙佩维埃尔（Jules Supervielle，1884—1960）等人。他们的诗紧扣着时代的脉搏，或者贴近着现实的生活。不过，真正提高了诗歌在人们心目中的地位并使之与人民的感情相互沟通的，还是从西班牙战争开始直到反法西斯的抵抗运动中产生的那些明朗有力的诗篇。两次世界大战之间这段时期，法国文学呈现出极为丰富、复杂、充满活力的局面。小说空前繁荣，反映社会生活的广度和深度都有新的突破。以超现实主义为代表的现代主义文学第一次向以现实主义为代表的传统文学发起了广泛而猛烈的进攻，其结果是传统文学经过吐故纳新之后焕发出新的生机，进一步壮大了；而超现实主义则盛极而衰，只是作为一种深远的影响弥漫在整个文学图景之中。在创新方面最有代表性的纪德在艺术上仍然是一个古典派，后期象征主义的代表人物瓦莱里采用的也是古典的形式，纯然是一位理性的诗人，与超现实主义的非理性主义针锋相对，并由此结束了象征主义对法国诗歌的统治。

　　20世纪第二次世界大战以前的文学，仍然是一种有大师、有权威的文学，也就是说，前面所说的那种两种文学并存的现象还不很明显。但是，第二次世界大战之后，特别是20世纪50年代开始，情况就有所不同了。

1940年之后的法国文学是以诗歌为开端的。在抵抗运动中，诗歌重新发现了它的最崇高的使命：为民族的命运和斗争而歌唱。在短短的几年中，涌现出那么多的诗人和诗的刊物，为法国文学史所仅见。又有那么多诗人成了抵抗战士，那么多抵抗战士成了诗人，使法国文学的这一页显得格外辉煌灿烂。虽然中华人民共和国成立以后，小说又重新成为最重要的表现形式，诗也开始趋于玄想，但是人与人之间的沟通、人与外部世界的矛盾统一的关系、善与恶的冲突和斗争这样重大的主题一直贯穿于当代最优秀的诗人的作品之中。雅克·普雷维尔（Jacques Prévert，1900—1977）描写日常生活，亲切自然；勒内·夏尔（René Char，1907—1988）探索人与自然的关系，真诚细腻；弗朗西斯·蓬热（Francis Ponge，1899—1988）从最平凡的事物着笔，创造出高雅的境界；圣琼·佩斯（Saint-John Perse，1887—1975）则用史诗般雄浑的笔调讴歌人类的创造和追求。在这样一个充满着危机感和焦虑感的时代中，法国的诗人们如果说可以进入巴别塔的话，也绝回不到象牙塔之中。这是当代诗歌的基本特点之一。

1940年以来的小说受到了来自各方面的冲击和挑战，其影响之深且广，是有史以来不曾有过的。以第二次世界大战为开端的各种历史事件接踵而至，各种新哲学体系竞相出现，马克思主义、尼采学说和弗洛伊德主义继续发生作用，自然科学及工业文明的发展带来了许多意料不到的结果，在技巧方面，则受到电影电视等新式传播手段的影响。"反小说""反戏剧""非文学""非诗"等词语对普通人来说也不是陌生的了。自50年代以来，"新小说"和"荒诞派戏剧"无疑是报刊书籍中最热门的话题。所谓"传统小说"受到了从未有过的猛烈的攻击。早在

20世纪40年代，萨特（Jean-Paul Sartre，1905—1980）就提出了"反小说"的概念，而到了20世纪50年代，阿兰·罗布-格里耶（Alain Robbe-Grillet，1922—2008）不仅从巴尔扎克反到纪德，就连萨特也不能幸免。他制造了一个神话：巴尔扎克式的小说。其意思是：除了新小说家之外，所有的人都在写巴尔扎克式的小说。新小说派有两个反对，一反对小说中有人物、情节和性格塑造，二反对"介入文学"和"社会主义现实主义"。新小说派的作家们追求所谓"纯小说"，认为小说除自身外别无其他目的，因此，最标准的小说往往成为一种"语言练习"。新小说以反对易读易懂自命，要求读者合作，重新学习阅读，并指责因其晦涩难懂或不可理喻而废书不观的读者为"懒惰"。尽管如此，肯与这种"语言练习"合作的读者仍属寥寥。罗布-格里耶自己说："五六十年代，我成了新闻人物，那时评论我的人很多，真正阅读我作品的人却很少，而现在，青年人中读我的书的人就很多。"他说的是真话，但只有一半是真的，那最后一句话却是很值得怀疑的。新小说大概走红了十年，从1953年到1963年。真正对新小说感兴趣的是一些大学教授，如罗兰·巴特（Roland Barthes，1915—1980）、吕西安·戈德曼（Lucien Goldmann，1913—1970）等人，正如著名作家朱利安·格拉克（Julien Gracq，1910—2007）所说："这种先锋派是一些教书匠强加于人的。"这些大学教授以一种异乎寻常的热情鼓吹新小说，于是有人惊呼"小说陷入危机"了。

其实，小说危机的警报并非自是日起，早在19世纪末就已发出，此后断断续续，不绝于耳，迄于今日。1891年，有一位批评家说："我难以相信叙述性小说作为一种形式会不使今日的艺术家感到厌恶。"著名记者儒勒·雨莱（Jules Huret，1863—1915）调查文学界名流，得出结论：小说已然衰退，不久即将死亡。连写了那么多的小说的左拉也曾预言小说将不复存在。有人预言，从自然主义之后到20世纪20年代，将被危机吞没。第一次世界大战期间，人们对小说的前景更为悲观，请听这一问一答。问："小说在危险中吗？"答："小说命在旦夕。"战后的1926年，瓦莱里更是根本取消了小说存在的理由，声称"写出'侯爵夫人下午五点钟出门'这样的句子是不可想象的"。萨特也说："自从精神分析学和马克思主义出现以后，小说失去了天然的环境。"总之，自19世纪以降，在西方，小说乃至整个文学都处于一种为自身存在进行辩护的地位，不断有各种警报从各种地方发出来。这种危机感是作家们不能理解巨大多变的历史事件而感到惶惑、迷惘、悲观、绝望的结果。这种在文学表现上穷乎其技的现象主要不是出自技巧的贫乏陈旧，而是出自观察的迟钝和思考的贫弱。所以，小说的危机是与文学的危机联系在一起的，自第二次世界大战以来，法国文学界不断地提出这样的问题：什么是文学。然而，那些严肃真诚的作家毕竟在探索中有所前进，小说以及整个文学毕竟是一天也没有停止其或快或慢的发展，中间也没有出现有些人以为看见的那种断裂或不可逾越的鸿沟。文学的真正危机始终是脱离现实生活的结果，而一旦出现了危机，单纯的技巧或形式上的补救是绝难奏效的。

新小说反对的那种传统小说尽管受到如此猛烈的攻击，却仍然有大量的追随者，不断地产生出优秀的作品，虽不能入某些批评家的法眼，却受到了广大读者的欢迎。曾经在两次世界大战之间十分流行的多卷本连环小说（在法国被称为"长河小说"），在战后仍保持着旺盛的生命力，如菲利普·埃里亚（Philippe Hériat，1898—1971）的三部曲"布萨代尔一家"（*Les Boussardel*，1946—1960）就是其中的代表。莫里斯·德吕翁（Maurice Druon，1918—2009）的小说《大家庭》（*Les Grandes Familles*，1948）获得龚古尔奖，主要是因为这部小说是"能够使公众注意到某个特别的问题"的那种作品。所谓"特别的问题"，就是那种公众所关心的社会重大问题。说这番话的埃尔韦·巴赞（Hervé Bazin，1911—1996）就是一个以关心处理社会题材著名的作家，他的《蝮蛇攥在手中》（*Vipère au poing*，1948）等一系列作品描写了儿童对资产阶级家庭的反抗及父子关系等现代西方国家重要的社会问题。另一个以写作多卷本小说著名的作家是亨利·特罗亚（Henri Troyat，1911—2007）。他的反映当代社会生活的作品中最有代表性的是《埃格勒基埃一家》（*Les Eygletière*，1965—1967），小说的最后一卷题为《裂缝》，点出了整个作品的主题："一个陈旧、腐朽、布满裂缝的社会构架正在喀喀作响地崩塌。"在法国当代作家中，有意识地在某个特定的方面为社会勾画出一部形象的编年史的是让-路易·居尔蒂斯（Jean-Louis Curtis，1917—1995）。他致力于勾画青年人在与社会环境的冲突斗争中所经历的精神上和道德上的变化，其中以《夜森林》（*Les Forêts de la Nuit*，1947）、《一对年轻夫妇》（*Un jeune couple*，1967）、"隐蔽的地平线"（*L'Horizon dérobé*，1979—1981）三部曲等最为著名。从横的方面为不同的社会集团画像的则有米歇尔·德圣皮埃尔（Michel de Saint-Pierre，1916—1987），其作品有《贵族》（*Les Aristocrates*，1954）、《作家》（*Les Ecrivains*，1957）、《百万富翁》（*Le Milliardaire*，1962）等。这个时期社会生活的各个侧面都在小说中得到了不同程度的反映，而且都有堪称优秀的作品问世。作为第二次世界大战见证的有罗贝尔·梅尔勒（Robert Merle，1908—2004）的《须克特的周末》（*Week-end à Zuydcoote*，1949）、儒勒·鲁瓦（Jules

Roy，1907—2000）的《幸福的山谷》（*La Vallée heureuse*，1946），
表现卡车司机的危险生活的有乔治·阿诺（Georges Arnaud，1917—
1987）的《恐惧钱》（*Le Salaire de la Peur*，1950），反映贫苦农民被
迫进城的悲惨命运的有乔治-埃马纽埃尔·克朗西耶（Georges-Emmanuel
Clancier，1914—2018）的《黑面包》（*Le Pain noir*，1956—1961），
讽刺外交界的有罗歇·佩尔菲特（Roger Peyrefitte，1907—2000）的
《大使馆》（*Les Ambassades*，1951）和《大使馆结局》（*La Fin des
Ambassades*，1953），揭示1968年学生运动前后大中学生的精神面貌
的则有罗歇·伊科尔（Roger Ikor，1912—1986）的《天真者的转盘》
（*Le Tourniquet des Innocents*，1972），等等。第二次世界大战以后
的重要作家，如朱利安·格拉克、米歇尔·图尼埃（Michel Tournier，
1924—2016）、勒克莱齐奥（J.M.G. Le Clézio，1940—　）、帕特里
克·莫迪亚诺（Patrick Modiano，1945—　）等，都以或神秘或幽深或
辽远或想象的方式表现了与现实世界的种种联系。

　　在这里，我们必须谈谈萨特和加缪（Albert Camus，1913—
1960），前者被公认为写的是存在主义小说，后者则自称表现的是"荒
诞哲学"。萨特最好的文学作品是戏剧，不是小说。在法国文学史上，
他的小说的价值在于提出问题，而不在于提供了什么堪称典范的方法和
技巧。发表于1938年的《恶心》（*La Nausée*）试图揭示的是主人公罗
康坦如何通过恶心这种感觉意识到周围世界的虚假性和人对存在的陌
生性，从而要超越存在，实现人的自由。这是一部哲理思辨小说，与
传统的小说有很大的不同。而他战后写的《自由之路》（*Les Chemins
de la Liberté*，1945）却加强了写实的成分，以至于新小说派的主将罗
布-格里耶不无讽刺地说："新的人道主义的真理占据了他的意识：阶

级斗争，法西斯的危险，第三世界的饥荒，文学为无产阶级服务。他到了懂事的年龄！"他自称是《恶心》的继承者，理所当然地对《自由之路》表示了不满："从最初几页开始，我们就从高处跌落下来；现实主义的恶癖一样也不少：象征性的人物，典型环境，含义深远的对话，直到使用叙事的过去时……"当然，《自由之路》并未因此而成为一部现实主义小说，但是，罗布-格里耶的反感至少说明，萨特的小说在手法上仍不脱离传统的轨道。看来，萨特知道，非理性主义是不能用非理性的方法来表达的。唯其如此，存在主义哲学才能够通过萨特的笔产生深广的影响。加缪更是一个世所公认的艺术上的古典派。他的风格是简约的，语言是明晰的，内容总是植根于社会生活的。《局外人》（*L'Étranger*，1942）的环境曾经是他很熟悉的，主人公傲视习俗的态度在他也是不陌生的；《鼠疫》（*La Peste*，1947）所弥漫的那种焦虑等待的心情是他在抵抗运动中亲身体验过的；《流放与王国》（*L'Exil et le Royaume*，1957）中有多处是与他本人的经历体验有密切联系的；而《堕落》（*La Chute*，1956）则更是一种推己及人的深刻的精神反省和解剖。加缪的小说有艺术的追求，虽然表现的是所谓"荒诞哲学"，其本身也力求成为"形象化的哲学"，却绝少图解的痕迹。加缪不是哲学家，却有哲学家的追求，因此他在揭示资本主义世界的荒诞性时不免趋于抽象化和普遍化。他本质上是个资产阶级人道主义者。萨特和加缪是两个有很多相似之处的不同的作家。在与传统的关系上萨特更多的是个叛逆者，而加缪则更多的是个继承者。萨特更为激进，而加缪则更为冷静。萨特只有西蒙娜·德波伏瓦作为毕生的追随者，而加缪则始终是个没有桑丘·潘沙的堂吉诃德。存在主义作为一种哲学思潮，对战后法国文学具有一种弥漫性的影响，它提出的焦虑、厌恶、荒诞等概念几乎在各种文学流派中都有反映。因此，在战后法国文学中，我们只看到表现了存在主义思想情绪的作品，而看不到以存在主义的方法写成的作品。所谓"存在主义作家"也是一个极不明确的概念，有时似乎只有萨特和波伏瓦两个人，至多再加上加缪，有时则网罗了一批在创作方法上极不相同的作家。所以，在文学上很难说有存在主义流派的，更难说有什么荒诞派小说，也许在戏剧上才有真正的荒诞派。

存在主义也好，荒诞哲学也好，萨特和加缪的文学总是一种社会意义的文学，试图为社会提供一种行为的准则。进入50年代，这种以积极态度为主的战后文学受到一批年轻人的挑战。他们的口吻是嘲讽，态度是玩世，精神是反潮流。他们拒绝"介入文学"，否定一切现存的教条和传统的观念。他们的信念是"世界既不严肃，也不久常"。他们的作品中的人物喜欢无拘无束的生活，却又感到一种无所适从的烦闷。他们既感到这个世界远非完美，又对变化表示绝望。他们仅止于冷嘲热讽，当然批判起来也毫不迟疑。这是50年代文坛上一股小小的新潮流。这伙年轻作家的领袖人物是罗歇·尼米埃（Roger Nimier，1925—1962），他写了一本小小的杰作，叫作《蓝色轻骑兵》（*Le Hussard bleu*，1950），于是他们就被称作"轻骑兵派"，或"玩世不恭派"，或"新古典主义派"，这后一种叫法大概来源于他们写作的宗旨是"悦人"吧。轻骑兵的队伍不大，只有雅克·洛朗（Jacques Laurent，1919—2000）、安托万·布隆丹（Antoine Blondin，1922—1991）、米歇尔·德翁（Michel Déon，1919—2016）等人。这支队伍的寿命也不长，只能看作是文坛上的一伙过客，留下了一点可以作为标记的东西，就匆匆离去了。当然，这些作家的笔日后仍很健捷，这里说的是他们纷纷离开了"蓝色轻骑兵"这支队伍。插曲终归是插曲，主旋律仍然在继续。战后真正对所谓传统派文学构成威胁的，实际上只有新小说和荒诞派戏剧。事实已经证明，罗布-格里耶未能利用他的作品"打通通向未来小说的道路"，荒诞派戏剧也"已经走到了尽头"。荒诞派戏剧的创始人欧仁·尤奈斯库（Eugène Ionesco，1909—1994）这样描述现代派文学的现状："通过新小说或者叫作客体小说，（现代派）文学已经走向了他的反面。这是一条死胡同，现在看来，人们正在回到更为传统的、尽管有些过时的（写作）形式中去，以便从这条死胡同中走出来。我确实曾经是反戏剧的剧作家之一。我们的路已经走到了尽头，现在不太清楚应该怎样走下去。"娜塔莉·萨洛特（Nathalie Sarraute，1900—1999）也曾经表示注意到了这种现象，而"新新小说派"的代表人物菲利普·索莱尔斯（Philippe Sollers，1936—　）出版的长篇小说《女人们》（*Femmes*，1983）则以相当传统的形式使评论界感到惊讶。1984年，萨洛特、罗布-格里耶和索莱尔斯都发表了一部回忆性质的作品，基本上采用了传统的形式。著名评论家贝特朗·普瓦罗-德尔佩什（Bertrand Poirot-Delpech，1929—2006）总结1984年的小说，指出这是职业小说大丰收的一年，"职业"者，传统也。

进入80年代，法国文学确实出现了名目繁多的"回归"现象，例如"回归情节""回归故事""回归人物""回归性格""回归想象""回归心理""回归叙述"等等，总之是回归传统。而所谓传统，并非一种亘古不变的遗存，而是一种与时俱进的、不断吸收新鲜事物的精神。因此，所谓"回归"，不过是吸取了新的表达方式和表现手段的传统派小说对以新小说为代表的先锋派小说的回答而已。不无讽刺意味的是，鼓吹先锋派和倡导回归的往往是同一批人。这种"回归"现象说明，法国文学界要求小说对社会提出的重大问题做出反应，重新肯定小说的"认识功能"，夺回小说失去的读者，总之，重新"把写作变成及物动词"。有论者认为，1978—1988这十年是过渡的阶段，1989年则是发生变化的年份。什么变化？一是文化界的巨头纷纷谢世，不再有权威，不再有中心；二是作家不再自视为知识分子，不再关心思想和价值；三是法国文学在法国也不再享有特殊的地位，它与外国文学分享着光荣和耻辱。被批评界称为"89代作家"的是一批在午夜出版社出书的年轻作家，他们是新一代的新小说家，头上顶着各种各样的称呼，例如"技巧派""美学家""无动于衷派""关于无的最小限度的艺术家""无所等待的一代""后现代的一代"等等。从这些称呼，我们可以看出这是一批重视叙述技巧而置价值追求于不顾的作家。实际上，他们重视的不是情节，而是人的内心历程。例如让·艾什诺兹（Jean Echenoz，1947—　），他是法国当代的重要作家，被认为是继新小说家之后的最重要的先锋派作家之一。1999年，他的小说《我走了》（*Je m'en vais*）在午夜出版社出版，不久就获得了久负盛名的龚古尔文学奖。他在历险、私情、阴谋、犯罪、追捕、搏斗、恋爱、分手的大框架下，细细地描摹主人公对事件的行为和态度，从而折射出他的心路历程。在这一点上，他与新小说的大师们是有很大的不同的，他重新捡回了为新小说家们遗弃的情节、人物和主题。其实，传统派小说和新小说派小说之间的分裂往往是被夸大了的，夸大这种分裂的，既是新小说家们自己，也是他们的评论者，这也许是一种"创新的焦虑"所致。

　　1970年，在法国斯特拉斯堡举行了一次关于当代小说的研讨会。会议的总结报告指出小说前景的三种可能性：一、一部分小说将全力探索抽象小说，小说将不复为小说，变成一种内容即形式形式即内容的文体写作，传统小说将继续发展，或者退出探索，或者吸收对立面的某些成果；

二、新小说将重新捡回情节和人物，但是经过特殊的处理，和众多的读者取得和解；三、在不忽视前人探索的成果的同时，重新发现创造的乐趣，而又不钻牛角尖。大师将从传统小说家中产生。我认为，除了关于大师的说法不能确定之外，事实正一步步证明第三种可能性将成为创作的主流。

综上所述，如果说"在20世纪的法国，并存着两种文学"，那么，现在"并存"一词的含义大概已经清楚了，那就是：在20世纪的法国，不断吸收新观念、新技巧的传统派文学一直是文学的主流，各种先锋派（现代派）文学在总的文学图景中一直是支流，其真正有价值的成分或是随时被容纳进主流之中，或是保持着自己的生命力而在不同的轨道上继续生存和发展。其实，没有支流，也就谈不上主流；而支流若不保持自己的特色，也不能促进主流的发展。20世纪法国的文学实际上是在主流和支流不断地相激相荡之中发展的。

传统并不是僵死的、静止的、不变的。它本身是民族文化在时间和空间中的积累和综合。它每时每刻都在补充着新的东西，也在抛弃着旧的东西，因此，"传统"并不是"陈旧"的同义词。传统与创新的存在并不是以彼此否定为前提的。今天的作家无论多么忠于传统，也不会再以巴尔扎克、斯丹达尔、福楼拜、左拉的方式写作了，因为他们的方法已经作为既得的东西储存在读者的欣赏习惯中了，后来者不需要重复他们的工作了。但是，后来者的创新必须以这些大师为起点，因为任何进步的后面都不会是空白。只有在传统的基础上进行的创新才是有生命力的创新，才能成为新的传统而为后人所继承，并成为后人继续创新的起点。否则就只会走向虚无。亨利·特罗亚说："所谓'传统小说'，其实是对前人作品的发展。它在平稳地创新。它的新奇之处不大显眼，但总是存在的。"法国当代著名文学史家皮埃尔·德布瓦岱弗尔（Pierre de Boisdeffre）说："与某些热衷于党同伐异的宗派批评家们的反复说教相反，那些保持传统写法，书籍大量再版的小说家（如特罗亚、巴赞、圣皮埃尔等），他们的存在不但没有影响对小说艺术的探讨，相反却起到了促进的作用。"因此，所谓"保持传统写法"，绝不是抱残守缺、胶固不变，而是相续相禅、踵事增华，为传统增加新的血液。那种以为西方现代派文学"渐渐地取代了批判现实主义，几乎占领了西方文学艺术的整个领域"的说法，显然是慑于现代派的声势，从"读者少而论者多"这种现象中得到的错觉。法国是现代派文学的故乡，她的文学史提供了证明。

现代派文学之所以有过几次高潮却终究未能南面称王，是与它的一些弱点分不开的。首先在于它的脱离大众。这种文学不是为大众写的，因此也不为大众所接受。现代派作家大多脱离大众的生活和斗争，沉溺于个人心灵的探索，往往用最玄奥难解的语言讲述最简单的思想或事实。正如一位作家指出的那样，他们用非欧数学的语言说二加二等于四。因此，在"文化之家"中，人们可以看莫里哀的戏捧腹大笑，看布莱希特的戏礼貌地鼓掌，但临到荒诞派的"反戏剧"，则只好离座回家了。现代派的作品不但吓退了普通群众，就连某些自诩为社会精英的人有时也不免不懂装懂。现代派文学与资产阶级文化的贵族化倾向是一致的。这就难怪越来越多的现代派作品离开评论根本无法阅读，它们需要某种阅读指南，如同药品需要一种服用说明书一样。其次在于某些现代派作品的虚伪性，这里并不是说这些作家是虚伪的，他们可能是真诚的，而是说他们的作品做出很激烈的革命姿态，却从来也威胁不到统治阶级及其制度本身。资产阶级政府（如戴高乐政府）一直是支持各种现代派艺术的。上面提到的那位作家指出，若没有政府的津贴，荒诞派戏剧是绝对演出不了的。现代派文学反映了西方社会的某些侧面，表现了一部分人的情绪，有其客观的、不容忽视的认识价值，在某些方面也的确具有特殊的敏锐和深刻。它可以成为我们认识西方的物质世界和精神世界的一种有益的补充，但它显然不能成为唯一的窗口，甚至也不能成为主要的窗口。

从文学史的角度看，现代派文学是文学内部规律和外部条件相互作用的结果，它的出现不是偶然的，它的存在也不是没有根据的。就现代派文学本身来说，在题材的扩大、主题的开掘、表现的技巧等方面，也都有积极的贡献。但在文学的自身发展上，作为总体而论的现代派文学却不能被看作整个文学的方向，我们只能说它是一种有理由存在的文学观。文学从一种精神活动变成了"语言的实验"，从作家的有意识的行为变成了"梦的记录"，现实的内容减少到只限于"潜意识的真实"，等等。这只能说是对于文学的本质的一种极为有限的理解。在法国，在欧洲，从1830年或1948年，文学就遇到了它最根本的选择：作家是否应该使自己的工作为人类的解放事业服务，是否要赋予他们的作品某种明确的社会意义。对这样的问题，我们显然不能给予现代派的回答。在许多现代派作家那里，文学脱离了客观世界，转向纯粹的自身，而某些现代派批评家却把这种文学的自食现象称作文学的成熟。当然，这里说的是一种极端的情况。真正优秀的现代派作品实际上并没有脱离社会生活，也并没有真正地割断与传统的联系。因此，派别林立的现代派文学绝非铁板一块，就连"现代派"或"现代主义"这种称谓也不是很严密的，往往不能说明问题。现代派文学作为一部分人的精神世界和某些生活侧面的曲折反映，对于传统文学是一种有益的刺激和必要的补充。但是，一旦它试图一空依傍取代整个文学成为主流的时候，它就难免像拉封丹寓言中"想长得和牛一样大的青蛙","胀破了肚皮"。然而,青蛙虽小,也有其存在的理由和繁衍的权利。因此,在法国,传统派文学想要压制现代派文学,取消现代派文学;而现代派文学企图取代传统派文学,成为文学的独裁者,这两种意图看来都是不能实现的。今后,传统派文学和现代派文学仍将是并存的。当然,所谓"并存",并非平分秋色。

由于时间的限制,我这里只是粗线条地勾勒出一幅法国20世纪的文学图景,其中一些细微的凹凸只能弃之不顾了。谢谢。

蒙田和他的《随笔集》

我今天给大家讲一讲蒙田和他的《随笔集》。

钱锺书先生的《围城》有一句引自法国古语的名言，出自曾经留学法国的苏文纨之口：婚姻是一座"被围困的城堡fortresse assiégée，城外的人想冲进去，城里的人想逃出来"。这句话前面还有一句话，传播不那么广，出自哲学家褚慎明，他说："关于Bertie结婚离婚的事，我也和他谈过。他引一句英国古话，说结婚仿佛金漆的鸟笼，笼子外面的鸟想住进去，笼内的鸟想飞出来……""Bertie"者，英国哲学家罗素是也。蒙田的《随笔集·谈维吉尔的诗》中有一句话，婚姻"如同鸟笼一样：笼外的鸟儿拼命想进去，笼内的鸟儿拼命想出去"。这句话与英国古话如出一辙，围城和人，鸟笼和鸟，意思是一样的，恐怕蒙田的话还要早。钱锺书先生够狠，说到褚慎明的口气十分郑重，煞有介事，实则未必尽然，说不定暗指他张冠李戴了呢。讲围城和鸟笼的故事，不为别的，只是说"婚姻是一座围城"经钱锺书先生的笔成为尽人皆知的名言。其实早在蒙田的《随笔集》中已经装扮成鸟笼和鸟的模样，成为一句法国古话了。谁知道是褚慎明错了，还是罗素错了呢?

蒙田是法国人，生于1533年，死于1592年，距今已经四百多年了。他的主要作品《随笔集》首次出版于1580年，距今也已经四百多年了。有人不免要问，在当今这样一个高科技迅猛发展的时代，信息爆炸，弄得我们连上厕所都要带着手机，为什么一个中国人还要读一个四百多年前的外国人的作品？很简单，因为他通过他的作品告诉我们许多人生的真谛。四百多年，不算一个很短的时间，可是读过他的作品，我们发现，人类生活的许多基本问题并没有解决，甚至没有找到解决的办法。读一个外国人的作品，对我们21世纪的人来说，不仅仅是一次提高文化修养和欣赏品位的机会，而且还为解决我们自身存在的问题提供了一种参考和启发。一切对人生产生疑问并进行思考的人，都应该读一读蒙田，读一读他的《随笔集》。

蒙田生活的16世纪，在法国，是文艺复兴、宗教改革和宗教战争的世纪，在思想和行动的所有领域中都是一个生命力旺盛和行动激烈的世

蒙田（1533—1592），文艺复兴时期法国思想家、作家

333333

纪，是一个文学等艺术和语言走出中世纪经过文艺复兴运动进入古典主义的世纪。

蒙田于1533年2月28日出生在法国西南部的佩里格的蒙田庄园。他的父亲是一个富有的商人，于1519年被封为贵族。他从意大利的战场上归来，极为赞赏文艺复兴的观念，就用一种"全新的方法"教他的儿子拉丁文。所谓"全新的方法"，乃是请一个完全不懂法语的德国人做教师，从小就让他听说拉丁文。所以，蒙田的母语是拉丁文，法语和佩里格方言是以后才学会的。这样，蒙田很早就能阅读古代经典著作及用拉丁文写成的现代作品。蒙田在六岁的时候，被送进波尔多的居耶纳学校学习，然后在波尔多学习哲学，在图卢兹学习法律。学校的教育似乎没有成功，蒙田把学校称为"一座不折不扣的囚禁孩子的牢房"。但是看来他的判断力并没有受到伤害，因为他一生的判断力都保持着敏锐和迅捷。他主张教育孩子，不是要用知识填满他的脑子，而是要培养他的判断力。

1554年，年方二十一岁的蒙田被任命为佩里格间接税最高法院的推事。此后十六年，蒙田辗转于佩里格、波尔多和巴黎，处理政务，解决居耶纳的宗教叛乱问题。他对政治感到失望，对他的法院生涯也没有留下美好的回忆，但是他结识了拉博埃西，他在最高法院的同事。拉博埃西是著名的哲学家和诗人，教蒙田认识了斯多葛主义，养成了坚定不移和持之以恒的品质。1563年，拉博埃西去世，但是他们的友谊并没有中断，九泉之下的拉博埃西仍然指引着蒙田跋涉在人生的艰难旅程中。《随笔集》中有许多歌颂友谊的语句，今天读起来仍然令人感叹唏嘘。蒙田的首次文学活动，乃是出版亡友的拉丁语诗、法语十四行诗及希腊语著作的法文译本。

1570年，蒙田三十七岁，他卖掉了法院的官职，回到蒙田城堡定居。买卖官职，是当时通行的做法，蒙田并不能免俗。他看透了他的工作，觉得毫无意义，宁肯有负于法院，也不愿意愧对自己。他"厌倦了宫廷和法院的束缚"，如今可以有一个安静的所在读书、研究和思考了，可以尽情地享受他书房里的一条铭文中所说的"自由、安宁和闲暇"了。但是，身为骑士的蒙田并不能完全地隐退，他必须对国家贡献他的一部分聪明才智，例如参加国王的军队、在第四次宗教战争中处理交战双方的关系等等。1572年，他开始把他的观察、经验和读书心得写下来。他说，他的脑子"就像脱缰的野马，成天有想不完的事，要比给它一件事思考多想一百倍；我脑海里幻觉丛生，重重叠叠，杂乱无章。为了能够随时观察这种愚蠢和奇怪的行为，我开始将之一一笔录下来，指望日后会使之羞愧"。于是，1580年，《随笔集》首次在波尔多出版，分为两卷，共九十四篇文章。

1580年至1581年，蒙田离开妻子和女儿，出门远行，经巴黎到了瑞士、德国、奥地利和意大利。在巴黎的时候，他曾经随国王围攻拉斐尔堡，然后在苏瓦松参加了他的朋友格拉蒙伯爵的葬礼。这次旅行共耗时十七个月，旅行的原因一方面是洗温泉，治疗他的结石病；一方面是观赏风景，增加体验。旅行并未治好他的结石病，却大大丰富了他的人文经验。因此，他日后出版的《随笔集》第三卷比起前两卷，更加深刻，更加广博，更加具有个人的见地。

1581年9月，蒙田获知他被选为波尔多市市长，任期两年。蒙田是一个好市长，他对自己的职务有清醒的认识。他说："到任后，我就忠实而认真地认识自己，完全如我感觉到的那样：没有记性，没有警觉，没有经验，没有魄力；也没有仇恨，没有野心，没有贪欲，没有激情。"

蒙田读书写作的塔楼

为了评价他这一表白的意义，我们必须把他的另一个声明写下来，作为补充："我不愿意人们对自己的职务不经心，不奔波，不费舌，不流汗，该流血时不流血。"看来波尔多市民对他们的市长是满意的，因为他们再次选他做市长，这在当时是异乎寻常的。在第二届任期内，他曾经排除了新教的威胁，表现出果断泼辣的作风和手段。就在第二届任期结束的时候，波尔多发生了瘟疫，他没有回波尔多主持新的选举。

蒙田又成了普通人，他开始撰写《随笔集》第三卷的十三篇文章，并于1587年在巴黎出版。这期间，他曾经入狱，曾经陪同国王四处流浪，并且列席了在布卢瓦召开的三级会议。他曾经寻求过各种哲学的帮助，从今而后他要顺应自然，认为"最美好的生命……是过普普通通、合乎人道的生活"。他像他的挚友拉博埃西一样，勇敢地面对死亡。

《随笔集》三卷出版之后，蒙田不断地进行修改补充，直到他1592年去世。蒙田的干女儿德古内小姐将他遗留下的《随笔集》新版于1595年整理出版。新版比旧版增加了一千多处，其中有四分之一涉及他的生活、爱好和习惯。从第一卷到第三卷，《随笔集》越来越带有他个人生活和襟怀坦荡的色彩。蒙田写作随笔是在向世人暴露自己的思想，同时也是塑造自己。圣伯夫说："蒙田与众不同并使他成为奇才的地方，是他在那样一个时代，始终是节制、谨慎和折中的化身。"这是对蒙田的公正的评价。

蒙田的生活是不平静的，并非一条坦途，但是他能随遇而安，保持内心的平静。最要紧的是要有独立的精神，他说："我们要保留一个完全属于我们自己的自由空间，犹如店铺后间，建立起我们真正的自由，和最重要的隐逸和清静。"（见《随笔集》第一卷第三十九章《关于隐退》）在这"店铺后间"里，我们才能享有自由和独立。这个"后间"，就是蒙田古堡拐角处的一座塔楼，那里有他的小教堂、卧室和书房。这是他的私人领地，他竭力保护他这方领地免受"夫妇、父女和家庭生活"的骚扰。他的书房里约有一千册书，这在当时已算是很大的数目了。为了随时能领受永恒智慧的教诲，他从《福音书》和古代哲学著作里摘录了一些箴言，把它们刻画在天花板的隔栅上。他就躲在书房里，潜心读书，踱步沉思，为他喜爱的作者写写评注，发发议论。不要以为蒙田是一个足不出户的书呆子。在他看来，人以及事件提供的教训不亚于书本。他的生活的多样性和丰富性，他的经验的广度，他所起过的重要作用，都使他的心理观察和道德思考具有一种特别的意义。

《随笔集》为我们描绘了一个全面的人，即一个矛盾的人。蒙田的生活是积极的，但是他本性上却是一个懒散的人。他是一个身躯有些笨重的人，却有着不同寻常的细腻的精神。他在农民的合乎常理的思想上，嫁接了一些极其大胆的观念。他的批评意识非常尖锐，却非常容易地接受一些似是而非的传说故事，尤其是这些故事震动了一些传统的观念的时候。他勇敢地承受着痛苦，因为他肉体上经受着结石病的折磨，但是他激烈地反对酷刑。这些矛盾是每一个人都有的，蒙田的杰出之处是他有着清醒的意识。他不是一个激情澎湃的人，但是他有两大激情：真理和自由。"我知道什么？"（见《随笔集》第二卷第十二章《雷蒙·塞邦赞》）是他刻在一架天平上的格言，是他毕生遵循的人生准则。

现在，我给大家讲一讲《随笔集》。

若不把有韵无韵作为区分诗与散文的标准而把散文看作文学的一个品种，我们可以说，法国的散文肇始于蒙田的《随笔集》。《随笔集》共三卷，一百零七篇，长短不一，长可十万言，短则千把字。内容包罗万象，理、事、情俱备，大至社会人生，小则草木鱼虫，远至新大陆，近则小书房，但无处不有"我"在，而且越到后来"我"的形象越丰满；写法上是随意挥洒，信马由缰，旁征博引，汪洋恣肆，但无处不流露出"我"的真性情。那是一种真正的谈话，娓娓然，侃侃然，俨然一博览群书又谈锋极健的君子与你促膝谈心，有时话是长了点儿，扯得也远了点儿，但绝不枯燥，绝不"谋财害命"般地浪费你的时间。就是在这种行云流水般的叙述中，蒙田谈自己，谈他人，谈社会，谈历史，谈政治，谈宗教，谈友谊，谈爱情，谈有关人类的一切，表现出一个隐逸之士对人类命运的深刻的忧虑和思考。

让我们首先从这本书的题目谈起。这本书的题目叫作 *essais*，那么，蒙田为什么要把他的书称为"essais"？"essais"在法文中是什么意思？蒙田是第一个把这种书称为"essais"的，在他之前，这一类的著作都称为"警句""格言""谈话""争论""文集"等等。在他之后，渐渐地，"essais"成为一种文体，就是我们叫作随笔的东西。

"essais"的词根在拉丁文中的意思是称量、重量等，罗马诸语言接受了拉丁文的含义，有重量的单位、重量的器具等义；同时，它又有了新的意义，例如食品的样品、预先品尝肉和鱼等。在16世纪的法语中，也就是在蒙田所使用的法语中，"essais"的意思是练习、预演、考验、企图、引诱、食品的样品等；而这个词的动词形式则表示试探、检验、品尝、感觉、从事、冒险、称量、估算、奋起等。所以，蒙田使用这个词来说明他的作品，表示的是一种谦虚，一种说明他的生活态度和人生经验的、循序渐进的、谦虚的方法。在《随笔集》中，蒙田说到他的作品时，往往称之为"我的书""我的文字""我的文章""这些回忆"等等，要不就说他的作品是"破烂"或诸如此类的东西，而把"essais"一词留作他用，即表示他试图说明他的性格、意愿和看法。当时的评论，即1584年的评论说："题目是非常谦虚的，因为如果人们愿意把'essais'这个词当作试验或学习的话，那么这个题目就是非常谦卑的，低调的……"这一切说明，蒙田并没有把"essais"当作一种文体，如果要补充他的题目的话，似乎可以说"试论我的生活""试论我的判断力"或者"试论我的自然的能力"等。试、试验、试图等等，是蒙田《随笔集》的精神。正是由于有了这种试的精神，蒙田才得以展示他娓娓而谈、侃侃而谈、旁征博引、汪洋恣肆的叙述风格。不过，在蒙田之后，很快有人把"essais"作为一种文体来使用，特别是英国人培根于1597年说"词是新的，意思却很早就有了"，随笔才作为一种文体或文类，风行于世。蒙田在不经意中，成了一种文体的创始人。

恩格斯在《自然辩证法·导言》中谈到文艺复兴时写道："在罗曼语诸民族那里，一种从阿拉伯人那里吸收过来并从新发现的希腊哲学那里得到营养的明快的自由思想，愈来愈根深蒂固，为十八世纪的唯物主义作了准备。"蒙田的思想就是一种"明快的自由思想"，它清晰、透彻，以个人经验为源泉，以古希腊哲学为乳汁，转益多师，不宗一派，表现出摆脱束缚、独立思考、大胆怀疑的自由精神，为18世纪启蒙运动的萌发做了准备。动荡的时代，较高的社会地位，新兴资产阶级的软弱，又使这种思想具有中庸、保守和妥协的色彩。

《随笔集》的内容大致有如下数端：

一、蒙田随笔的中心问题不是宗教和上帝，而是人，是人的行为及其与周围世界的关系，尤其是他本人，通过对他本人的思想、行为、习惯等的描写来折射人类的问题。他对当时思想界"诠释者成群，而著作者寥寥"的状况不满意，嘲笑那种以阐发注释神学著作为能事的哲学家，大胆地提出"我所从事的研究其主题是人"（见《随笔集》第二卷第十二章《雷蒙·塞邦赞》），并进一步以"我"作为"书的素材"（见《随笔集·致读者》）。他充分肯定了个人的存在及其价值，认为"每一个人都包含了人之所以为人的完整形态"（见《随笔集》第三卷第二章《论后悔》），"人在兴趣上和力量上各个不同，应该通过不同的道路，根据个人的情况来谋求幸福"（见《随笔集》第三卷第十二章《论相貌》）。蒙田看到并强调了个别的人与一般的人之间的区别，说明了人文主义以人为本的思想有了进一步的发展，不再以抽象的人作为论述的对象。这种观点更深刻、更明确地表述了资产阶级关于人的观念，即资产阶级的人生观归结为个人主义。面对着神的精神束缚，这种对个人的肯定显然比肯定抽象的人更为大胆。对神来说，这是更为现实的威胁，也更具有战斗性。

二、针对教会宣扬的禁欲主义和来世思想，蒙田肯定了人有追求幸福和享受现世生活的权利。他宣称，"快乐和健康是我们最好的东西"，"我们光荣而伟大的事业就是及时享乐"。（见《随笔集》第二卷第十三章《论他人之死》）他对"铺地毯，镶金玉，充斥着绝色美人和奇馔珍馐的天堂"嗤之以鼻，并且断言："为我们生丝的蚕死去、干枯，从中生出蛾，继而变成虫，如果认为这还是原来的虫，那是可笑的。某物一旦停止存在，就不再存在了。"（见《随笔集》第三卷第十三章《论经验》）这样，他就否定了来世思想和"灵魂不死"的观点。享乐主义贯穿了蒙田的整个思想，成为《随笔集》的基调。他所理解的享乐包括精神上和物质上的享受，他说："应该用精神的健康来促进身体的健康。……不应该把躯体和心灵分离开来。"（见《随笔集》第一卷第二十六章《论对孩子的教育》）

三、蒙田耳闻目睹的是，人不仅为精神上的各种欲望所裹挟，而且备尝物质上的种种困苦，人在这种情况下如何求得幸福？蒙田认为，人可以通过精神上的努力，战胜生活中的磨难，超脱于命运之上，做到完全控制自己，进入自由、恬静、无忧无虑的境界。他从罗马哲人加图那里学到如何抵制情欲的疯狂、痛苦的纠缠和死亡的袭扰；而塞涅卡则教他如何摆脱情欲的奴役，如何躲在高傲的孤独中反躬自省，"如同没有妻子、没有儿女、没有财产一样，以便在果然失去这一切的时候，不必再度感受匮乏之苦"（见《随笔集》第一卷第三十九章《关于隐退》）。至于痛苦，"我们给它多大位置，它就占有多大位置"；说到死亡，他要人"脑袋里最经常装着的是死"，"不知道死在何处等着我们，我们就处处等着它"。（见《随笔集》第一卷第二十章《探究哲理就是学习死亡》）死亡只会使无知的人感到惊慌失措，对一个学会了蔑视俗见的哲学家则无可奈何。他认为死亡本身并不可怕，可怕的是对死亡的陌生和恐惧，熟悉了它，乃至于"演习"过它，就可以战胜它。有一次，蒙田坠马竟至昏迷不醒，事后，他认为那就是一次死亡"演习"，是"试验和体会死亡的滋味"（见《随笔集》第二卷第六章《论身体力行》）。蒙田差不多一生都饱受结石病的折磨，差不多一生都在战乱中度过，痛苦和死亡成了他经常谈论的题目。他能够战而胜之，突出地反映出他所受的斯多葛派的影响。晚年，他的态度有了很大的变化。

四、这种变化也在他对各种人的看法中得到反映，他从不以人的身份地位判断人的价值。他从实际生活中看到，农民在战乱中大批死去，也曾表现得从容镇定，并不需要哲学家的学问。他深受启发，认为不读书的工匠和农民比那些不务实际的哲学家更有智慧。他说："我见过成百个比修道院院长更聪明更幸福的工匠和农民，我更愿与他们相类。"（见《随笔集》第二卷第十二章《雷蒙·塞邦赞》）"农民的习惯和言谈普遍地比我们的哲学家有条理。"（见《随笔集》第二卷第十七章《论自命不凡》）他认为，人与人在精神上和道德上是平等的，帝王将相并不高于普通人，不应将他们神化以愚弄百姓。他写道，"皇帝和鞋匠的灵魂出于同一个模子"（见《随笔集》第二卷第十二章《雷蒙·塞邦赞》），甚至，"皇帝的仪仗使您眼花缭乱，可是，看看帐子后面吧，那只不过是个普通人，有时候比他的臣民还要卑劣"（见《随笔集》第一卷第四十二章《论人与人的差别》）。他说人的行为以自己为榜样即可，不必到大人物那里去找，因为"恺撒的生活并不比我们自己的生活为我们提供更多的榜样，皇帝的一生与平民的一生，同样是人生种种意外觊觎的目标"（见《随笔集》第三卷第十三章《论经验》）。他认为，衡量一个人，应该根据他本身的价值，而不应该根据外在附加的东西。"我们赞美一匹马，是因为它有力，灵活，而不是因为它的鞍辔；赞美一条猎犬，是因为它跑得快，而不是因为它的颈圈；赞美一只猎鹰，是因为它的翅膀，而不是因为它的绳索和铃铛。为什么我们不能根据其自身的东西衡量一个人呢？"（见《随笔集》第一卷第四十二章《论人与人的差别》）地位、金钱和荣誉都是外在的东西，不能成为评价一个人的根据。"臣民之与帝王，附属和服从，是由于他的职务，而尊敬和爱戴，则仅仅因为他的德行"（见《随笔集》第一卷第三章《情感驱使我们追求未来》）。不言而喻，没有德行的帝王从臣民那里得到的只能是轻蔑和痛恨，而蒙田对法国当代的君主是不乏微词的，他们在他的笔下是不那么神圣的。人文主义者普遍地蔑视群众，蒙田能够冲破偏见，提出这样的见解，是非常可贵的。我们不是可以从这里听到18世纪启蒙思想家提出的平等观的先声吗？

　　五、蒙田不为流俗所蔽，一反人云亦云的习见，对所谓"野蛮人"做出自己的判断，议论十分精彩。他说："我发现在这些民族身上毫无野蛮之处，只不过人人都称与自己的习俗不同的东西为野蛮罢了。"（见《随笔集》第一卷第三十一章《话说食人部落》）在"思想的明晰和敏锐""技艺的精巧"方面，"吃人生番"毫不逊于欧洲的"文明人"；在虔诚、守法、善良、正直等方面，"生番"则胜过"文明人"；而在坚强、忠实和面对痛苦、饥饿、死亡的态度方面，他们可与古代最著名的例子相媲美。相反，"文明人"恰恰在野蛮上超过了他们，并且利用他们的无知和缺乏经验来败坏其品质。他特别对"生番"把别人叫作自己的"一半"表示赞赏，并希望"文明人"与这"一半"

之间建立"平等和睦"的关系。与这种博爱思想相联系，蒙田愤怒地谴责了西班牙殖民者在美洲犯下的野蛮罪行。他写道："为了获得宝石和香料，多少城市被夷为平地，多少民族被连根消灭，多少人死于兵刃，世界上最丰饶美丽的地方被搅得乱七八糟。"（见《随笔集》第三卷第六章《谈马车》）他把这种征服称为"卑鄙而粗暴的胜利"，对"文明人"毫无光荣可言。蒙田关于"野蛮人"的思想同卢梭关于"自然人"的思想有许多相通之处。不过，他在赞美"野蛮人"的优秀品质的同时，更加强调"文明人"和"野蛮人"应该存在的平等和睦的关系。他说："我尊重一切人，他们都是我的同胞，我拥抱一个波兰人，如同拥抱一个法国人一样。""友谊的臂膀长得足以从世界的一角拥抱到世界的另一角。"（见《随笔集》第三卷第九章《论虚妄》）

六、在人与自然的关系上，蒙田崇拜自然，号召人们遵循自然的指示，享受自然的馈赠。他把自然称作"温柔的向导""伟大而强壮的母亲"。他认为，满足自然的要求是适合于人类的唯一理想的道德，反之，"拒绝、取消和歪曲它的馈赠"，就是"对不住这伟大的、强有力的馈赠者"（见《随笔集》第二卷第十二章《雷蒙·塞邦赞》），而他则是愉快地、感激地接受自然给予他的一切。对自然的尊重和崇拜，甚至缓和了最初认为"探究哲理就是学习死亡"（见《随笔集》第一卷第二十章《探究哲理就是学习死亡》）的观点，而认为："如果您不会死，毋庸担心：自然（到时）会立刻充分、足够地告诉您的。"（见《随笔集》第三卷第十二章《论相貌》）他借用古罗马的一位哲人西塞罗的话说，"符合自然的一切都是值得尊敬的"，而违背自然则是疯狂："他们企图脱离自己，逃避人类。这是发疯：他们非但不能成为天使，反而变成了禽兽；他们非但不能上升，反而摔在地上。"（见《随笔集》第三卷第十章《论慎重许愿》）《论经验》是全部《随笔集》的最后一篇文章，很长，足足有四万字，是一篇典型的蒙田式的随笔，就是说："我靠无条理的文章突出我的警句。"从法律的烦琐到个人的习惯，天马行空般地描述了他的生活经验——健康、疾病、饮食、娱乐、行动等等，直到破天荒地将最基本的事实付诸文字的表达："帝王哲人拉屎，贵妇也拉屎。"蒙田对精神和肉体的关系做了合乎情理的描述："大自然是一位温和的向导，他的温和只是谨慎和正确。"因此，他"愿精神激活笨重的肉体，愿肉体阻止精神轻率并使精神稳定下来"。总之，"纵欲乃享乐之大患，节欲不危害享乐却调剂享乐"，"最美好的人生是向合情合理的普通样板看齐的人生，这样的人生有序，但无奇迹，也不荒唐"。对自然的崇拜与肯定现世生活是一致的，其矛头直接指向了天主教会所宣扬的禁欲主义。

　　七、对于人的认识能力，蒙田采取怀疑论的态度。他认为"人类的理性是一把双刃的、危险的利剑"，因为理性至上论造成了人类的"狂妄和傲慢"，而这正是人类与生俱来的错误。与理性相比，他更强调经验，认为经验可以弥补理性的不足，是理性的"唯一根据"。但是，无论理性还是经验，都不是万能的，因为"判断者和被判断者都处于不断地变化和运动中"，"不可能建立任何确定的东西"。（见《随笔集》第二卷第十二章《雷蒙·塞邦赞》）就是在这篇长达十余万字的《雷蒙·塞邦赞》中，他对这种怀疑论思想进行了淋漓尽致的发挥和全面系统的阐述。那是一篇奇文，意在辩护，实则与雷蒙·塞邦的观点大相径庭。后者把人放在一切造物的中心，极力颂扬人的理性，把理性视为信仰的基础；蒙田却恰恰相反，把人视同一切生物，而且还是最软弱的一种，在力量、忠诚、聪明、友爱等方面都不如禽兽，人类引以为荣的理性非但不一定为他独有，而且还是虚妄的，靠不住的。他认为，人类的两大认识——理性认识和感性认识，都是不中用的"虚荣"，如果感性不比理性更可靠，科学也同哲学一样软弱无力，事物的本质对人类来说永远是深不可测的。人只能说"我知道什么？"，而不能说"我不知道"，因为这仍然是一种肯定的说法，而"肯定和固执是愚昧的特别标志"（见《随笔集》第二卷第十三章《论他人之死》）。他认为最聪明的哲学家是怀疑论者，他在书房里刻下怀疑论的格言："我中止（判断）"，"我什么也不肯定，我不懂。我在怀疑中。我考察……"蒙田怀疑和考察的是盲目的信仰、宗教的狂热和僵死的教条。他有时似乎把怀疑论推向不可知论，其实，那不过是一种手段而已。他说，"蹂躏和践踏人类的狂妄和傲慢"，是他"压倒这种狂热"的方法，而且是"最合适的方法"。（见《随笔集》第二卷第十二章《雷蒙·塞邦赞》）怀疑论是蒙田的思想的重要侧面，对摧毁经院哲学起了积极的作用。但是，不应该夸大怀疑论在蒙田的思想中所占的比重，也不应该忽视其消极保守的作用。在理论上，对理性的怀疑使他提出以经验作为判断的基础，从而给中世纪经院哲学以沉重的打击，把哲学从烦琐的争论中解放出来，面向现实生活；在实践上，人们思想的多变和各民族风习的差异，又使他尊重现存的宗教和政治秩序而反对巨大的变革。蒙田的怀疑论对17世纪的自由思想的盛行起了直接的推动作用。

八、宗教作为封建制度的精神支柱，在16世纪的思想家们的著作中占有重要地位，或颂扬，或反对，或揶揄，人人都要加以谈论。蒙田是个天主教徒，在长达三十年的宗教战争中，他站在天主教一边反对新教。但是，他是不是一个真正的、虔诚的天主教徒，历来是受到怀疑的。他忠于天主教与其说是出于信仰，毋宁说是因为作为法官宣过誓。他很少谈论上帝，而他的上帝又常常和自然是一个东西，他还主张"少去介入对神意的判断"。他一方面宣称天主教是"最好的，最健康的"（见《随笔集》第一卷第三十二章《必须审慎地看待神的旨意》），一方面又表示强烈的不满，指出："我们的宗教为剪除罪孽而创，实际上，它却掩盖着它们，滋养着它们，煽动着它们。"（见《随笔集》第二卷第十二章《雷蒙·塞邦赞》）他对宗教改革不感兴趣，因为他厌恶标新立异，他主张宽容，反对宗教狂热，谴责宗教迫害。他说"上帝是一种不可理解的力量"，人类给予他的荣誉和尊崇，不论其面貌、名称、方式如何，他都接受。（见《随笔集》第二卷第十二章《雷蒙·塞邦赞》）至于宗教本身，"我们只是以我们的方式，以我们的手接受我们的宗教，如同他们接受他们的宗教一样"（见《随笔集》第二卷第十二章《雷蒙·塞邦赞》）。"宗教狂热造成的文化损失，比所有蛮族的火造成的损失都大。"（见《随笔集》第二卷第十七章《论自命不凡》）在他的眼中，宗教战争是王侯们的一桩"狂暴的、野心勃勃的事业"。他看不到宗教战争掩盖下的阶级斗争，但是，他清楚地看到了宗教这件外衣。他尖锐地指出，在这场撕裂着法国的内战中，宗教问题只不过是个借口，各方面标榜的"正义"不过是"装潢和饰物"而已，真正使那些王侯行动的是"情欲和贪欲"。因此，他对这场战争深恶痛绝，呼吁交战双方"节制"，并身体力行奔波于天主教和新教之间。他的呼声顺应了当时久乱思静的情势，得到了双方的欢迎。蒙田的宗教观深深地打上了怀疑论的烙印，对天主教的绝对统治构成了一种潜在的威胁。毫不奇怪，《随笔集》虽然于1580年获得罗马教廷的通过，但终于在1676年被列为禁书。

九、教育问题是培养人的问题，引起了人文主义者普遍的重视，蒙田也不例外，写有专文《论对孩子的教育》（《随笔集》第一卷第二十六章）陈述他的观点。他认为，"教育的目的在于使人变得善良和明智，而非使人博学"，也就是培养绅士，培养判断力，这是他的教育思想的核心，与拉伯雷培养全知全能的人的思想有很大的不同。他反对教儿童许多知识，反对单纯记忆，主张精神上的培养，"教他会思想"。他根据自己的经验，强调择师的重要。他要求教师的头脑有条理，而不是装满知识。他反对由教师施行灌输，而要求让学生先说话。教师不但要考查学生认识多少个词，还要看他是否领会和掌握了词的精神实质；学生获益的证据不是他能记住，而是他的行为。他反对任何强制，主张让学生自由选择判断，如果学生不能决定其判断，则宁可存疑。"只有疯子才确信无疑。"这是他的一句名言。他特别强调让学生博采众家之长，加以融会贯通，变成自己的东西。他将这比作蜜蜂采花酿蜜。他认为，不能单纯从书本上学习，还要接触外部世界，"总之，我希望世界是我学生的教科书"。因此，与各种人谈话，到各地去旅行，都是学习的途径。他重视学生的自由，认为不给学生自由，就会使他变得卑屈和懦弱。他认为，"使精神强健还不够，还要使筋肉强健"，为此，要让儿童过艰苦的生活，锻炼身体，并要"常常违反医学上的禁令"，"让他在户外和危险中生活"。他认为，教育的"目的在于德行，而德行并不像经院哲学说的那样被栽植在陡峭的高山上，道路崎岖，不可接近。相反，走近它的人认为它是在美丽、肥沃、鲜花盛开的高原上，人立于其上，一切尽收眼底；识途的人能够走近它，那是一条浓荫蔽日、花气芬芳、坡缓地平有如穹顶的道路"。《论对孩子的教育》是写给一位贵妇人的，教育的对象是贵族的子弟，教育的目的是使他成为国王的廷臣或武士，成为有修养的正人君子。蒙田的教育思想明显地打上了最与封建贵族接近的上层资产阶级的印记。他的教育方法中，不乏令人深思、供人借鉴之处。

综上所述，我们可以看到，在蒙田的思想的各个侧面中有一条线贯穿着，这条线就是经常出现在他的笔端的节制、秩序等概念，而他正是在这些概念上建立了精神生活的主导和道德生活的准则。他主张顺从自然的安排，稳定、适中而有秩序，反对极端、狂热和动乱。他虽然思想自由不羁，常做脱缰之马状，却仍然觉得有加以条分缕析、实行控制的必要。他虽然赞美怀疑论者，却说"唯理论和怀疑论都是极端"，而"一切越出常规的东西都使我不快"。（见《随笔集》第二卷第十二章《雷蒙·塞邦赞》）他认为，"灵魂的价值不在于升得高，而在于升得有秩序。……其伟大不表现于伟大本身，而表现于节制"（见《随笔集》第三卷第二章《论后悔》）。这种务求稳健、中庸的思想贯穿一切，表现在各个方面。政治上，他反对巨大的、突然的变革，主张尊重现存的秩序，因为"一切巨大的变动都只是震撼了国家，使之陷入混乱"，而"人类社会无论如何总能站得住，连接得住。人不管被放在什么位置上，总能自己晃一晃，堆垛整齐，如同一个口袋里杂乱无章的东西总能找到互相合适的位置，往往比刻意摆放还要来得好"。（见《随笔集》第三卷第九章《论虚妄》）在教育问题上，他不主张让儿童绝对自由，而是需要严格，"温和的严格"，强调适当的纪律以使儿童身心两健。在宗教问题上，他既反对天主教的狂热，又反对新教的标新立异，在内战方酣之时呼吁节制。在个人生活上，他主张个人以个人的方式寻找真理和追求幸福，又认为毫无限制的个人主义会导致无政府状态，人欲横流更是遭到他的谴责，"不足和过多殊途同归"（见《随笔集》第二卷第十五章《我们的欲望会因困难而增大》），"最美好的生活是普通的、人人可即的生活，有条不紊，没有奇迹，不越常轨"（见

《随笔集》第三卷第九章《论虚妄》）。他认为，幸福在于全面地、和谐地实现人的天性，即充分而不过分地享乐。蒙田强调节制和秩序，固然表现了他思想的保守和妥协倾向，但也反映了当时人们久战思和的心理，反映了新兴资产阶级希望有一个和平的环境以利于自己的发展。

《随笔集》中所反映的蒙田的思想十分丰富复杂，难以纳入一定的体系；有时却也像一匹脱缰之马，纵横驰骋，不见首尾，加上他的思想十分活跃，不断地发展演变，初看上去，令人难以捉摸。此外，四百多年来，不同时代、不同阶级的读者又往往强调他的思想的某一特定的侧面，加以发挥和引申，这就使他的思想的面貌更为复杂。综观全部《随笔集》，蒙田先后受到斯多葛主义和怀疑论的影响，最后试图形成自己的生活之道，一种以伊壁鸠鲁主义为基调的人生哲学，这样一条线索还是可以相当清楚地描述他的思想演变过程的。但是，应该指出，上述三个方面并非截然分开、孤立存在的，它们只是在各自的阶段中占有主导的地位，并不具有排斥其他、唯我独尊的权威。

蒙田是法国文艺复兴运动晚期的人文主义者，《随笔集》的写作始终在民生凋敝、战乱频仍的广阔背景下进行，书中所反映的思想已与早期人文主义者的思想有了很大的不同。往日的那种对人的赞美、对理性的崇尚、对爱情的歌颂、对宗教的抨击、对知识的追求，都在蒙田的笔下失去了明亮的色彩和亢奋的激情，犹如奔腾咆哮的大河化为烟波浩渺的平湖，时而掠过一抹云影，给人以苍凉、宁静、多少有些茫然的感觉，既反映了蒙田思想的独特性，也反映了后期人文主义思潮所特有的复杂性和深刻性。恩格斯认为，资产阶级不能在英法这样的国家里长期独自掌权。这就指出了资产阶级向封建势力妥协或与之合流的必然性。蒙田思想的种种矛盾，恰恰反映了文艺复兴运动后期人文主义理想陷入了巨大的危机，以及一部分人文主义者与封建势力合流的趋势。蒙田本人是个"穿袍贵族"，即上层资产阶级，他的"明快的自由思想"也就打上了变成贵族的那部分资产阶级的烙印。

　　蒙田属于"给资产阶级统治打下基础的人物"之列，但也是个独特的思想家。他的思想来自书本和经验。他不以哲学家自命，无意创造体系，也不想遵循某种体系，而只想博采众家的思想，用来铸造自己的精神。苏格拉底、塞涅卡、普鲁塔克、皮浪、伊壁鸠鲁等等，都曾向他提供过精神上的食粮，而都未使他成为毕生追随的信徒。诚如他自己所说："我愿由于自己而富有，不愿借债而富有。"（见《随笔集》第二卷第十六章《论荣誉》）他像蜜蜂一样，广采众花，酿成自己的蜜了。所以，蒙田就是蒙田，不是斯多葛主义者蒙田，不是怀疑论者蒙田，也不是伊壁鸠鲁主义者蒙田。

《红与黑》：人怎样才能够幸福

在我国学术界，一般认为，斯丹达尔是法国19世纪上半叶的一位重要的批判现实主义作家，但在法国学术界则有所不同，有认为他是一位现实主义作家的，有认为他是一位浪漫主义作家的，还有的认为他是一位混有浪漫主义的现实主义作家或者混有现实主义的浪漫主义作家，等等。我觉得用一个现实主义或者批判现实主义套住斯丹达尔，就不能很好地理解和解释斯丹达尔和他的《红与黑》。

一、斯丹达尔的生平

斯丹达尔（Stendhal，1783—1842）是亨利·贝尔（Henri Beyle）的笔名，他出生在法国东南部的格勒诺布尔的一个律师家庭，在19世纪的作家之中，当代批评认为他是一个"与现今读者在语言、风格、趣味上没有任何距离的作家"。斯丹达尔七岁丧母，与笃信宗教、思想保守的父亲性情不合，关系紧张。他的童年是在法国1789年大革命的火热年代里度过的，一方面是父亲、姨母和家庭教师（一个耶稣会会士）的冷酷；一方面是通达的外祖父的关怀，外祖父的藏书以及他父亲的藏书——大量的18世纪启蒙思想家的作品——给了他精神上的滋养。书籍培养了他的性格，使他产生了反对王权、憎恶贵族、蔑视宗教的情绪，

斯丹达尔（1783—1842），原名马利-亨
利·贝尔，19世纪法国批判现实主义作家

因此，他为国王路易十六走上断头台而欢欣鼓舞。1796年（十三岁），
贝尔进入格勒诺布尔中央学校学习。他喜欢文学和绘画，也钟情于数
学。1799年（十六岁），他赴巴黎准备报考综合理工大学，但是他渴望
一种更加丰富多彩的生活，遂弃学而靠表兄的举荐加入军队，于次年5
月奉命前往意大利米兰，他被授予龙骑兵少尉军衔。意大利令他陶醉，
但是军旅生活使他颇感厌倦，于是，他在1802年（十九岁）辞去了军
职。回到巴黎以后的数年间，他在思想上接受了孔狄亚克、爱尔维修等
18世纪唯物主义哲学家和卡巴尼等思想家的影响，培养了对科学和推理
分析的爱好。他要追求另一种光荣，他想成为莫里哀一样伟大的喜剧作
家。他接触女演员，但他的戏剧尝试却每每失败。他从1801年就开始写

日记，他在日记中描述事件，分析人的性格，展现物质对精神的影响，逐步接近了他的真正的志向：当一个作家。1806年（二十三岁），靠同一位表兄的帮助，他又回到军队，先后担任皇家领地总管、军医院院长等。1812年，他随拿破仑大军攻入俄国，目睹了莫斯科城的大火。从俄国撤退后，他在德意志和奥地利等地任职后勤部门，1813年（三十岁）底，他在格勒诺布尔参加了多菲内保卫战。1814年波旁王朝复辟后，随着拿破仑的倒台，他也在法国失去了立足之地。从1814年到1821年，他在米兰待了整整七年，这是他最自然、最愉快、最充分地享受生活之乐趣的岁月。他写下了《海顿、莫扎特和梅塔斯塔兹的生平》和《意大利绘画史》，虽然没有任何创见，但是，1817年，他发表了第一部署名斯丹达尔的著作《罗马、那不勒斯、佛罗伦萨》，显露出细腻而尖锐的个人才能。1821年，斯丹达尔与烧炭党人的接触使他的政治立场受到奥地利当局的怀疑，不得已转道伦敦回到巴黎。他没有工作，生活清贫。他除了写作《论爱情》（1822年，三十九岁）之外，还匿名为英国报刊撰写通讯，报道和分析法国政治和社会要闻以及思想文化动态，这些文章在作者去世后结集出版，名为《英国通讯集》。1830年七月革命后，斯丹达尔曾向内政部部长基佐要求省长的职位，但是基佐不喜欢有才智的人，拒绝了他。他后来被法国政府任命为驻意大利的里雅斯特的领事，奥地利官方拒绝了这一任命，斯丹达尔遂被改派到意大利滨海小城奇维塔韦基亚，担任驻那里的领事，直到1842年去世。这期间他常常住在罗马，很少出入社交界，大部分时间和精力都用于读书和写作。1823—1825年，他出版了《拉辛与莎士比亚》，对墨守成规的古典主义戏剧痛下针砭，为浪漫主义下了这样的定义："浪漫主义是为人民提供符合当前的习惯和信仰，因而能带来最大愉悦的文学作品的艺术。"

随即他发表了传记《罗西尼的生平》（1823）、小说《阿尔芒斯》（1827）和游记《罗马漫步》（1829），直到他的第一部杰作《红与黑》出版。时在1830年底，他四十七岁。身为文人的外交家，斯丹达尔的主要活动是创作，他陆续发表了《一个旅游者的回忆录》（1838）、《帕尔马修道院》（1839）和《意大利纪事》（1839），去世后出版了《拿破仑的生平》《吕西安·勒万》《拉米埃尔》《日记》《亨利·布吕拉尔的生平》和《一个自我中心主义者的回忆》等。

二、《红与黑》的出版

1829年10月25日夜，在马赛，斯丹达尔萌发了写作一本叫作《于连》的小说的欲望，通过一个出身微贱的青年的浮沉来"描绘1830年的法国"。1829年11月底，他回到巴黎，并于次年的1月17日，重新捡起了《于连》的写作。1830年4月8日，他与出版商签订了出版合同，说明他基本上完成了小说的写作，这时小说已更名为《红与黑》。7月底到8月初，由于七月革命，《红与黑》的印刷暂停。对于七月革命，斯丹达尔怀着极大的兴趣关注着它的进程。11月6日，他离开法国前往意大利的的里雅斯特，等待奥地利政府颁发的领事证书。一个星期后，两卷本的《红与黑》出版。在《红与黑》中，他曾经假托圣雷阿尔之口，说"小说乃是人们沿路拿在手中的一面镜子"。在这方面，《红与黑》的确是在时代的氛围中酝酿和完成的。它的写作和它所反映的时代基本上是同步的。《红与黑》的副题是"1830年纪事"，实际上写的是1830年之前五年的事情，也就是复辟时代最后的五年。1814年，拿破仑垮台，君主专制复辟；1824年，夏尔十世登基，在意识形态方面，加强了教会和国家之间的联系，表现为一些耶稣会会士及准宗教组织例如圣会和自由派之间的斗争。政治方面，1828年，极端保王的政府被相对温和的马蒂尼亚克内阁取代，限制了耶稣会会士的影响，取消了新闻限制，等等。1829年8月8日，夏尔十世解散了马蒂尼亚克内阁，由波利尼亚克亲王组成新内阁，这是一个极右派的内阁。由自由派占统治地位的议会和不愿放弃任命部长的权力的国王之间的政治冲突，这时达到了白热化的程度。1830年7月25日，夏尔十世签署了四项国王敕令：终止宪政，解散议会，修改选举制度和恢复新闻检查。这些措施导致了革命，夏尔十世退位。斯丹达尔是一个对政治颇有兴趣的作家，《红与黑》的写作无疑是在复辟与反复辟的斗争趋于白热化的氛围中进行的，但是它的意义却是这种种斗争不能概括的。

斯丹达尔坚信五十年后才会有读者，他说："我将在1880年为人理解。""我看重的仅仅是在1900年被重新印刷。"或者做一个"在1935年为人阅读"的作家。他的预见也对也不对。对，是说他当时并未被人理解；不对，是说他被人理解的时间大大地提前了。

《红与黑》出版的时候，并不被看好，大部分评论在是与否之间游移，即使是赞扬也被指责冲淡了。直到十五年后，才引起了较多的注意，读者也扩大到各个领域，出现了较为严肃的评论。1846年11月1日，著名的文学评论家希波利特·巴布在《新评论》上发表文章《论亨利·贝尔的性格和作品》，对《红与黑》大加赞扬；但是，极富盛誉的批评家圣伯夫则略有不同，对赞赏的词句颇有保留；埃勒姆·卡罗于1855年在《当代评论》第20卷上发表文章，几乎全面地否定了《红与黑》；直到1864年3月1日出版的《巴黎新评论》发表了希波利特·泰纳的文章，才一举奠定了斯丹达尔在法国文学史上的地位。他是斯丹达尔的捍卫者和赞赏者，称斯丹达尔的精神为一种"卓越的精神"，"需要攀登才能达到它"。他说，斯丹达尔看得见"衣服、房屋、风景"，但是他"只关注内在的事物、思想和感情的后果"，"他是一个心理学家，他的书只是心的历史。他避免用戏剧性的手法来叙述戏剧性的事件"。总之，"每一个天才都是只对一种色彩敏感的眼睛。在无限的世界中，艺术家选择他的世界。贝尔的世界只包括感情、性格、激情的变化，一句话，灵魂的生命"。"他的人物非常真实，非常独特，距离大众非常遥远，如他本人一样。"自泰纳的赞赏以后，斯丹达尔成为法国文学史上一位独特而深刻的作家。1881年，埃米尔·左拉把斯丹达尔看作自然主义的先驱之一，对《红与黑》进行了富有层次感的分析。他特别强调了拿破仑对法国文学的影响，指出如果不联系时代和拿破仑，《红与黑》将是不可理解的："从这个角度看，于连·索莱尔应该是整整一个时代的野心勃勃之梦想和遗憾的人格化。"总之，整个19世纪在《红与黑》中看到的是普遍的价值和人物的预见性："所有的年轻人在某一时刻都或多或少地是一个于连·索莱尔。"

进入20世纪，保罗·瓦莱里注意到斯丹达尔作品中的"口吻"："在斯丹达尔的作品中给人印象最深的，暴露了他、系住或刺激精神的，是口吻。他拥有或者装作拥有文学上最具个人性的口吻。"他说："斯丹达尔无论是什么样子，无论怎么样，他都不由自主地、不顾缪斯、不顾手中的笔地成了我们的文学的一个半神，成了这个比任何文学都要枯涩和热情的文学的一个大师，这种文学是法国的一大特色。这是一种只讲究行动和思想的种类，它不属于装饰，嘲笑形式的协调和平衡。它的一切都存在于线条、口吻、格言和讽刺之中，它不吝啬精神的概括和激烈的反应。" 1945年，著名的文学批评家亨利·马尔蒂诺在

《斯丹达尔的作品》一书中说："斯丹达尔的《红与黑》是一部风俗小说和政治画面，同时也是一部心理小说。"作者在于连的身上倾注了他的"思想、感觉和在生活中的种种反应"，在他的所有主人公之中，"于连无疑和他最相像"。法国当代著名哲学家勒内·基拉尔于1961年出版了《浪漫的谎言与小说的真实》一书，提出斯丹达尔的全部创作只为了回答一个根本的问题："现代社会的人为什么不幸福？"他认为，依照斯丹达尔的看法，"我们不幸福，原因是我们虚荣"。而"虚荣的各种价值，无论贵族、金钱、权势、声望，好像很具体，其实是表面如

《红与黑》法文版封面

此"。他指出，"为了理解这位经常谈论政治的小说家，必须首先摆脱政治思维的模式"。法国著名的文学史家皮埃尔-乔治·卡斯特克斯在1989年版的《红与黑》中写有长篇导言，全面地论述了《红与黑》，可以被视为近年来《红与黑》研究的一个总结。导言分为八个部分：一、来源及写作；二、景物和背景；三、历史框架；四、1830年的形势；五、社会的浮沉；六、凶手的经历；七、爱情小说；八、斯丹达尔的创造。这八个部分对小说的创作过程、历史背景、性质、人物分析、艺术特色等问题给予了相当全面的回答。

三、《红与黑》在中国

《红与黑》自1830年出版以来，经过一百一十四年时光的流逝，方才在1944年登陆中国，自此以后，中国的翻译家们相继推出了多个译本，有人说不少于二十个。《红与黑》不仅为法国人阅读，而且成了许多中国人的书架上不可或缺的一本书。

但是，《红与黑》在中国的命运却不是顺利的，值得人们深长思之。

我不知道《红与黑》是怎样传入中国以及它在中国最初的爱好者中间发生了怎样的影响，我只知道我国第一个译者赵瑞蕻先生1932年第一次听他的英文老师说起《红与黑》，并且在"心中留下了最初新鲜的印象"，知道在1944年"郁热多雨的季节"，赵瑞蕻先生在"一个幽静而寂寞的山村，写一篇两万多字的斯丹达尔《红与黑》的译者序"。我还知道自1954年罗玉君先生的第一个全译本出版以来，迄今为止，已经有不少于二十个译本相继问世，而且是"文化大革命"以后几十年间的事。当然，我也知道有人曾经为《红与黑》这本书、为于连这个人付出过代价，当了"右派"，或被"拔白旗"。我更知道，在20世纪60年代初，我还是北京大学的学生，在一次座谈会上，我因说了一句"于连是值得同情的"而险些跌进了会议主持人的彀中。会议主持人是一家报纸的负责人，他说我的观点很有意思，鼓励我继续谈谈。我说不出他是的确觉得我的观点"有意思"，还是诱使我跳进陷阱当靶子，我没有"继续谈谈"，而是戛然而止，只抛出了光秃秃一句"于连是值得同情的"，此事便不了了之了。二十年之后，在北京图书馆，我碰见了一个英文专业的同学，他说我不就是说"于连是值得同情的"的郭某某吗，他居然记得这一句话！当时，喜欢、同情甚至理解《红与黑》这本书中于连这个人的，无一例外要受到严厉的批判，直到你表示同意相反的观点。当然，单单表示同意还不行，还要深挖你的思想根源，这是最让人头疼的。不过，这已是"文化大革命"之前的最后一次思想运动了，只是1958年那次"拔白旗，插红旗，搞臭资产阶级个人主义"的大批判和1960年人民文学出版社出版专门批判《红与黑》的集子之后的一次余兴节目，势头不那么猛烈了，后果也不那么严重了。从此，人们被教导怎样读这本书怎样看这个人，于是，喜欢这本书同情这个人的许多人改变了态度，有的是心悦诚服，有的是阳奉阴违，有的则三缄其口，不再说什么了。总之，在二十世纪五六十年代，对中国青年知识分子影响最大的有两本书，一本是《约翰·克利斯朵夫》，一本就是《红与黑》；而影响最大的人物就是这两本书的主人公，他们都被看成是资产阶级个人英雄主义和个人奋斗的典型。"文化大革命"中，《红与黑》和其他的世界名著被列为禁书，读过的人不愿或不敢谈起，没有读过的人也无缘再读了。一本书让一些人激动，让一些人愤怒，让一些人恐惧，也让一些人不惜兴师动众口诛笔伐在另一些人的灵魂里动刀动枪强迫他们改变看法和态度，直到它在读书人中间销声匿迹。这就是一部世界名著在中国的独特命运。

俱往矣，那个距我们还不太遥远的史无前例的年代，还有那个虽非史无前例却已开始有些离奇的年代！我同意赵瑞蕻先生的意见，他"非常希望有人写一本《〈红与黑〉在中国的命运》这样的书"。

大概现在年纪大点的中国知识分子在年轻的时候都读过这本书，都怀着激烈、昂奋甚至是矛盾的情绪对待过书中的主人公，不管他们是喜欢他还是讨厌他，是同情他还是鄙视他。他们后来也都被教导过怎样读这本书，怎样看待这个人。平心而论，对一本书提出怎样读的问题，这本身并非别出心裁，也不是发明创造，当然也就无可厚非了。这是所有被称为"伟大"的小说的基本的品格。比方说《红楼梦》，就像鲁迅所说的，经学家看见了《易》，道学家看见了淫，才子看见了缠绵，流言家看见了宫闱秘史，有的人读出了革命，有的人读出了人生。其实这也没有什么不可以。那么《红与黑》也是一样。自从1830年以来，人们从《红与黑》里看出来的东西绝不比从《红楼梦》中看出来的少。有的学者说，关于《红与黑》，在西方已经形成"红学"；关于斯丹达尔，已经形成"贝学"，因为斯丹达尔的本名叫亨利·贝尔，所以叫"贝学"。这并不是夸大其词。我们现在把《红与黑》和《红楼梦》连在一起是因为它们都有一个不同寻常的命运，都有一个怎样读的问题。

曹雪芹写道："满纸荒唐言，一把辛酸泪。都云作者痴，谁解其中味！"那么斯丹达尔自己说，他将在五十年后才有读者。所以，《红与黑》也有一个"谁解其中味"的问题。这是这两本书面临的共同问题。

四、于连是怎样的一个人

我认为，《红与黑》的主题如果用一句话来概括，就是"人怎样才能够幸福"。那么于连是怎样的一个人呢？我认为主人公于连是一个追求幸福而不幸走上歧途，但是在临死之前有所醒悟的年轻人。这是我对《红与黑》的一个基本的结论。

那么我们究竟在《红与黑》中看到了什么？应该怎样去看待《红与黑》这本书？怎么样对它有一个全面而完整的理解？因为《红与黑》从1830年到现在已经一百九十多年了，这中间曾有过各种各样的看法。我想，大致归纳起来，人们在其中看到了这样一些东西：

第一，《红与黑》描写了历史的真实。过去的研究者已经用丰富的历史事实证明了，《红与黑》确实是再现了法国波旁王朝复辟以后的历史氛围。因为斯丹达尔是一个旅行家，他的足迹遍及巴黎和法国外省的许多地方。他利用细腻的观察和切身的体验，准确生动地描绘了外省生活的封闭、狭隘和被铜臭所毒化的心灵。

第二，研究者利用斯丹达尔本人的文字和当时的报刊材料，揭示出《红与黑》的副题"1830年纪事"并非虚言，确实是法国七月革命前夕"山雨欲来风满楼"的政治形势的真实写照。

第三，研究者都无一例外地怀着极大的兴趣关注于连·索莱尔的悲剧命运。因为他就是小说的主人公，全部的《红与黑》就是他浮沉升降、兴衰荣辱的过程。

第四，研究者还怀着同样强烈的兴趣关注于连的爱情。因为于连的成功是以同两个女人的恋爱为标志，他也是在这两个女人的爱情中走向死亡的。于连和德莱纳夫人的爱情始于于连的诱惑，止于德莱纳夫人对他的征服；于连和德拉莫尔小姐的爱情则始于德拉莫尔小姐的主动进攻，止于于连的消极抗拒。一个是心灵的爱情，一个是头脑的爱情，结果是心灵战胜了头脑。

第五，喜欢考证的人提供了大量材料，证明了《红与黑》同两宗刑事案件的联系。一宗是1828年2月宣判的贝尔德杀人案，一宗是1829年宣判的拉法格杀人案。

应该补充的是，斯丹达尔本人从来没有提到过《红与黑》同这两宗刑事案件的联系。那么，从思想的高度和哲学的深度来说，这两宗案件和小说完全不可同日而语。

以上的情况大概就是一百九十多年来读者从《红与黑》中看出来的主要的东西。如果说有区别的话，也只是在程度上和色彩上。那么只看到其中一点，显然难逃以偏概全的讥讽，然而面面俱到，来个大汇合，是否就算是解了《红与黑》的"其中味"呢？

我认为未必。因为读者看到上述一个或几个方面，甚至全部，都不算是很困难的事情，而斯丹达尔却反复申明他的书要到五十年后才能得到理解。当然，《红与黑》五十年后或一百五十年后是否真正为人理解，这仍然是一个问题。但是这究竟意味着《红与黑》必然有一个超越上述一切的理由存在。它超越了复辟贵族的倒行逆施，超越了反动教会的严密控制，超越了小城维里埃的三头政治，超越了巴黎十二人的秘密会议，超越了于连的爱情，超越了于连的死。总之就是超越了"1830年纪事"。

那么，这个超越了上述一切的东西，我认为，就是《红与黑》的主题。这个主题就是"人怎样才能够幸福"。

五、人怎样才能够幸福

在《红与黑》卷上的卷首，斯丹达尔引用了丹东的一句话——"真实，粗粝的真实"作为题词。在卷下的卷首，他引用了圣伯夫的一句话——"她不漂亮，她不搽胭脂"作为题词，其意义也是真实。《红与黑》的真实，单说历史的真实是有目共睹的，当代人也承认。但是斯丹达尔还有一句题词，放在全书总目录的下面，用英文写道："献给幸福的少数人。"这也可以理解为《红与黑》这本书是为幸福的少数人写的，也就是说，幸福的人是少数的，只有少数人才能理解《红与黑》。按照法国图书的习惯，目录是放在书的最后的。我们看到书的卷首有一个题词，卷下的卷首也有一个题词，书的目录的下面还有一个题词。在三个题词中间就有了空间，有了距离。这个空间，这个距离就为读者提供了一个非常有挑战性和冲击力的问题。这就是问问读者：你是不是幸福的少数人之一？你能看出这本书的真实吗？你看出了本书的历史和现状，行为和动机的真实，你就是一个幸福的少数人吗？这是三句题词中隐含的矛盾，这种矛盾能激励读者深思。倘若他是或他想成为幸福的少数人之一，那么他就应该努力地寻找本书特有的真实。这就是说，要理解《红与黑》，必须走过两道大门，一个是真实，一个是幸福的少数人。

斯丹达尔所说的真实，并不仅是小说的历史氛围、政治形势、人物行为等等，这是普通读者不难看出的，而是一种不能为所有的人一眼就看出的真理和智慧。斯丹达尔所说的幸福的少数人，不是那种有钱有势的人，如市长、侯爵、主教等等，也不是关在收容所里的乞丐，不是受到父亲欺凌、市长轻视、侯爵指使的于连，而是关在狱中的、大彻大悟的于连。顺便说一句，"幸福的少数人"，有的译本作"幸运的少数人"，我以为，幸之长久者为"福"，幸之短暂者为"运"，既已确定为"少数"，当指其恒定的状态。斯丹达尔的意思是，能够理解小说的人固然不多，但他们是幸福的。

那么，这个《红与黑》的书名到底是什么意思呢？象征着什么？对于这个问题，自小说问世以来，研究者和读者一直没有一致的看法。或者以为这个"红"指军装，代表军队，"黑"指教士的黑袍，代表教会；或者说"红"指法国大革命和拿破仑战争的英雄时代，"黑"指复辟王朝的反动统治；或者认为"红"指以特殊方式反抗复辟制度的小资产阶级，"黑"指包括反动教会、贵族阶级和资产阶级在内的黑暗势力；或者认为，"红"与"黑"指赌博时所用的牌的颜色，暗喻人生的偶然性；等等。其他的看法都可以归到上述前三类里，唯第四种看法比较特别。

这三种意见中的第一种比较符合斯丹达尔本人的意见。因为有朋友问他："你的小说题目是什么意思？"他解释说："'红'，意味着于连如果出生得早，他就会是一个士兵。但是他生不逢时，只好披上了道袍，这就是'黑'。"不过，这里斯丹达尔只是给出了一个起点，并不能穷尽"红"与"黑"的全部含义。实际上，上述三种看法无论有多大的分歧，他们都有一个共同的基点，就是把"红"与"黑"看作是对立的、矛盾的、水火不相容的。尤其是后两种看法。因此我们说第一种看法只是表面上符合斯丹达尔本人的意见，实际上仍然是未解得《红与黑》的"其中味"。而在斯丹达尔的解释中，"红"（士兵）与"黑"（教士）不是对立的，是平行的。其之所以不同是因为时过境迁，历史的环境变了。这不但更符合于连的实际行为和他所处的真实环境，也可以从根本上揭示于连的悲剧命运，从而呈现出那个超越一切的智慧和真理。

《红与黑》全部的故事是按照时间的顺序来展开的，斯丹达尔给出的时间的参照，例如季节、物候、节日等等都相当模糊。粗粗地算一下，从于连的出场到他被处决，大约经过了四年的时间。也就是说，于连快到十九岁的时候到市长家里当家庭教师，二十一岁左右到德拉莫尔府当秘书，二十三岁前后入狱，两个月以后被处死。在这四年中，于连唯一的念头是发迹，是飞黄腾达。进军队还是进教会只是机缘问题。他的方针已定，在有利的条件下，按照当时法国的风尚，当兵或当教士。因此，看起来当兵或当教士完全是一个实际的问题。在当时，两者都不失为一种好的出路。例如，在他当家庭教师的市长家，市长就打算让他三个儿子中的老大进军队，老二进法院，老三进教会。因此，"红"与"黑"对于连来说，不过是鱼和熊掌罢了，得到哪个都行。实际上，于连自打很小的时候看见几个从意大利归来的龙骑兵，就发疯般地爱上了军人的职业。但他后来，在十四岁的时候看见一个治安法官败在一个约三十岁的神父的手下，他就不谈拿破仑了，立志要当教士。因此，此后的八九年中，他实际上一直在教士和士兵之间犹豫徘徊。用他自己的话说就是"在拿破仑治下，我可能要当个副官；而在这些未来的本堂神父中，我则要当代理主教"。所以，士兵和教士对他来说是平行的东西，机缘合适，当哪个都行。

不过，细心的读者可以注意到，于连口口声声说成功、发迹、飞黄腾达，时时处处羡慕有钱人的幸福，却从来没有清楚地说出过他究竟要什么。金钱，他当然是想要的。他动辄想当今一位主教比当年一位将军多挣多少钱。然而他关心和谁一起吃饭要胜过拿多少薪水。他拒绝过和爱丽莎的有利的婚事。他不肯走富凯那样的稳妥的发财之路，富凯是他的一个朋友。他也从来不接受没有名分的馈赠。总之于连并不是一个爱钱的人，这是他和当时一帮渴望成功的人之间的一个很大的区别。

再说社会地位。于连当然常想三十岁当上将军，看见阿戈德主教比他大不了几岁，他就感到羞愧；得到第一次提升，就欣喜若狂；当了骑兵中尉，有了骑士的封号，就喜出望外。然而这一切给他带来的首先是荣誉，是平等，是自由，其次才是财富和享受。于连也并不是一个有政治经验的人，他不属于任何沙龙，不属于任何小集团。这一点德拉莫尔侯爵看得最清楚。他没有一个不失去一分钟、一个机会的律师所具有的那种机灵、狡猾的才能。这是德拉莫尔侯爵说的。可以说，于连想到或感到的幸福，很少有物质的成分。更多的是贵妇的青睐，自尊心的满足，能力的实现，甚至于读书的自由。有时候哪怕躲开男人的目光，也能让他有一种幸福之感。总之，说于连是一个个人主义野心家固然不错，但不如说他是一个追求个人幸福而不幸走上歧途的年轻人来得准确。这里的歧途不是说他采取了为社会道德所不容的手段之类，而是说他在社会通行的规范中无论成功与否都不能获得幸福。于连的所作所为，甚至是所思所想与他内心的呼唤是互相矛盾的。于连是一个成长中的形象，死的时候才二十三岁。如果说在到达"虚伪"这个可怕的词之前，这个年轻农民的心灵曾走过很长一段路的话，那么他的死意味着他只不过是在一条更长的路上刚刚迈出了第一步。这一步是他在监狱里走完的。内容丰富、分量沉重、寓意深刻的《红与黑》实际上写的是一个年轻人在追求幸福的道路上如何从迷雾走向清醒，说到底，写了一个"悟"字。

陶渊明在《归去来兮辞》中说："既自以心为形役，奚惆怅而独悲！悟已往之不谏，知来者之可追。实迷途其未远，觉今是而昨非。"这句话是人类对永恒的难题的唯一的解，也正是《红与黑》于连的处境的真实写照。斯丹达尔的高明在于，他只在迷失上用力，似乎柳暗花明、曲径通幽，谁都说从胜利走向胜利。而在仿佛登上顶峰的时候，突然两记枪声让主人公跌落在地上，犹如一声断喝："此路不通！"于是主人公恍然觉，而后在回想中大彻大悟，从此走上了新的道路。于连在押两个月后赴刑。这条新的道路实际上是留给读者走的，这读者就是斯丹达尔心中的幸福的少数人。换句话说，唯有看出并走上这条新的道路的读者才是斯丹达尔寄予希望的幸福的少数人。这就是《红与黑》的主题，即"人怎样才能够幸福"。

六、谁是幸福的少数人

人来到世界上没有不追求幸福的。贵为帝王，贱为囚徒，概莫能外。整天忙于政治的德拉莫尔侯爵也是把享乐看作高于一切的事情。然而，金银财富，高官厚禄，千钟粟，黄金屋，颜如玉，或者与世无争，清心寡欲，难得糊涂，外无相、内不乱，平常说了几千年，那么什么是幸福，如何才能得到幸福，仍然是使人类至今感到困惑的问题。于连的迷和觉正是在对这个问题的反思和问答之中。于连首先把社会和他人的标准作为自己获得幸福的标准，追求所谓的社会成功和他人的承认。他的虚伪，他的心计和他的警觉，他的作战计划，他的种种防范措施，无一不是为了在社会上发迹，出人头地和飞黄腾达。然而这一切并非与他内心的一切没有矛盾冲突。因此他总是处在草木皆兵、风声鹤唳的紧张状态。虽然他实际上总是马到成功，步步高升，却不曾品尝到片刻的欢乐。即使他在巴黎节节胜利，每每感到快乐到了极点，也常常是骄傲多于爱情，是一种野心实现后的狂喜。他的社会成功从来未给他带来过幸福，反而淹没了他的真实自我，为表象而牺牲了本质。

但是，于连毕竟是一棵好苗子，本性善良，这就使他的伪装总是露出马脚，他的计划总是漏洞百出，他的做作也总是泄露真情，他的趋奉总是引起怀疑。最终使他永远被视为异类，因与众不同而陷入无穷无尽的痛苦之中。于连的这种悲剧乃是一切出类拔萃之辈的永恒悲剧，无论是在专制社会，还是在共和社会，还是在民主社会，都是如此。所以，于连不仅和复辟贵族是矛盾的，和反动教会是矛盾的，和资产阶级是矛盾的，甚至和资产阶级共和派也是矛盾的。于连的悲剧体现了个人和社会的矛盾。这就意味着，社会乃是个人幸福的障碍，或者说追求社会成功使渴望幸福的人踏上歧途。然而哪一个人能脱离社会，与世隔绝呢？所以人还是要在社会中，在人际关系中求得幸福。那就只有两条路可走：一是反求诸己，追求精神价值；一是承认并享受平常的幸福。于是就有古希腊犬儒学派，就有贺拉斯的平凡的幸福，就有斯丹达尔的生活在巴黎，年金一百路易，读书写字。于连固然四面树敌，把虚伪和泯灭一切同情心作为获得安全的通常的手段，但是他究竟还有快乐的时候。于连的第一个快乐就是读书，读他自己的《可兰经》，那就是卢梭的《忏悔录》、拿破仑的《圣赫勒拿岛回忆录》以及《大军公报汇编》。拿破仑的榜样给自以为极不幸的他带来安慰，又使他在快乐的时候感到加倍的快乐。于连的第二个快乐是摆脱了父兄的欺负和虐待。虽然还不是离开维里埃，但也差不多是飞黄腾达的第一步了。

于连在德莱纳市长家里的快乐分为两类：一是履行了某种责任之后

感到的实现抱负的快乐；一是远离男人的目光，毫无恐惧之心地和德莱纳夫人相处，尽情享受生活的快乐。他也有满足虚荣心的快乐，他也因不能真诚而败坏了更多的快乐。当于连在德莱纳夫人面前把野心抛诸脑后的时候，斯丹达尔指出："从未爱过也从未被爱过的于连，觉得做个真诚的人是那么甜蜜、愉快。"然而，斯丹达尔又指出，于连缺的是敢于真诚，这种种的快乐大多是贺拉斯所说的平凡的快乐、平凡的幸福。于连在野心勃勃的时候往往感受不到。然而这正是斯丹达尔在描写上升中的于连常常流露出嘲讽的原因。

斯丹达尔对人生的三大信条是自我、幸福和精力弥满。他所追求的幸福并非发迹、出人头地、飞黄腾达等等。他也崇拜拿破仑，有建立功勋的抱负。但是他坚持不懈追求的乃是贺拉斯的平凡的幸福。所以他说："人能够获得的幸福乃是一种免除一切后顾之忧的状态。"这是一种什么样的状态呢？他说，六千法郎的年金、一百路易的年薪，或者说两千法郎以上两万法郎以下，其含义是独立、自由，不受制于人，能随心所欲地从事个人喜欢的事情，例如写作、恋爱、欣赏歌剧等等。

做一个幸福的少数人并不容易，在法国只能到住五层楼以上的人中间去找，当时的法国，五层楼就是最高了。法国人所说的五层楼以上，乃是仆人和穷文人居住的地方，所谓阁楼、亭子间是也。所以，入狱之前的于连，虽然步步高升，不断胜利，却不是一个幸福的人。那么入狱以后的于连呢？斯丹达尔说，一个人的幸福不取决于智者眼中的事物的样子，而取决于他自己眼中的事物的样子。入狱之前的于连，是在社会这根竹竿上攀登，以他人的眼光看待事物。所以他要三十岁当上司令官，或者当上年薪十万的大主教；他要受到巴黎美妇人的青睐，以诱惑和征服贵妇人为责任；他要挤进上流社会，要按照给他十字勋章的政府的旨意来行事，并且准备干出更多不公平的事情；他为自己的种种社会成功和虚荣心的满足而沾沾自喜，甚至真的以为他自己是一个大贵人的私生子。凡此种种，都是智者眼中的事物的样子。即他人的承认、社会的承认，也即所谓的实现抱负和野心之类。于连并非不能成功，他其实已经成功了，即便他犯了罪、入了狱，他仍有可能逃跑，他的上诉仍有可能被接受。他若放弃尊严表示屈服，他仍然有可能做德拉莫尔侯爵的女婿。福利莱神父说得对，于连在法庭上的辩护的确是一种自杀的行为。读者读到这里不能不认为，于连的成功并没有给他带来幸福，反而是他的失败促使他走上幸福之路。

于连若果真满脑子发迹、往上爬和飞黄腾达的念头，或者，于连若果真有清醒的阶级意识，代表着一个阶级的年轻人，即虽然出身贫贱的阶级，可以说受到贫穷的压迫，却有幸受到良好的教育，敢于跻身骄傲的有钱人所谓上流社会中间，反抗封建贵族，那么他一定为一时的冲动使自己进入了监狱而懊悔，既误了个人的前程，又坏了阶级的大事。然而不，他的内心是平静的，他睡得着觉。他还有心欣赏监狱的建筑的优雅和动人的轻盈。他注意到两道高墙中间有一片极美的风景。他坦然地等着死。他也悔恨，但他悔恨并不是为了自己，而是为了德莱纳夫人。他自己也感到奇怪，原以为她的那封信永远毁了他未来的幸福，却使他在十五天内认识到安静地生活在韦尔吉那样的山区里是幸福的。他拒绝上诉，他开始反思。他希望让蜉蝣延长五个钟头的生命，让它认识一下什么是夜，他也希望再给他五年的时间，让他和德莱纳夫人一起好好生活。往日的野心、幻想、奋斗以及为此而设计的种种伪装统统失去了光彩，于连终于在死亡面前知道了什么是幸福。

于连对德莱纳夫人说的那番话是真诚的，"你要知道，我一直爱着你，只爱你一个人"。他果然如久在海上颠簸的水手登上陆地散步一样，从容地赴死，没有任何的矫情。他恢复了真正的自我，狱中的于连终于从社会角色的束缚中解放出来，获得了自由。他在短短的一生中，为自己规定了许多角色，如拿破仑的副官、代理主教、司令官、指导教师，甚至风月老手。为了演好这些角色，他不能不虚伪、装假，甚至做出违心之举。这一切都戴上了为了幸福这样一个堂皇的冠冕，实际上却使他否定了自己的原则，即个人才智的优越。死亡的临近给了他一次机会，让他卸去了一切的伪装和面具，露出一个真实美好的自己。死亡会给每一个人这样的机会，但并非每个人都能抓住，因为向命运和暴力屈服，陷入消极和虚无，或者为了某种原因而死不瞑目等等，都不能说是抓住了这样的机会。但是于连抓住了，因为他究竟是个好苗子，"他不曾像大多数人那样，从温和走向狡猾，年龄反而给了他易受感动的仁爱之心，那种过分的狐疑也会得到疗治"，所以，于连在狱中才能真诚地对待情人、对待朋友，甚至对待敌人。

于连和玛蒂尔德的爱情是他的一次巨大的社会成功，玛蒂尔德的出身、社会地位、在侯爵心目中的地位以及她自身的聪明才智还将保证他有更大的成功。然而，这两个出类拔萃的人之间的爱情，是一种最复杂、最曲折、充满了征服和反征服的爱情，是发生在两个都不那么自然的人之间的理想化的爱情。玛蒂尔德多少有些做作，但是追求理想、不甘寂寞、好学多思、目光敏锐，这使她成为一个颇有吸引力的不寻常的女性。于连不能不受她的吸引，但是他也不由自主地怀着某种恐惧。因为他在个性上不如她强悍，在追求上不如她坚韧，在反抗上不如她彻底。于连对她的爱情虽然处于征服的状态，却仍然演变成一种精神上强烈而真诚的吸引和钦佩。其中，并不缺乏真情实意，尤其是玛蒂尔德有了身孕之后。然而，他们之间少了那种时而强烈如火，时而柔情似水，但永远不设防的感情的融合。这是他们爱情的弱点。

书中一个英国旅行家说他和一只老虎亲密相处，手边却永远有一把上了膛的手枪，这正是于连对待他的感情的态度，这时的于连已经对英雄主义感到疲倦。要是面对一种单纯、天真、近乎羞怯的爱情，他会动心的。不幸的是，直到于连进入监狱，他才能冷静地反省他和玛蒂尔德的关系。玛蒂尔德试图用她那爱情的过度和行动的崇高让公众大吃一惊，等到有一天，她像住在五层楼以上的穷姑娘温情脉脉、毫不做作，为时已晚。因为于连已经和那个充满了英雄主义气概的过去，连同那个他企图在其中一试身手的社会最后地告别了。然而，卸下了所有包袱的于连却终于能够理智地对待玛蒂尔德了，并且合乎情理地为她设计了未来的道路。

我们不能妄断玛蒂尔德的前途，但我们可以相信她将在内心深处为他保留一个至高无上的祭台，而不仅仅是把那个蛮荒的山洞用花巨款在意大利雕刻的大理石装饰起来。在这一点上，于连也许没有完全理解她，然而无论如何，狱中的于连是生平第一次真诚地把她当作一个朋友，没有怨恨，没有谴责，有的只是内心深处的歉疚。这对玛蒂尔德来说也就够了，她究竟体验过一次崇高。她独自坐在她那蒙着黑纱的车里，膝上放着她曾经如此深爱过的人的头。这不是做作，不是疯狂，这是她对眼前这个平庸乏味、丧失活力的贵族阶级的挑战。不仅在玛蒂尔德的心目中，而且在斯丹达尔所设想的幸福的少数人的心目中，死后的于连已经变成了一个圣徒，变成了圣于连。

斯丹达尔固然是一个关心政治、关心时局的人，但他首先是一个关心个人自由、关心个人幸福的人。他的主人公无一不是在社会集团里寻

觅一方乐土的人，无一不是在前往幸福的圣地朝拜的旅途上颠沛流离的
人。法国作家瓦莱里说："在我的眼里，亨利·贝尔不是一个文人，而
是一个聪明人。他太个人了，不能局限于当一个作家，他因此而讨人喜
欢或者不让人生厌，我是喜欢的。"这句话说得好极了。斯丹达尔动了
写《红与黑》的念头时已经四十六七岁，是一个曾经沧海、饱尝风霜的
人了。他不想告诉人们应该怎样做，他只想说出他认为什么才是幸福。
其实他在二十二岁时就已经说过："几乎所有的人生不幸都源于我们对
所发生的事情有错误的认识。深入地了解人，健康地判断事物，我们就
朝幸福迈了一大步。"他把《红与黑》献给"幸福的少数人"，那么谁
是"幸福的少数人"呢？他在《意大利绘画史》中写道："幸福的少数
人，在1817年，在三十五岁以下的一部分人中，年金超过一百路易，也
就是两千法郎，但要少于两万法郎。"他给幸福定了一个标准，在另外
一个地方他说是六千法郎。1817年是《意大利绘画史》出版的那一年。
那年斯丹达尔三十四岁，他所求于金钱的乃是独立生活的保证，故不能
少。过少可能被迫仰人鼻息。也不可过多，过多则可能成为由此带来的
种种束缚的牺牲品，乃至于"有漂亮的公馆却没有一间斗室安静地读高
乃依"。于连的迷误正在于宁可死一千次也要飞黄腾达的决心。斯丹达
尔让于连从顶峰上跌落下来，不是说他已经失败了，而是说他开始走出
误区。加缪讲过西绪福斯屡败屡战的故事，说他是幸福的。我们不妨袭
其意而反用之，不说追求中的于连是幸福的，而说醒悟了的于连是幸
福的。

　　波德莱尔赞赏斯丹达尔道："有才智的人应该获得他绝对必需的东
西，才能不依赖任何人。"在斯丹达尔的年代是一年六千法郎的收入，
然而，如果这种保障已经获得，他还把时间用在增加财富上，那他就是

一个可怜虫。于连在侯爵那里的薪水是一年一百路易，即两千法郎；如果侯爵满意，则可达八千法郎，正好符合斯丹达尔的关于幸福的人的标准。皮舒瓦和齐格勒所著《波德莱尔传》一书中说："跟1840—1860年间一些公务员、各个部或行政机构的职员的工资相比，一份2400法郎的年金能让一位年轻人，尤其是一位单身汉过上非常舒适的生活。比方说，一位编辑或者部里的一位副处长的年收入一般在2000—2700法郎之间，而职员一般都要到30岁之后才可以升迁到这些职位上。一位正处长可以挣到4000—5000法郎。"我想，1820年代的工资水平和1840年代的不会相差很多，斯丹达尔的要求看来是一个很高的要求。于连曾经是这样一个可怜虫，但是他毕竟当了两个月的有才智的人，不再把时间用在飞黄腾达那块必定要从顶峰上滚落下来的巨石上。于连没有失败，他胜利了，他获得了幸福。我想，这是我们今天阅读《红与黑》应该得出的结论。

谈谈巴尔扎克

　　巴尔扎克是中国人最熟悉的外国作家之一，可能也是最有争议的外国作家。一般认为，他是一个伟大的现实主义作家或者批判现实主义作家，他的《人间喜剧》是19世纪法国社会的"百科全书"和"现实生活的准确再现"。然而，在他的祖国，加在他头上的帽子可不仅仅是现实主义，什么浪漫主义、现实主义、自然主义、混有现实主义的浪漫主义、混有浪漫主义的现实主义、神秘主义、革命浪漫主义、革命现实主义和批判现实主义等等，让那些善贴标签的研究者手足无措，争论不休。争论的焦点是，巴尔扎克究竟是一位洞观者，还是一位观察者？我认为，他是一位通过广泛而真实的细节描述而具有深刻洞见的伟大作家。也就是说，巴尔扎克首先是一位洞观者，然后才是一位观察者。

　　巴尔扎克1799年出生在法国都兰地区的图尔市，父亲是一个从农民升为中产阶级的国家公务员，母亲是一个巴黎马莱区的富裕的呢绒商的女儿。巴尔扎克的全名是奥诺雷·德巴尔扎克，这个表示贵族的"德"字，是在他的母亲生他的第二个妹妹的时候加上去的。这时巴尔扎克三岁，他的父亲五十六岁。他的母亲后来还生过一个孩子，据说是一个私生子。他的父亲自学成才，博览群书，尤其对哲学和历史感兴趣，整日里衣冠楚楚，腰板挺直，"漂亮得像大理石，结实得像一棵树"，深信自己能活一百岁（实际上他死在八十三岁上）。他的母亲长得很美，但是生硬、傲慢，有些冷漠无情，而且不善于培养和孩子们的感情，所以，巴尔扎克在盛怒之下说：“我从来没有过母亲。”他的童年时代实际上是在对两个妹妹的爱护和关切中度过的。他的妹妹说，他是一个“非常可爱的孩子，性格活泼愉快，美丽的小嘴带着微笑，褐色的眼睛明亮而温柔，高高的前额，乌黑的头发，使他在散步时十分引人注目”。他常常会编一些小故事逗妹妹们开心，他可以整整几个小时拨弄一把红色小提琴的琴弦，当有人要求他停止这种音乐的时候，他会吃惊地问：“你没有听出这曲子多么好听吗？”莫洛亚在《巴尔扎克传》中说：“奥诺雷天生有生活在幻觉世界中、倾听唯有他能听到的仙乐的本领。”

　　巴尔扎克的教育是从八岁进旺多姆学校开始的，六年之后，当他离开学校的时候，已经是一个哲学家了。我的意思是说，他已经对世界有了一种看法，例如他认为世界是一个统一体，精神也好，物质也好，都是相互联系的。他喜欢奇迹、神秘、幻觉，读书很多、很杂，这使他打下了广博、深厚、有些杂乱的知识基础。他在小说《路易·朗贝尔》中有一段话：“由于长期的阅读和思考，十二岁的时候，他的想象力已非常发达，他能够对仅仅从书本中了解到的事物有非常确切的概念，它们清晰地印在他的脑海里，好像亲眼见过一样。或许他用了类比推理的办法，或许是天赋的第二视觉使他能够通观大自然。”这可以说是他的夫子自道。“洞见”这个词很早就进入了他的词汇，“洞见”意味着一个人能够在思想中同时观察过去、现在和未来，能够在想象中看到视线以外的事物，所谓“第二视觉”。巴尔扎克在旺多姆学校的学生时代已经具备这种力量了。1814年，巴尔扎克进入图尔中学；1816年开始，他在法学院注册，同时在巴黎大学听课，并且在一位诉讼代理人和一位公证人那里见习；1819年，他获得法学学士学位，他的教育阶段终于过去了，他要进入社会打拼了。在中学和大学阶段，他仍然大量地读书，内容涉及几乎社会科学和自然科学的所有领域，他的见习又使他了解了法律诉讼的程序、巴黎的各色人等以及掩藏在金钱后面的鲜为人知的秘密。当时法国著名的生物学家若弗鲁瓦·圣伊莱尔和居维叶之间关于动物分类学及其机体有无"统一格局"的论战，曾经引起巴尔扎克极大的兴趣。圣伊莱尔认为，动物的有机构成只有一种基本形态，因生活条件不同才演变为千殊万类。巴尔扎克联想到人类更是只有一种形态，同样因处境不同才出现种种差别。既然布封能够通过一部书来描绘动物世界的全貌，为什么不给人类社会也写一部类似的著作呢？这一联想，后来居然成为他构思《人间喜剧》的契机。

从法学院毕业之后，巴尔扎克拒绝了家庭为他在公证人事务所安排的前程，坚持要走毫无生活保障的文学道路。他有两大愿望：爱情和名声。家里给了他两年的时间，要他证明他具有文学的才能。他们给他安排了一间阁楼，他必须自己买菜做饭，而且尽可能少露面，免得人家说他们家在巴黎养着一个"什么也不干"的儿子。他曾经想写一篇哲学论文——《论灵魂的不朽》，其实他并不相信灵魂是永存的。他这个时期读了大量的哲学书籍——巴尔扎克小说中的哲学思想在创作之前就已经形成了。但是，他不能永远生活在哲学幻想之中，他终于奋战了一年，写出了他的处女作五幕诗剧《克伦威尔》，以英国17世纪资产阶级革命的领袖人物克伦威尔为主角的一出悲剧。然而，他在家庭会议上朗读作品的时候，却发现"周围人的脸部表情，都是冷冰冰的、木呆呆的"。他的作品失败了。他反驳，抗议，不同意他们的看法，于是，有人请了法兰西学院的院士、剧作家安德里欧。安德里欧看了剧本之后说："这位作者随便干什么都可以，就是不要搞文学。"但是，这样严厉的当头一棒并没有使巴尔扎克认输，他说："悲剧不是我之所长，如此而已。"他在一篇小说中描绘一个年轻人，他回忆起二十岁的自己："青年人的脑子里不知装着多少《天方夜谭》式的神话！……要制造多少盏神灯才能明白，真正的神灯不是侥幸，便是勤奋，要不就是天才。"他的"神灯"究竟是什么呢？

《克伦威尔》销声匿迹了，他希望以小说来赢得名声。他曾经断断续续地写过一本题为《法蒂尔娜》的小说，还写过一本《斯坦妮或哲学的痛苦》，但是文笔稚嫩，很不成功。当时巴黎有一批放浪形骸的文学青年，与出版界和戏剧界有密切的联系，专为出版商炮制流行小说和时尚读物。巴尔扎克加入了他们的文学作坊，并很快成为一个领袖人物。当然，这类限期完成、批量生产的作品并不会给他带来荣誉，他后来也不肯公开承认这些作品出自他的手笔。他明白，没有稳定的经济来源很难从事严肃的精神创造，于是他决定暂时弃文从商。从1825年开始，他先后从事过出版业，开办过印刷厂、铸字厂，甚至到撒丁岛考察过一个废弃的银矿，无奈已经有人捷足先登了，抢了他的好生意。很奇怪，巴尔扎克往往是创意很好，可是一经他的手，生意就失败；而到了别人的手里，生意就红火。几年的商海浮沉，让他尝够了破产、倒闭、清理、负债的痛苦，然而，他生活中的所有失败，都将转化为创作中取之不尽的题材，化为巨大的财富。当然，这财富并不是指金钱。

1829年，巴尔扎克完成了长篇历史小说《舒昂党人》，这时他三十岁。他第一次署上了"巴尔扎克"这个名字，小说以法国大革命时期旺代地区叛乱为主题，真实地再现了舒昂党人叛乱的真相，描绘了贵族、僧侣为恢复失去的权力而利用宗教迷信的手段煽动农民为王党效力的种种画面。这部小说虽然不曾畅销，但它的作者已经被认为是一位作家了，可以说，巴尔扎克历经十年的磨难和砥砺，终于在巴黎文坛上初露头角了。从1830年开始，他进入了创作的高峰期，数年之内以令人惊讶的速度接连发表了篇幅不等的小说数十部，每一部都令人瞩目。其中，1830年发表的《猫打球商店》《苏镇舞会》《高利贷者》和《长寿药水》，1831年发表的《驴皮记》《玄妙的杰作》和《红房子旅馆》，1832年发表的《夏倍上校》《图尔的本堂神父》，等等，都可称精品。及至1833年，《欧也妮·葛朗台》问世，巴尔扎克已是名满欧洲的大作家了。1833年的《乡村医生》和1834年的《十三人故事》《绝对之探求》和《三十岁的女人》也是这一阶段的力作。不过，对作者本人来说，这一阶段具有深远意义的成就，乃是《人间喜剧》宏伟规划的酝酿成熟。巴尔扎克早就打算使作品系列化，但直到1833年才找到一个合适的框架使小说组成一个整体。1834年，他在给韩斯卡夫人的信中谈道，他的作品将定名为《社会研究》，下分《风俗研究》《哲理研究》和《分析研究》三大部分，分别表现结果（即现象）、原因和法则。他说："风俗研究是一些'典型化的个人'；哲学研究是一些'个人化的典型'。因此，我到处都给予生命：对典型，要使它个人化；对个人，要使它典型化。我将给细节以思想，给思想以个人的生活。"至此，整套巨著的框架和立意已告成型。后来，在但丁的《神曲》（其原文的意思是：神界喜剧）的启发下，又将作品的总称改为《人间喜剧》（*La Comédie Humaine*），把人世间的一切纷争角斗、悲欢离合喻为人生舞台上的一幕幕悲喜剧。"la comédie humaine"在法文中的意思是：人生如戏。

1835年，巴尔扎克出版了《高老头》，一部以父爱为主题的小说，同时也是青年野心家拉斯蒂涅出场的小说。他开始有计划地为《人间喜剧》这座大教堂准备构件了。他运用相同的人物在不同的作品中出现的方法，把以往的作品和以后的作品连为一体，使《人间喜剧》的九十多部作品成为整个法国社会在一定历史时期内的全面的缩影，这段历史时期就是19世纪的第一个五十年。1835年至1841年，巴尔扎克接连发表了十六部长篇小说，十部中篇和八个短篇，篇篇可称杰作。如短篇小说《改邪归正的梅莫特》（1835）和《无神论者望弥撒》（1836），中篇小说《禁治产》（1836）、《夏娃的女儿》（1838）和《比哀兰特》（1840），长篇小说《幽谷百合》（1835）、《古物陈列室》（1838）、《公务员》（1838）、《赛查·皮罗托盛衰记》（1838）、《幻灭》（1839）和《搅水女人》（1841）。其中，《幻灭》最为杰出，作品对新闻出版界的揭露和批判引起轩然大波，一场围攻和笔战持续了数年之久，以至于他此后的作品都遭到报刊评论的恶意攻讦。

到1841年末，巴尔扎克已发表的作品已经构成一个完整的艺术世界了，可以汇编在一起了，于是他与出版商签订了合同，准备出版十六卷本的《人间喜剧》。他一面修订、汇编旧作，一面补充新作。1844年，他继续发表《烟花女荣辱记》；1846年，《贝姨》发表；1847年，《邦斯舅舅》发表。后两本书成为《人间喜剧》的第十七卷。至此，《人间喜剧》这座宏伟瑰丽的大教堂基本落成。1855年，表现封建的农村经济解体的《农民》出版了，这时巴尔扎克已经去世五年了，他的包括137部作品的庞大的计划也只能在90多部上画了句号。从1829年到1849年，整整20年，巴尔扎克都在为他的《人间喜剧》奋斗、拼搏。20年间，他不仅写出了这样一套皇皇巨著，而且每部作品他都要反复修改，更改甚至更换好几次校样。何况他曾经为好几种报刊写杂文、特写、时评、书评和专论。此外，他还创作了六部剧作和一部仿16世纪文体及拉伯雷风格的短篇故事集《趣话百篇》（实际上仅写了三十多篇，中译本题为《都兰趣话》）。对此，我们只能慨叹，今后再也不会有像巴尔扎克那样勤奋的作家了，再也不会有巴尔扎克式的野心：纳全社会于笔下并给予哲学的观照。今天的人无法想象巴尔扎克的工作节奏和工作效率，更无法想象巴尔扎克的精力和体力。他常常是晚上6点钟睡觉，半夜12点起床，披上圣多明各式的僧袍，点起四支蜡烛，一气工作十几乃至二十个小时，甚至一连几天通宵达旦。说他三天用掉一瓶墨水，一天更换十几支鹅毛笔，恐怕不是夸大其词。咖啡是他的生活必需品，有人说他一生中喝了"数以吨计的咖啡"。参观一下位于巴黎莱努阿大街上的巴尔扎克故居，他为了躲债曾经在那儿生活七年之久，我们会对巴尔扎克的工作和生活有一个大概的了解。比如，在他的卧室里，有他心爱的拿破仑小雕像，一手执帽，一手仗剑，雄赳赳地立在那儿，雕像上写着一句豪言壮语："他用剑未完成的事业，我要用笔完成。"他曾经在餐厅里宴请过维多克警长，而此人正是《烟花女荣辱记》中可怕的伏脱冷的原型。看看巴尔扎克的手稿或校样是很有趣的，《乡村教士》打了六次清样，故居里保存的是第二稿，改动极多；《纽沁根银行》的一页清样上，除了密密麻麻的钩画改动之外，还在题目的上方写了一段话："夏尔，速送另一清样，但要双份，因为我得就本书向人请教一个问题。"文中的"夏尔"，就是日后著名的出版商夏尔·普隆，巴尔扎克想向人请教的问题是金融方面的一个细节。在写有《高老头》的一张纸上和《绝对之探求》的手稿上，则写有许多数字，那是他的债务。当时的文人大多极穷困，少有不和高利贷者打交道的，巴尔扎克尤甚，不得不狡兔三窟，挖空心思躲债。他要计算将要获得的稿酬，看看能不能还几张到期的期票。更有意思的是看看他的票据，他有一张买手套的发票，上面的数字表明他六个月内买了六十双手套，这足以见出手套在交际场中的重要；也使我们明白，为什么巴尔扎克在写到那些到巴黎打天下的外省青年时，总要不厌其烦地说到他们如何为手套、皮鞋、衬衣之类发愁。还有一张是买咖啡的，开列了三个品种。陈列说明告诉我们，巴尔扎克为了使咖啡具有足够的刺激性，总是三种咖啡一起煮，而且据说日饮三十杯。二十年的超负荷脑力劳动、成名以后频繁的社交活动、躲避债务以及过量的咖啡使他心力交瘁，过早地失去了健康，不到五十岁就接近了生命的终点。但是，这种激情成就了他事业的辉煌。

巴尔扎克毕生追求两大目标：爱情（被人爱）和名声。如今名声已经有了，只是爱情还有待商量。他把爱情和情欲做了严格的区分，他说："情欲是一种可能出现差错的期望……男人也好，女人也好，都可以不失体面地多次产生情欲。因为追求幸福是很自然的事！但是在人的一生中只能有一次爱情。"还说："一个人一生中不会有两次爱情，只有一次像大海一样深广无垠的爱。"巴尔扎克年轻的时候追求比他母亲年龄还大的德贝尔尼夫人，把她称作"精神上的太阳"，而她则把巴尔扎克当作儿子一样地关心爱护。1832年，巴尔扎克接到了一位"外国女子"的来信，对他极尽崇拜倾慕之情，从此开始了一段长达十八年的追逐和相恋。这位外国女子就是波兰贵族德韩斯卡伯爵夫人，当时三十三岁，丈夫六十岁，且身体不好，巴尔扎克有望在其死后与德韩斯卡夫人结为夫妇。可是，当1850年3月俄国沙皇恩准这桩跨国婚姻的时候，巴尔扎克已是重病在身了。举行婚礼之后，年已半百的新郎新娘启程返回法国。途中巴尔扎克再次病倒，双目几近失明，5月抵达巴黎时已一病不起。1850年8月18日，巴尔扎克去世，8月21日，在拉雪兹公墓举行葬礼，自发的送葬行列绵延了好几条大街，几乎望不到尽头。巴尔扎克一生中与女人的关系，以与这两个女人为最重要，不知道哪一个是情欲，哪一个是爱情。在落日的霞光中，维克多·雨果致悼词，面对着这位没有任何正式头衔的伟大作家，他说："在最伟大的人物中间，巴尔扎克属于头等的一个，在最优秀的人物当中，巴尔扎克是出类拔萃的一个……他所有的著作汇成了一本书，一本活生生的、光辉灿烂、意义深远的书，我们当代全部文明的来龙去脉，其发展及动态，都以令人惊骇的现实感呈现在我们面前。"雨果的话，可以说是道出了巴尔扎克作为一个作家的根本。

巴尔扎克曾经说："法国社会将成为历史家，我只应当充当他的秘书。"巴尔扎克太谦虚了，他不满足于当这个社会的秘书，不满足于承担这个社会的文字记录工作。他是哲学家的化身，尼采笔下的哲学家，一个"不断地生活、观看、倾听、猜测、希望和梦想一些非同寻常的事物"的人。他的《人间喜剧》是一座"比布尔热大教堂还要宏伟"的建筑，他在其中安排了两三千个人物，他们在巴黎这座炼狱中"生活、搏斗、感受"，演出了一出出惊涛骇浪般的生命的话剧。《人间喜剧》分为三个部分：《风俗研究》《哲理研究》和《分析研究》。《风俗研究》是基础和主体部分，以下等而次之。由于巴尔扎克五十一岁即已辞世，《人间喜剧》没有最终完成，基础和主体部分显得过于庞大，但是整个建筑仍然彼此联系，结为一体。如他所说："《风俗研究》表示社会的效果，是建筑的基础。第二部分是《哲理研究》，因为效果的后面是原因……然后，在效果和原因的后面应该寻找法则。风俗是演出，原因是后台和机关。法则是作者，但是作品在盘旋直上达到思想的高度的过程中，它自己也在衡量和凝结。"其实，效果、原因和法则，同时存在于一部小说中，例如《驴皮记》《高老头》《路易·朗贝尔》等。

《风俗研究》分为六个系列，代表了"社会的通史"，它们是：《私人生活场景》《外省生活场景》《巴黎生活场景》《政治生活场景》《军旅生活场景》《乡村生活场景》。《私人生活场景》以《高老头》为代表，描写"童年、少年及其错误"，揭露了金钱的罪恶；《外省生活场景》包括《欧也妮·葛朗台》《幻灭》等小说，表现"激情、算计、利益和野心的年纪"；《巴黎生活场景》有《十三人故事》《烟花女荣辱记》等，展现了巴黎这座现代化大都市的"趣味和恶习的场面"；《政治生活场景》以《一桩扑朔迷离的案件》为代表，描绘了资产阶级政客如何在频繁的政权更迭中节节上升；《军旅生活场景》中的《舒昂党人》，描写了群众如何在贵族僧侣的欺骗下逐步走向叛乱；《乡村生活场景》有《农民》《乡村教士》《乡村医生》等，描写了农村中"最纯真的性格和政治、伦理等大原则的实行"。《哲学研究》，巴尔扎克认为这是理解他的小说的关键，有《不为人知的杰作》《绝对之探求》《路易·朗贝尔》《驴皮记》等，其中《驴皮记》是连接《风俗研究》和《哲学研究》的纽带，有"不读《驴皮记》，就不能真正理解巴尔扎克"的说法。《分析研究》只有两部小说——《婚姻生理学》和《夫妻生活的小烦恼》，是《人间喜剧》相对比较薄弱的部分。

那么，巴尔扎克通过《人间喜剧》告诉我们的，首先是社会的现实还是人生的奥秘？首先是镜中的映象还是神秘的象征？换句话说，我们对《人间喜剧》首先应做历史的理解还是哲学的领悟？前者是观察的结果，后者是洞观的结果。两者并非不能兼容，分歧的焦点是何者为重，何者为轻：是写实为重创造为轻，还是创造为重写实为轻。

波德莱尔曾经这样论巴尔扎克："我多次感到惊讶，伟大光荣的巴尔扎克竟被看作是一位观察者。我一直觉得他最主要的优点是：他是一位洞观者，一位充满激情的洞观者。他的所有人物都秉有那种激励着他本人的生命活力，他的所有故事都深深地染上了梦幻的色彩。与真实世界的喜剧向我们展示的相比，他的《人间喜剧》中的所有演员，从处在高峰的贵族到处在底层的平民，在生活中都更顽强，在斗争中都更积极和狡猾，在苦难中都更有耐心，在享乐中都更贪婪，在牺牲方面都更彻底。总之，在巴尔扎克的作品中，每个人，甚至看门人，都是一个天才。所有的灵魂都是充满了意志的武器。这正是巴尔扎克本人。由于外部世界的万物都带着强烈的凸起和惊人的怪相呈现在他精神的眼睛前面，他使他的形象们抽搐起来，使他们的阴影变得更黑，使他们的光明变得更亮。他对细节的异乎寻常的兴趣与一种无节制的野心有关，这野心就是什么东西都看见，也把什么东西都让别人看见，就是什么东西都猜出，也把什么东西都让别人猜出，这种兴趣迫使他更有力地勾画出主要的线条，以便得到总体的远景。他有时让我想到那蚀刻师，他们绝不满足于腐蚀，而是把雕版的刻痕变成一道道沟壑。从这种自然的、令人吃惊的才能中产生了奇迹。"这段引文太长了，但我必须把它引完，因为它实在太精彩了，精彩的关键在于"精神的眼睛"，有了它才有所谓"洞见"，所谓"第二视觉"，所谓透过现象看到本质。以《驴皮记》为例，可以很好地说明巴尔扎克的"精神的眼睛"如何通过法国七月革命之后的种种社会现象看出了人在"欲"和"能"的交互煎熬下的必然出路：要长寿就必然舍弃快乐，要快乐就必然减少寿命。正如古董商人所说："人类因为他的两种本能的行为而自行衰萎，这两种本能的作用汲干了他生命的源泉。有两个动词可以表达这两种致死原因所采取的一切形式，那便是欲和能……欲焚烧我们，能毁灭我们。但是，知却使我们软弱的机体处于永远宁静的境界。"他利用一个东方故事的寓意，以一张驴皮为载体，深刻地揭示了人生的两难选择。主人公拉法埃尔在生命将尽的时候，倘若他拒绝爱情，尚可苟延残喘，但是他在最后一刻爆发了激情，而任凭那张驴皮带走了他的生命。拉法埃尔几经犹豫，还是选择了"强烈的生活"，让知识在社会的诱惑面前无能为力。巴尔扎克在《驴皮记》的初版序言中说："在诗人或的确是哲学家的作家那里，常常发生一种不可解释的、非常的、科学亦难以阐明的精神现象。这是一种第二视力，它使他们在各种可能出现的境况中猜出真相，或者说，这是一种我说不清楚的力量，它把他们带到他们应该去、愿意去的地方。他们通过联想创造真实，看见需要描写的对象，或者是对象走向他们，或者是他们走向对象。"这种"第二视力"，我在前面已经说过，"巴尔扎克在旺多姆学校的学生时代已经具备"。

细细地品味波德莱尔的话，我们发现，他在表面的不经意中句句打中了巴尔扎克和《人间喜剧》的要害。首先，他的兴趣在于巴尔扎克笔下的人物。他们可以是贵族，也可以是平民；他们可以在鲍赛昂子爵夫人的舞会上周旋，也可以在伏盖公寓的餐桌上调笑。但是，他们个个都具有超乎常人的品质，这种品质不是现实中人的多种品质的集合或堆积，而是各种品质都臻于极致的浓缩、提炼和升华，也就是说，"所有的灵魂都是充满了意志的武器"。他们已经不是现实生活中的人了，他们都超越了平凡的现实生活，个个变成了"天才"；然而他们并非不食人间烟火的神灵或鬼魅，他们都在具体的情欲中煎熬，人人都变成了"怪物"。正因为如此，他们一方面能使读者感到惊奇甚至害怕，一方面又能让读者信以为真，承认其强大的"生命活力"。波德莱尔所列举的五个方面——生活、斗争、苦难、享乐和牺牲，看起来是信手拈来，随口而出，实际上是他对巴尔扎克的人物的命运的高度概括。那五个"更"字既显示出对现实生活的超越，又透露出其中所交织着的千丝万缕的联系。这些人物的活动是建立在细节真实的环境中的，而细节之真实甚至准确当然是观察的结果，但是他们之成为生气灌注的人则并非仅仅得力于观察。他们更主要的是一种近乎神秘的直觉的产物，即他们是洞观者巴尔扎克的创造物。对巴尔扎克来说，由观察到创造，并不是经过理性的分析，而是经由一种不能自已的神秘经验。

波德莱尔虽然肯定了细节对于巴尔扎克的重要，但是他更欣赏巴尔扎克的"无节制的野心"。这种野心使他通过细节的勾画获得"总体的远景"，这就是说，巴尔扎克从来不停留在细节的真实准确上，而是力求对世界有一种整体的把握。在他的小说中，任何细节都不是孤立存在的，它总是与其他细节有联系，总是透露出人物的某一情欲的消息，总是开辟了通向"统一世界"的道路。他的人物也都不是只为自身存在的，他们总是具有某一种象征的意义。波德莱尔曾经发出这样的惊叹："啊，伏脱冷，拉斯蒂涅，皮罗托，《伊利亚特》中的英雄们只到你们的脚脖子……"在他看来，巴尔扎克的人物甚至有了神话的意义，他们已经摆脱了个人的、孤立的存在，成了比古代世界的英雄更为高大的现代世界的英雄。

在波德莱尔的眼中，巴尔扎克既是《人间喜剧》的创造者，又是《人间喜剧》中最伟大的演员。他早在《1846年的沙龙》一文中就曾经指出过："奥诺雷·德巴尔扎克啊，您是您从胸中掏出来的人物中最具英雄气概、最奇特、最浪漫、最有诗意的人物！"巴尔扎克的人物就是他本人，因为他全部身心都深入到人物的灵魂中去，他把激励着他自己的那股顽强而巨大的"生命活力"无保留地给了他的人物。这正是他的秘密。他进入自己的人物群中，如同进入超我无我的境界之中，思维言语、举手投足都若有神助。实际上，他不再指挥他的人物了。他们都有了自己的生命，有了自由。他们和他们的创造者完全融合在一起了。正是在这个意义上，波德莱尔才说，巴尔扎克"是《人间喜剧》中最好奇、最滑稽、最虚荣的人物"。

面对着"梦幻的伟大追求者，不断地'探求绝对'"的巴尔扎克，波德莱尔指出，他的"所有故事都深深地染上了梦幻的色彩"。巴尔扎克洞悉每一个人物，透视每一件事情。在他的"精神的眼睛"前面，世界的每一个凸起变得更加强烈，社会的每一种怪相变得更加惊人。也就是说，在他的"精神的眼睛"的观照之下，世界既是一个被放大了千百倍的世界，又是一个被剥去了种种表象的全然裸露的世界。本来是一个肉眼可以观察到的实在的世界，现在变成了一个只有"精神的眼睛"才能看见的梦幻的世界。巴尔扎克不但在梦幻中创造了一个世界，而且把自己的梦幻披露在世人的面前，要求他们也具有一双能够看见这梦幻的精神之眼。唯其如此，他才能"给十足的平凡铺满光明和绯红"。然而这梦幻却并非荒唐无稽之物，而是"一种文明所产生的怪物及其全部斗争、野心和疯狂"的象征，是"他把全部身心都投入其中"的那种创造：人我两忘，浑然不辨，超越了现实，却具有更高的真实，既蕴涵着历史的透视，又闪烁着哲理的光辉。

综上所述，波德莱尔说巴尔扎克是一位洞观者，其含义有三个。一、他用想象的世界代替了存在的世界。他借用了后者的物质材料，根据他个人的神话重新加以组织，创造了一个新的世界。巴尔扎克的创造是一种诗的创造、神话的创造，也就是说，他用象征取代了现实。二、在巴尔扎克的作品的内在世界和超自然的世界之间，存在着一种神秘的、超验的联系。揭示这种联系主要依靠直觉的洞观，精细的观察只能提供具体的材料，并不能达到事物的本质。三、我们不能通过《人间喜剧》来认识法国社会，法国社会也不能印证《人间喜剧》。我们应该对《人间喜剧》进行诗的、哲学的把握，它表现了一种超时空的人和世界的关系。

巴尔扎克的朋友于勒·桑多从家乡回来，告诉他说他的妹妹病了，而巴尔扎克可以打断他，说："原来是这样，我的朋友，那我们再回到现实中来吧，咱们说说欧也妮·葛朗台吧！"他把他的想象当成了现实！这就是巴尔扎克，一个全神贯注地、毫无保留地、不辨物我地投入到艺术的想象中的伟大的作家。

在恶之花园中徜徉
——波德莱尔和他的《恶之花》

　　我今天要给大家讲一讲法国19世纪的诗人波德莱尔和他的《恶之花》。没有什么深刻的东西，只是想让大家对波德莱尔和《恶之花》有一个基本的了解。其实，说到底，还是直接去读一读《恶之花》更为重要。

　　1905年，有人问纪德，谁是法国最伟大的诗人，纪德以无可奈何的口吻回答道："唉，雨果呗！"从纪德的口吻中，人们可以听出，他不大情愿地承认雨果是法国最伟大的诗人。雨果生于1802年，逝世于1885年，他长达八十三年的人生旅途几乎占满了整个19世纪。他在文学的所有领域中都做出了第一流的贡献：小说，他写了《巴黎圣母院》《悲惨世界》《九三年》《笑面人》等；戏剧，他写了《艾那尼》《克伦威尔》《玛丽蓉·德洛尔墨》《路易·布拉斯》等；文学评论，他写了《〈克伦威尔〉序》《莎士比亚论》等；政论，他写了《小拿破仑》《教皇》《至高的怜悯》等；诗歌，他写了《颂歌集》《东方集》《秋叶集》《黄昏之歌》《心声集》《光与影》《惩罚集》《凶年集》《历代传说》等。雨果是一个集大成的人，但是，诗歌是他毕生从事的、一刻也没有停止的事业。他十五岁进入文坛，到八十三岁去世，整整六十八年的人生旅途，贯穿始终的是诗歌。他在自己的祖国被视为民族诗人，最伟大的诗人。不过，在20世纪的法国人看来，谁是法国最伟大的诗人，却成了一个颇有争议的问题。有资格与雨果争当法国最伟大的诗人的，是一个只有一本诗集的诗人，这位诗人就是夏尔·波德莱尔，他的诗集的名字是《恶之花》。瓦莱里说："《恶之花》这本不足三百页的小书在文人的眼中，是与那些最杰出的、最渊博的书不相上下的。"如果有人问我，谁是法国最伟大的诗人，我也许会仿照纪德，以无可奈何的口吻回答道："唉，雨果呗！"但是在我的内心深处会不时地冒出波德莱尔的名字。可惜的是，他只活了四十六年，只有一本诗集，写诗的年头满打满算也不过二十五年。与雨果八十三年的人生旅途、六十八年的写诗经历、不下二十本诗集相比，波德莱尔简直算不了什么。但是从诗歌开掘现代世界的广度、把城市的主题引入诗的写作中、探测人的灵魂与肉体之冲突的深度、发扬人在诗歌创作中的思辨能力、扩大诗歌语言和日常实用语言之间的距离等方面，波德莱尔有雨果不能相比的优势。瓦莱里说："在波德莱尔最好的那些诗里，有一种肉体和精神的结合，一种庄严、热烈与苦涩，永恒与亲密的混合，一种意志与和谐的极其罕见的联合，这将他的诗与浪漫主义的诗清楚地区分开来，也与巴那斯派的诗区分开来。……魏尔伦和兰波在情感和感觉方面发展了波德莱尔，马拉美则在诗的完美和纯粹方面延续了他。"日内瓦学派的开创者马塞尔·莱蒙发展了瓦莱里的观点，说："如今人们一致同意把《恶之花》视为当代诗歌运动极具活力的源头之一。第一条线，即艺术家的组合，从波德莱尔到马拉美，再到瓦莱里；另一条线，从波德莱尔到兰波，再到寻找奇遇的后来的探索者。"瓦莱里和马塞尔的话

夏尔·皮埃尔·波德莱尔（1821—1867），
19世纪法国最著名的现代派诗人，象征派诗歌
的先驱

一方面表明波德莱尔的诗的特点，一方面指出波德莱尔开辟了现代诗歌发展的道路，因此，我们可以说，波德莱尔是最后一位古典诗人，同时是第一位现代诗人，他是继往开来、连接古今的诗人。总之，波德莱尔如果不是法国最伟大的诗人，也是法国19世纪最重要的诗人，是一位与现代人最为亲近的诗人。

　　"文如其人"是中国古典文论的一个聚讼纷纭、争论不休的问题，也是现代中国人的一句口头禅。其实，法国也是一样，文如其人，还是文不如人，或者相反，人不如文，历来是个讨论但无解的问题——前有布封的名言"风格乃是人本身"，中间有圣伯夫的"传记批评法"，后有瓦莱里的诗人生平"无用论",更有普鲁斯特的《驳圣伯夫》,从根本上否定了圣伯夫的批评方法,即从作家的生平了解其作品,或者从作品推知作家的生平,声称"一本书是另一个自我的产物,而不是我们表现在日常习惯、社会、我们种种恶癖中的那个自我的产物"。但是,到了20世纪末,有人指出:"普鲁斯特所以能写出《驳圣伯夫》,是因为圣伯夫的许多文章他并没有读。"言下之意是,假使普鲁斯特多读一些圣伯夫的文章,他就不会写反驳圣伯夫的批评方法的文章了,至少火力不会那么猛了。进入21世纪,2004年,更有人编出了厚厚一本圣伯夫的批评文选,声称"重新发现圣伯夫、愉快地阅读圣伯夫的时刻到来了"。2013年,巴黎四大的教授多那提安·格罗还出了一本书,叫作《一切都反对圣伯夫》,说明圣伯夫的影响存在于普鲁斯特的全部作品中。作家的生平与作品之间的关系,看来是一个纠缠不休的问题。我们只能说,它们有一致的时候,也有不一致的时候,但是,无论一致还是不一致,总要在研究之后才能得出结论。至于这种研究是否必要,不同的批评流派有不同的看法。不过我想,读过一个作家的作品之后,产生了了解他的生平的想法是很自然的,不必回避,也不必生硬地用生平去套作品,或者相反,用作品去解释生平。作家与作品,是一个双方关系极为复杂的统一体,无论文如其人,还是文不如人或人不如文,都是出现在这个统一体中的现象,问题在于如何解释。其实,即便是普鲁斯特,也不能完全避免回到作家的生平上去,例如他对奈瓦尔和巴尔扎克的批评。

对于波德莱尔和他的《恶之花》应该作如是观。

波德莱尔的朋友夏尔·阿斯里诺说:"波德莱尔的生平值得一写,因为他的生平是他的作品的评论和补充。……人们常说,他的作品就是他本人，然而他的作品并不是他这个人的全部。在写出和发表的作品后面，还有整整一部说过的、经历过的、用行为表现出的作品，这是必须要了解的，因为一部作品解释了另一部作品，如他自己所说，是另一部作品的渊源。"让我们来看看波德莱尔的生平以及他的生平如何解释了《恶之花》，即他的生平如何成了《恶之花》的渊源。

我们可以发现，在波德莱尔的一生中，有几个重大的事件在他的人生旅途中树立了里程碑，对他的人格的形成产生了重大的影响，这种重大事件，我想有十个，它们是：一、幸福的童年；二、父亲去世，母亲再嫁；三、继父让他做外交官，他却要当作家；四、远行印度；五、父母强行要他接受一个公证人来管理他的财产；六、发现爱伦·坡；七、1848年革命中，波德莱尔参加了街垒战斗；八、与三个女人的爱情；九、《恶之花》引起的诉讼；十、比利时演讲遭受冷遇。我们可以稍许深入地讲讲这十大事件如何塑造了波德莱尔的人格，如何在《恶之花》中得到了或明或暗的反映。

一、幸福的童年。1825年前后，一个六十多岁的老人领着一个四五岁的孩子，在卢森堡公园里一边散步，一边给他讲述许多雕像的神话和历史。这个六十多岁的老人并不是他的祖父，而是他的父亲。波德莱尔后来回忆说："形象，这是我最初的强烈爱好。"我们知道，这种爱好他保持了一辈子。他出生在一个颇有文化教养的家庭，父亲是一位绘画爱好者，并与当时著名的文人交往密切，如唯物主义哲学家孔多塞和爱尔维修。父亲的启蒙主义思想对童年的波德莱尔有很大的影响。比方说，他有一首诗叫作《人语》，里面就写道："我的摇篮啊背靠着一个书柜，／阴暗的巴别塔，科学，韵文，小说，／拉丁灰烬，希腊尘埃，杂然一堆，／我身高只如一片对开的书页。"在那个书柜里，放着一套

《百科全书》，还有普鲁塔克、拉伯雷、莫里哀、拉布吕耶尔、伏尔泰、孟德斯鸠等人的作品，以及一本卢梭的《社会契约论》，可以看出波德莱尔是在怎样一种文化氛围中成长的。在《恶之花》的第一首诗《祝福》中写道："他和风儿嬉戏，他与云彩说话，／在十字架的路上歌唱与陶醉。"其他的诗，例如无题诗："我没有忘记，离城不远的地方，／有我们白色的房子，小而安详。""您曾嫉妒过那位善良的女仆，／她在卑微的草地下睡得正熟。"还有，《头发》《舞蛇》《忧郁之二》等诗中，都不乏回忆的影子。

二、父亲去世，母亲再嫁。幸福的童年并不长久，他六岁的时候，父亲去世了；不到一年，母亲再嫁，嫁给一个颇有前途的军官。继父对他不能说不好，那是一个资产阶级家庭对子弟的爱。但是在一个儿童的心里，母亲的爱被剥夺了，母亲不再属于他，这无异于一种精神上的"断裂"。他远离家庭之爱，一个人被放在一座寄宿学校里，他的心里产生了嫉妒、孤独、失望交织在一起的感觉。他曾经写道："尽管有家，我还是自幼就感到孤独——而且常常是身处同学之间——感到命中注定永远孤独。"因此，虽然他对生活和玩乐有着强烈的兴趣，他却不曾体验过少年时代的幸福和欢乐。在《被冒犯的月神》中，最后一节诗他写道："'没落世纪之子，我看见你母亲，／对镜俯下多年的重重的一堆，／给喂过你的乳房精心地搽粉！'"《恶之花》的第一首诗《祝福》更是充满了怨恨与骄傲的情绪："'我就把你那将我压垮的憎恶／朝着你恶意诅咒的工具淋浇，／我还要扭伤这株悲惨的小树，／让它长不出染上瘟疫的花苞！'"

三、继父让他做外交官，他却要当作家。波德莱尔是一个聪明的学生，成绩优秀却不守纪律，在写作上显示出非凡的才能。他曾被开除出中学，却通过了中学毕业会考。他进入大学，在法律系注册，却没有通过任何考试，原来他把精力完全投入到文学等艺术活动之中了。他的父母希望他当外交官，他却宣布要当作家。这不啻一种叛逆，直接反抗资产阶级的价值观。有地位的资产阶级家庭历来鄙薄作家等艺术家，尤其看不起以此为职业的人。这是他与父母之间的一次巨大的冲突。他的母亲后来回忆说："当夏尔拒绝了我们要为他做的一切，而想自己飞、想当作家时，我们惊呆了！"当作家也就罢了，他还要当诗人。而在他父母的眼中，当诗人就意味着放荡不羁和不道德的生活。生活道路的选择，突显了波德莱尔对资产阶级的反抗和敌视。于是，他沉湎在巴黎这座"病城"中，出入酒吧间、咖啡馆，追欢买笑，纵情声色，混迹于一群狂放不羁的文学青年中。《恶之花》中的许多诗篇，如《祝福》《信天翁》等，都是这种思想和精神的反映。当外交官，还是当作家，是他和继父之间的第一次冲突。

四、远行印度。波德莱尔的"自由的生活"引起了父母的不安，他们决定让他远行，离开巴黎，试图通过"改变环境"将其引入"正轨"。这是当时富有的家庭对不听话的子弟惯用的手段，称不上什么惩罚。波德莱尔似乎也没有表示不满。于是，1841年6月9日，他在波尔多登上"南海号"客货轮，起碇远航，目的地是印度的加尔各答。计划中的旅行长达十八个月，可是不到九个月，波德莱尔就急匆匆地回来了，他只到了毛里求斯岛和留尼汪岛。可是他不无骄傲地宣称："我口袋里装着智慧回来了。"的确，他看到了令人遐想无穷的大海，他感受到了明亮炽热的热带阳光，他闻到了各式各样浓郁的香气，他接触到了强壮快乐、接近大自然的男男女女，总之，他领略了异域的风光和情调，开辟了任想象纵横驰骋的广阔空间。《给一位白裔夫人》《异域的芳香》

《头发》《苦闷和流浪》《我爱那没有遮掩的岁月》《人与海》《从前的生活》《远行》等等，都是旅行之后的产物。

五、父母强行要他接受一个公证人来管理他的财产。巴黎变了样，到处充斥着"发财"的喊叫声，散发着新贵的铜臭味。波德莱尔仿佛发现了一个新的巴黎，这时，他和继父的关系由于在选择职业问题上的分歧而迅速恶化；再说，他已成年，更加不能忍受家庭的束缚，于是他带着父亲留给他的遗产离开了家庭，去过他的挥金如土的浪荡生活了。他说："做一个有用的人，我一直觉得是某种丑恶的东西。""有用"，正是资产阶级社会最珍视的品质。他厌恶一切职业，决心不对这个社会有丝毫的用处。他开始了真正的文学生活，结识了一大批作家和画家，如巴尔扎克、圣伯夫、戈蒂耶、德拉克洛瓦等人。据他的朋友回忆，1843—1844年，他已写出《恶之花》中大部分诗篇，虽然他还没有发表一首诗，但在1830年后一代的青年诗人看来，他已是一个"有独创性的诗人"了，他们对他"寄望很高"。但是，波德莱尔挥霍无度，两年中花去了他的财产的一半，他的父母终于忍受不了了，不由分说，给他找了一个公证人管理财产，每月只给他区区两百法郎。两百法郎恐怕只够维持最基本的生活了。据斯丹达尔说，一个人每年需要六千法郎，才能不仰人鼻息，过比较独立、比较有尊严的生活。1844年9月21日，是个重要的日子。这一天公证人的到来意味着波德莱尔失去了成年人的资格，又被当成了不能自立的孩子。他不得不举债，过起了真正穷文人的生活。生活的窘迫使他更深入地认识和了解了巴黎这座大都会，在五光十色的、充满了英雄气概的表面之下，他看到了巴黎这座"病城"的真实面目。《恶之花》有整整一部分表现了这种矛盾，这就是《巴黎风貌》。

六、发现爱伦·坡。1847年1月27日的《太平洋民主》杂志上刊登了美国作家爱伦·坡的短篇小说《黑猫》的译文。波德莱尔读到之后，立即被征服了，因为他在这位美国作家的身上看到了自己的思想、诗情甚至语言，也就是说，爱伦·坡的生平和作品证实了他的美学观念。他说："爱伦·坡从一个贪婪的、渴望物质的世界的内部冲杀出来，跳进了梦幻。"这说的不仅仅是爱伦·坡，还包括他自己。他不也是从资产阶级的内部冲杀出来的吗？方法统帅灵感和严肃的分析，想象力驾驭梦幻。他关于诗的理解得到了爱伦·坡的呼应。他从此开始翻译爱伦·坡的作品，一直持续了十七年，使这位在美国穷愁潦倒、郁郁不得志的作家在法国成为一代诗人崇拜的偶像。与爱伦·坡的接触，加深了波德莱尔对资产阶级社会的痛恨，同时也助长了他的神秘主义和悲观主义倾向。他在1864年的一封信中说得明白："有人指责我模仿爱伦·坡！您知道我为什么如此耐心地翻译坡的作品吗？因为他像我。我第一次翻开他的书时，我的心就充满了恐怖和惊喜，不仅看到了我梦想的主题，而且看到了我想过的句子，他在三十年前就写出来了。"

七、1848年革命中，波德莱尔参加了街垒战斗。1848年2月22日，人们筑起了街垒，起义爆发了。24日，有人看见他背着枪，手上散发着火药味。有一个朋友问："是为了共和国吗？"他只回答道："枪毙欧比克将军！"欧比克是他的继父的名字，波德莱尔早已和他断绝了来往。在他的眼中，欧比克将军代表了资产阶级社会的法律、制度、道德和秩序，枪毙了他，就等于枪毙了这个社会，就等于他自己获得了解放。波德莱尔自己说："1848年之所以有意思，仅仅是因为每个人都在其中寄托了一些有如空中楼阁一般的乌托邦。"波德莱尔的乌托邦是"学者成为财富的拥有者，财富的拥有者成为学者"。这恐怕是永远的乌托邦。从1847年开始，波德莱尔陆续发表了一些他写的诗，还在咖啡馆里朗诵他的《腐尸》，故意地刺痛资产阶级的耳朵。1851年12月路易·波拿巴发动政变，波德莱尔终于与政治彻底告别。但是，1848年的革命教给他一个永远也不能忘记的东西，即艺术不能与生活绝缘，所以他写出了《天鹅》这样的充满了政治含义和社会同情心的诗篇。在诗的结尾，他说："在我精神漂泊的森林中，又有／一桩古老的回忆如号声频频，／我想起被遗忘在岛上的水手，／想起囚徒，俘虏！……和其他许多人！"

八、与三个女人的爱情。除了他的母亲，波德莱尔一生中爱过三个女人，她们是让娜·迪瓦尔、萨巴蒂埃夫人和玛丽·多布伦，分别代表了肉体之爱、精神之爱和家庭之爱。迪瓦尔是一个跑龙套的黑白混血的女演员，萨巴蒂埃夫人是一个贵妇人，多布伦是一位女演员。迪瓦尔启发他写出了许多交织着灵与肉的冲突、混杂着痛苦与欢乐的诗篇，如《女巨人》《异域的芳香》《头发》等等；萨巴蒂埃夫人是他当作圣母一样追求的人，他写出了《精神的黎明》《黄昏的和谐》等诗篇；而多布伦则给予他充满温情的家庭般的爱，他的《乌云密布的天空》《毒》等诗就奏响了温柔和谐的曲调。1842年，波德莱尔认识迪瓦尔，并与她生活在一起，近二十年中，他始终没有离弃她，尽管其中也有欺骗、贪婪等，但波德莱尔一直与她保持着关系，像父亲一样照顾她。1861年之后，这个女人不知所终。在那个始乱终弃成为惯例的社会中，波德莱尔对迪瓦尔的态度，倒是说明了他的人格。

九、《恶之花》引起的诉讼。1857年6月25日，经过多年的准备，《恶之花》在书店里出售了。诗集包括一百首诗，分为五个部分：《忧郁和理想》《恶之花》《反抗》《酒》《死亡》。很快，《恶之花》就引起了第二帝国当局的注意，《费加罗报》首先发难，于7月5日刊登了一篇文章，指控波德莱尔"亵渎宗教""伤风败俗"，说什么在《恶之花》中"丑恶与下流比肩，腥臭共腐败接踵"。果然，《恶之花》受到法律的追究，罪名有二："亵渎宗教""伤风败俗"。诉讼是在1857年8月20日进行的。辩护人援引卢梭、贝朗瑞、巴尔扎克、拉马丁、乔治·桑等著名作家为例，说明"肯定恶的存在并不等于赞同罪恶"，但是并未使充任起诉人的代理检察长信服，审判结果是："亵渎宗教"的罪名未能成立，"伤风败俗"的罪名使波德莱尔被勒令删除《吸血鬼的化身》等六首诗，罚款三百法郎。审判的结果大出波德莱尔的意料，他不但认为自己会被宣告无罪，还觉得该为自己昭雪，"恢复名誉"。尤其让他感到奇耻大辱的是：法庭居然以对待罪犯的字眼对待一位诗人！四年之后，波德莱尔亲自编订出版了《恶之花》的第二版，删除了六首诗，增加了三十五首诗，并做了重新安排。《恶之花》第二版共有一百二十六首诗，其顺序如下：《忧郁和理想》《巴黎风貌》《酒》《恶之花》《反抗》《死亡》。《忧郁和理想》中，忧郁是命运，理想是美，在对美的可望而不可即的追求中，诗人走过了一条崎岖坎坷的道路。《巴黎风貌》中，诗人把目光转向外部的物质世界，转向了他生活的环境——巴黎，打开了一幅充满敌意的资本主义大都会的丑恶画卷。《酒》中，诗人希望从苦难、汗水和灼人的阳光做成的酒中产生诗，"飞向上帝，仿佛一朵稀世之花"。《恶之花》中，诗人深入到人的罪恶之中，到那盛开着恶之花的地方去探险，然而，美、爱情、沉醉、逃逸，一切消弭忧郁的企图均告失败。于是，诗人《反抗》了，上帝对于人的苦难无动于衷，诗人愿自己的灵魂与战斗不止的反叛的天使在一起，向往着有朝一日重回天庭。《死亡》中，诗人历经千辛万苦，最后在死亡中寻求安慰和解脱，以一首长达一百四十四行的诗回顾和总结了他的人生探险："深入渊底，地狱天堂又有何妨？／到未知世界之底去发现新奇！"《恶之花》不是一本普通的诗的集合，它具有精心安排的结构，逻辑清晰，浑然一体，有人将其比作一出五幕的悲剧，有序幕、开始、高潮、结局，表现了现代社会中的青年人精神上忧郁和理想之冲突交战的轨迹，正如波德莱尔1861年给维尼的一封信中所说："我对这本书希望人们给予的唯一的赞扬是，它不是一本单纯的诗集，而是有开始和结尾。所有新增加的诗都是为了适应我所选择的特殊的框架而作的。"所谓"特殊的框架"，就是一个现代青年的精神和心理的发展变化的脉络和结果。有评论家说，诗集"有一个秘密的结构，有一个诗人有意地、精心地安排的计划"，结构是有的，秘密则未必，因为忧郁和理想之间的搏斗经过酒、恶之花、反抗等阶段，直至死亡，呈现出一条明显的下降的路线，透露出诗人的悲观主义的情绪。前面说过，《恶之花》经过多年的准备才最终完成，那么，究竟多少年的准备呢？可以说，整整十六年，《给一位白裔夫人》写于1841年，而《恶之花》的出版是在1857年。据他的朋友回忆，《恶之花》中的大部分诗篇在1843—1844年已经写就，《恶之花》这个书名，也从1843年开始，经过了两次变化，才最终确定下来。1847年之前，波德莱尔的诗集叫作《莱斯波斯女人》，取女同性恋的意思，有向资产阶级道德挑衅的意味。1848年，他的诗集又改称《边缘》，"边缘"是当时社会主义者宣扬的和谐社会之前的阶段，即"工业灾难"的时代。到了1852年，他才接受他的记者朋友巴布的建议，取了《恶之花》作为诗集的名字。波德莱尔说："我喜欢神秘或爆炸性的题目。"作为题目，《莱斯波斯女人》具有爆炸性，《边缘》具有神秘性，而《恶之花》则既有爆炸性又有神秘性。1857年之前，波德莱尔的主要工作就是考虑如何根据他的思想轨迹和美学观念来对他的诗加以安排。"他在风格和思想上都是早熟的。"他关于诗的主要看法，例如"色彩""暗示""应和""惊奇""想象力""发掘恶中之美""富于启发的巫术"等等，早在四十年代就已形成，所以，波德莱尔的思想和风格在发表《恶之花》时就完全成熟了，以后很少变化。

十、比利时演讲遭受冷遇。1861年12月11日，波德莱尔突发奇想，居然提出申请加入法兰西学院。然而，想当院士，并不是递一纸申请就能如愿以偿的，更主要的是一个一个地登门拜访院士，争取选票，也就是说，要当"不朽者"，必须现有的"不朽者"同意才行。他只拜访了几位，先就厌烦起来。那些人只是敷衍他，并不当真，有的甚至拒而不见。他终于明白，他的位置不在学院。最后，他接受了圣伯夫的建议，撤回了申请。贫病交加的波德莱尔把希望寄托在布鲁塞尔，想到那里去演讲，同时推销自己的作品。然而，演讲并不成功，比利时的出版商也拒绝了他的作品。甚至还有种种流言，他在信中就说："我在此地被视为警察（好极了！）（因为我写了那篇关于莎士比亚的妙文），被视为同性恋者（这是我自己散布的，他们居然相信了！），我还被视为校对，从巴黎来看下流文章的清样。他们老是相信，我感到恼怒，就散布说我杀了父亲，并把他吃了；而人们允许我逃离法国，是因为我为法国警察效劳，他们居然也相信了！我在污蔑中游泳真是如鱼得水！"这个时期，他发表的作品主要是散文诗，多作于1857年后的七八年间，在其死后结集为《巴黎的忧郁》。波德莱尔说，《巴黎的忧郁》"依然是《恶之花》，但是具有多得多的自由、细节和讥讽"，他试图创造"一种诗意散文的奇迹，它富有音乐性，却没有节奏和韵脚，相当灵活，对比相当强烈，足以适应灵魂的抒情性的起伏、梦幻的波动和意识的惊跳"。散文诗并非自波德莱尔始，但他确是第一个把它当作独立的形式，并使之臻于完美而登上大雅之堂的人。

考察波德莱尔的生平和《恶之花》的内容，我们可以看到，"波德莱尔的作品就是波德莱尔本人"，但是，他本人并不和他的作品完全一致，这里边有作家本人的伪装。而这种伪装是出于一种写作的必要，或者是一种创作的本质。波德莱尔在1866年写给他的公证人的信中，这样说出了他的秘密："应该对您说吗，您并不比别人更能猜出，在这本残酷的书中，我放进了我全部的心、全部的温情、全部的宗教（伪装的）和全部的仇恨。的确，我写了相反的事情，我对着我的伟大的神发誓，这是一本纯艺术的书，是一本滑稽的书，是一本骗人的书，我像一个走江湖的拔牙者那样撒谎。"作品和人，表面上的不一致，甚至相反，恰恰是实质上的一致，所谓"风格乃是人本身"。

波德莱尔将《恶之花》献给戈蒂耶，其题词说："我怀着无比谦恭的心情把这些病态的花献给法国文学完美的魔术师、无可挑剔的诗人、老师和朋友泰奥菲尔·戈蒂耶。"恶之花就是病态的花，这些花是悦人的、诱人的，然而是有病的。

1857年，波德莱尔三十六岁，6月25日，经过多年的精心准备，一本名叫《恶之花》的书出现在书店里。在《恶之花》即将受到法律的追究的时候，有四篇文章被波德莱尔汇集起来，作为辩护的材料。其中爱德华·蒂埃里把《恶之花》的作者比作《神曲》的作者，并且担保"那位佛罗伦萨老人将会不止一次地在这位法国诗人身上认出他自己的激情、令人惊恐的词句、不可改变的形象和他那青铜般的诗句的铿锵之声"。巴尔贝·多尔维利的笔锋似乎更为犀利，直探波德莱尔的灵魂："但丁的诗神梦见了地狱，《恶之花》的诗神则皱起鼻子闻到了地狱，就像战马闻到了火药味！一个从地狱归来，一个向地狱走去。"可以说，但丁是入而复出，波德莱尔则是一去不返。

当但丁被引至地狱的入口时，维吉尔对他提出了这样的要求：

> 这里必须根绝一切犹豫，
>
> 这里任何怯懦都无济于事。

当读者来到波德莱尔的恶之花园的门口时，他警告说："读者倘若自己没有一种哲学和宗教指导阅读，那他就活该倒霉。"

有人说，报纸是寻找读者，书籍是等待读者。那么，《恶之花》等待的是什么样的读者呢？他们有足够的勇气和清醒跟着波德莱尔进入恶之花园吗？他们将驻足欣赏、沉溺于这些花的醉人的芳香、诱人的颜色、迷人的姿态而将其编成花环戴在头上呢，还是手掐之、足践之、心弃之，而于美的享受中获得灵魂的净化？

《恶之花》的卷首是一篇《告读者》，开宗明义，道出了诗人要写的是"谬误、罪愆、悭吝、愚昧"，是"奸淫、毒药、匕首、纵火"，是"豺、豹子、母狗、猴子、蝎子、秃鹫，还有毒蛇"。根据传统，这七种动物象征着七种罪恶：骄傲、嫉妒、恼怒、懒惰、贪财、贪食、贪色。总之，诗人要写的是人类精神上和物质上的罪恶。不过，在人类的罪孽中看到：

> 有一个更丑陋、更凶恶、更卑鄙！
>
> 它不张牙舞爪，也不大喊大叫，
>
> 却往往把大地化作荒芜不毛，

还打着哈欠将世界一口吞噬。

它叫"无聊"！——眼中带着无意的泪，

它吸着水烟筒，梦想着断头台，

读者，你认识这爱挑剔的妖怪，

——虚伪的读者——我的兄弟和同类！

联系到波德莱尔写的《1846年的沙龙》卷首的那篇《告资产者》，读者是谁便可一目了然。《告资产者》中写道："你们可以三日无面包，绝不可三日无诗；你们之中否认这一点的人是错了：他们不了解自己。"这两篇宣言之间，思想上的联系是显而易见的：读者就是资产者，资产者就是诗人的同类、兄弟。不同的是，资产者是虚伪的，诗人是真诚的；他解剖的是自己的心，照见的却是资产者的灵魂。他拈出了"无聊"一词，用以概括当时社会中最隐秘也最普遍的精神状态，隐约地透出了世纪末的感觉。波德莱尔当然不是第一个感受到"无聊"的人，在他之前，夏多布里昂、斯丹达尔、维尼、缪塞等都早已哀叹诅咒过这种"世纪病"。但是，他们都没有像波德莱尔感受得那么深刻、那么具体、那样混杂着一种不可救药的绝望："每天我们都向地狱迈进一步。"这是他在《告读者》中的一句诗，是他下的判词。

波德莱尔敞开了自己的胸膛，暴露出自己的灵魂，展示出一个孤独、忧郁、贫困、重病的诗人，在沉沦中追求光明、幸福、理想、健康的痛苦旅程。这是一部心灵的历史，是一场精神的搏斗，是一幅理想和现实交战的图画。诗人千回百转，上下求索，仿佛绝处逢生，最终仍归失败。他的敌人是"无聊"，是"忧郁"，是"恶"。然而他是清醒的，他也可能让别人清醒；他挟心自食，他也可能让别人咀嚼其味；他在恶之花园中行走、思考，发现了美，他也可能教会别人挖掘恶中之美。

1857年版的《恶之花》因"伤风败俗"的罪名被勒令删除六首诗，罚款三百法郎。四年以后的1861年，波德莱尔亲自编订了新版，共收诗一百二十六首，如果加上被勒令删除的六首诗，便为一百三十二首。这些诗被分成六个部分：《忧郁和理想》《巴黎风貌》《酒》《恶之花》《反抗》《死亡》。其中《忧郁和理想》分量最重，占到全书的三分之二。六个部分的诗打乱了写作的年代，其排列的顺序，实际上画出了忧郁和理想冲突交战的轨迹。

下面，我们按照六个部分的先后顺序，来介绍《恶之花》。

一、《忧郁和理想》：一场灵魂的大搏斗

《忧郁和理想》收诗八十五首。第一首诗题为《祝福》，像是一座通向地狱的大门洞开着。诗人跨过门槛，"在这厌倦的世界上出现"，一开始就受到母亲的诅咒，说他还不如"一团毒蛇"，接着就受到世人的嫉恨和虐待，就连他的女人也要把他的心掏出来，"满怀着轻蔑把它扔在地上"！但是，诗人却看到，在天上有一个"壮丽的宝座"，他愿历尽苦难而赎罪，重新回到上帝的怀抱：

> 感谢您，我的上帝，是您把痛苦
> 当作了圣药疗治我们的不洁，
> 当作了最精美最纯粹的甘露，
> 让强者准备享受神圣的欢乐！
>
> ——《祝福》

他知道，上帝给他在身边留了位置，虽有痛苦的折磨，心中仍旧洋溢着一种宁静的快乐。

　　然而，诗人不但经受着肉体上的侮辱，还要饱尝精神上不被理解的苦难。他像海上巨大的信天翁，从天空跌落到船上，成为船员和乘客嬉笑玩弄的对象：

> 诗人啊就好像这位云中之君，
> 出没于暴风雨，敢把弓手笑看；
> 一旦落地，就被嘘声围得紧紧，
> 长羽大翼，反而使它步履艰难。
>
> ——《信天翁》

堕落到尘世的诗人，多么想摆脱肉体和精神的磨难，重新飞上云端，"怀着无法言说的雄健的快感"，"在深邃浩瀚中快乐地耕耘"。他对着自己的心灵说：

> 远远地飞离那致病的腐恶，
> 到高空中去把你净化涤荡，
> 就像啜饮纯洁神圣的酒浆，
> 啜饮弥漫澄宇的光明的火。
>
> ——《高翔远举》

他要超越现实，进入超自然的境界，以便能够"轻易地听懂花儿以及无声的万物的语言"。

于是，诗人进了"象征的森林"，在万物的"应和"中索解那"模模糊糊的话音"；忧郁在"精神与感觉的激昂"中只得到片刻的缓解，精神的高翔远举也不能持久（《应和》）。疾病使他的诗神眼中晃动着"幢幢夜影"（《病缪斯》），贫穷使他的诗神"唱你并不相信的感恩赞美诗"（《稻粱诗神》），懒惰窒息了他的灵魂（《坏修士》）。还有，"时间吃掉生命"，这阴险的仇敌"噬咬我们的心"（《仇敌》）；而厄运又使诗人喟然长叹"艺术长而光阴短"，眼看着珠宝埋藏在黑暗和遗忘中，花儿在深深的寂寞中开放而惆怅无奈（《厄运》）。而人和大海既是彼此的明镜，又是时而相爱时而相憎的敌手（《人与海》）。精神上的痛苦，肉体的折磨，物质上的匮乏，诗人将如何排遣？如何解脱？如何改变？

诗人追求美，试图在美的世界中实现自己的理想，然而美却像一个"石头的梦"，冰冷、奇幻、神秘、不哭、不笑、不动如一尊古代的雕像，多少诗人丧生在她的胸脯上，耗尽毕生的精力而终不得接近（《美》）。他却毫无惧色，仍旧锲而不舍，努力在巨大、强劲、极端、奇特的事物中实现那种"苍白的玫瑰花"满足不了的"红色的理想"：

> 这颗心深似渊谷，麦克白夫人，
>
> 它需要的是你呀，罪恶的强魂，
>
> 迎风怒放的埃斯库罗斯的梦，
>
> 或伟大的《夜》，米开朗琪罗之女，

你坦然地摆出了奇特的姿势，

那魅力正与泰坦的口味相应。

　　　　　　　　　　　　——《理想》

诗人发现了美，然而那只是一具美的躯体。当他的目光停在这躯体的头部时，却看到了"双头的妖怪"：假面下隐藏着悲哀。诗人感到惶惑甚至愤怒，他不明白征服了全人类的美为什么还要哭泣：

　　——她哭，傻瓜，因为她已生活过了！

　　因为她还在生活，但她哀叹的，

　　使她两腿不住地发抖的，偏偏

　　就是那明天，唉！明天还得生活！

　　明天，后天，永远！——如同我们一般！

　　　　　　　　　　　　——《面具》

这是普天下人人皆备的面具，善隐藏着恶，丑包含着美，只要是使人感到惊异，都可以成为美的源泉，于是诗人喊道：

　　这有何妨，你来自天上或地狱？

　　啊美！你这怪物，巨大、淳朴、骇人！

　　只要你的眼、你的笑、你的双足

　　打开我爱而不识的无限之门！

　　这有何妨，你来自上帝或魔王？

天使或海妖？——目光温柔的仙女，

你是节奏、香气、光明，至尊女皇！——

只要减少世界丑恶、光阴重负！

——《献给美的颂歌》

这无可奈何的呼喊，说明求美不获，痛苦依然。诗人在失望之余，转向了爱情，在精神向物质的转换中进了一步，标志着在价值的台阶上下降了一级。

疯狂的肉体之爱，超脱的精神之爱，平静的家庭式的爱，相继成为诗人追求的对象。诗人近二十年的伴侣给予他的是廉价的、粗俗的、感官的快乐。诗人既恨她又爱她，诅咒她却离不开她。她身上的气息使他闻到了"异域的芳香"，她的头发像一座"芳香的森林"，使他回到往昔，重见那热带的风光：

被你的芳香引向迷人的地方，

我看见一个港，满是风帆桅樯，

都还颠簸在大海的波浪之中，

同时那绿色的罗望子的芬芳——

在空中浮动又充塞我的鼻孔，

在我的心中和入水手的歌唱。

——《异域的芳香》

诗人心醉神迷，仿佛看见了海港风帆，青天丛林，闻到了由"椰子油、

柏油和麝香""混合的香气",头脑里闪动着一片热带的景象。他不禁问道:

> 你可是令我神游的一块绿洲?
>
> 让我大口吮吸回忆之酒的瓶?

——《头发》

然而,回忆终究是回忆,诗人仍须回到现实中来。他感到肉体之爱充满着"污秽的伟大""卑鄙的崇高"(《你能把全宇宙放进你的内屋》),哀叹自己不能成为冥王的妻子普罗塞皮娜,制服他的偶像那无尽的渴求(《还不满足》);他祈求上帝的怜悯,让他走出"比极地还荒芜的国度"(《从深处求告》);他诅咒他的情妇"仿佛一把尖刀""插进我呻吟的心里"(《吸血鬼》);他想死一般睡去,让"忘川""在你的吻中流过"(《忘川》);他感到悔恨,看到了年华逝尽后的坟墓,"蛆虫将如悔恨般啃你的皮肉"(《死后的悔恨》)。总之,诗人遍尝肉体之爱的热狂、残酷、骚乱的悔恨,并没有得到他所追求的宁静。于是,他转向了精神之爱。

诗人追求的对象是萨巴蒂埃夫人。对于沉溺在让娜·迪瓦尔的爱情中又渴望着解脱的诗人来说,她不啻一位"远方的公主",于是,她成了诗人追求美的指路明灯:

> 无论是在黑夜,还是在孤独中,
>
> 无论是在小巷,还是在人群中,
>
> 她的幽灵有如火炬在空中飞,

> 有时她说："我是美的，我命令你，
>
> 为了我的爱情，你只能热爱美，
>
> 我是天使，我是缪斯，我是圣母。"
>
> ——《今晚你将说什么，孤独的灵魂》

那是一支有生命的火炬，在追求美的道路上，以比太阳还强烈的光芒歌唱着灵魂的觉醒：

> 迷人的眼，神秘的光熠熠闪烁，
>
> 如同白日里燃烧的蜡烛；太阳
>
> 红彤彤，却盖不住这奇幻的火；
>
> 蜡烛庆祝死亡，你把觉醒歌唱；
>
> 走啊，一边歌唱我灵魂的觉醒，
>
> 你任何太阳也遮掩不住的星！
>
> ——《活的火把》

诗人的精神沉入一片神秘的和谐，在黄昏的时刻与天空、太阳一起进入宁静之中，心中弥漫着对情人的崇拜（《黄昏的和谐》）。他甚至愿做一只陈旧的香水瓶，多少年之后仍会有芬芳溢出，激起种种的回忆，从而成为他的偶像魅力的见证（《香水瓶》）。然而，觉醒的灵魂感到了往日的生活所造成的焦虑、仇恨、狂热和衰老，诗人于是向他的天使祈求快乐、健康、青春和幸福，他相信这一切都是相互应和的（《通功》）。精神的碧空，高不可即，空气稀薄，终究会有"高处不胜寒"的感觉。于是，超脱的精神之爱要求物质的内容，变成了温柔的家庭式的爱。

诗人与一个名叫玛丽·多布伦的女伶断断续续来往了五年。多布伦才气平平，但美丽温柔，诗人体验到一种平和宁静的感情。在他看来，酒可以使人安静，"像灰蒙蒙的天空中一轮落日"，鸦片可以使灵魂超越自己的能力而获得忧郁的快乐，然而这一切都比不上那一双"绿的眼"，像一泓清水解除他灵魂的干渴（《毒》）。然而，金风送爽，却预告着冬日的来临。她神秘的眼睛时而温柔，时而迷惘，时而冷酷，使诗人看到天空布满乌云，心中顿生忧虑：

　　　　啊危险的女人，啊诱人的地方，
　　　　我可会也爱你的白雪和浓霜？
　　　　我可能从严寒的冬天里获得
　　　　比冰和铁更刺人心肠的快乐？

　　　　　　　　　　　　　　——《乌云密布的天空》

诗人想象他的伴侣是"一艘美丽的船"（《美丽的船》），她是他的孩子，他的姐妹，他们要一同去生活，去爱，去死：

　　　　那里，是整齐和美
　　　　豪华，宁静和沉醉

　　　　　　　　　　　　　　　　——《邀游》

但那只是诗人的向往，冬日将尽，那"黑皮肤的女工"又在将他召唤：

我爱您那双长眼碧绿的光辉，

温柔的美人，我今天事事堪伤，

您的爱，您的炉火和您的客厅，

我看都不及海上辉煌的太阳。

——《秋歌》

诗人又重新沉入他试图摆脱的堕落之中，他怀着一种神父的虔诚崇拜他的偶像，"尽管你的眉毛凶恶，让你的神情怪异"（《午后之歌》）。他悔恨，悔恨不该枉费心机地试图改变自己的处境（《猫头鹰》）；他想用烟草消除精神上的疲劳（《烟斗》），用音乐平复他绝望的心（《音乐》）。一切都是枉然，他的头脑中出现种种阴森丑恶的幻象，他想着"在一片爬满了蜗牛的沃土上"给自己掘个深坑，"睡在遗忘里"（《快乐的死者》）；他想象自己"灵魂已经破裂"，"竭力挣扎，却一动不动地死去"（《破裂的钟》）。

诗人对爱情的追求彻底失败，忧郁重又袭上心头，更加难以排遣。在阴冷的雨里，他只有一只又瘦又癞的猫为伴，潮湿的木柴冒着烟，生不出火来（《忧郁之一》），阴郁的情怀只能向落日的余晖倾吐（《忧郁之二》），最滑稽的谣曲也不能缓解他的愁绪，能够点石成金的学者也不能使他感到温暖，因为他血管中流的不是血，而是忘川之水（《忧郁之三》）。他的白天比黑夜还要黑暗，头脑里结满蛛网，像一个漂泊的灵魂不断地呻吟：

——送葬的长列，无鼓声也无音乐，

在我的灵魂里缓缓行进，希望

被打败，在哭泣，而暴虐的焦灼

在我低垂的头顶把黑旗插上。

——《忧郁之四》

于是，"可爱的春天失去了它的清芬"（《虚无的滋味》），天空被撕破，云彩像孝衣，变成他梦的柩车，光亮成为他的心优游其中的地狱的反射（《共感的恐怖》）。然而，时间又出现了，时钟这险恶的、可怖的、无情的神，手指着诗人说：

"那时辰就要响了，神圣的偶然，

严峻的道德，你尚童贞的妻，

甚至悔恨（啊！最后的栖身之地）

都要说：死吧，老懦夫，为时已晚！"

——《时钟》

时钟一记长鸣，结束了诗人心灵的旅程和精神的搏斗。诗人失败了，忧郁未尝稍减，反而变本加厉，更加不能排遣。

忧郁所占比重很大，理想所占比重很小，然而，诗人虽败而不馁。如果说波德莱尔已经展示出一条精神活动的曲线的话，那么，现在他把目光转向了外部的物质世界，转向了他生活的环境——巴黎，打开了一幅充满敌意的资本主义大都会的丑恶画卷。这就是诗集的第二部分：《巴黎风貌》。

二、《巴黎风貌》: 一个光怪陆离的世界

《巴黎风貌》收诗十八首。诗人像太阳"一样地降临到城内,让微贱之物的命运变得高贵"(《太阳》)。他试图静观都市的景色,倾听人语的嘈杂,远离世人的斗争,"在黑暗中建造我仙境的华屋"(《风景》)。然而,诗人一离开房门,就看见一个女乞丐,她的美丽和苦难形成鲜明的对比,她任人欺凌的命运引起诗人深切的同情(《给一位红发女乞丐》)。诗人在街上徜徉。一条小河使他想起流落在异乡的安德洛玛克,一只逃出樊笼的天鹅更使他想起一切离乡背井的人,诗人的同情遍及一切漂泊的灵魂:

> 巴黎在变!我的忧郁未减毫厘!
> 新的宫殿,脚手架,一片片房栊,
> 破旧的四郊,一切都有了寓意,
> 我珍贵的回忆却比石头还重。
>
> 卢浮宫前面的景象压迫着我,
> 我想起那只大天鹅,动作呆痴,
> 仿佛又可笑又崇高的流亡者,
> 被无限的希望噬咬!然后是你,
>
> 安德洛玛克,从一伟丈夫的怀中,
> 归于英俊的卑吕斯,成了贱畜,
> 在一座空坟前面弯着腰出神;

赫克托耳的遗孀，赫勒诺斯的新妇！

我想起那黑女人，憔悴而干枯，
在泥泞中彳亍，两眼失神，想望
美丽非洲的看不见的椰子树，
透过迷雾的巨大而高耸的墙；

我想起那些一去不归的人们，
一去不归！还有些人泡在泪里，
像啜饮母狼之乳把痛苦啜饮！
我想起那些孤儿花一般萎去！

在我精神漂泊的森林中，又有
一桩古老的回忆如号声频频，
我想起被遗忘在岛上的水手，
想起囚徒，俘虏！……和其他许多人！

——《天鹅》

诗人分担他们的苦难，他不仅想象天鹅向天空怒扭曲着脖子，是"向上帝吐出了它的诅咒"，而且还看到被生活压弯了腰的老人眼中射出仇恨的光。他不是漠不关心，而是敌视这个世界：

拥挤的城市！充满梦幻的城市，

大白天里幽灵就拉扯着行人!

——《七个老头子》

在这"古老首都曲曲弯弯的褶皱里",那些瘦小的老妇人踽踽独行,在寒风和公共马车的隆隆声中瑟瑟发抖,引出了诗人心中的呼声:"爱她们吧!她们还是人啊!"(《小老太婆》)而那些盲人,"阴郁的眼球不知死盯在何处":

　　他们是在无尽的黑夜中流徙,

　　这永恒的寂静的兄弟。啊城市!

　　你在我们周围大笑,狂叫,唱歌,

　　沉湎于逸乐直到残忍的程度,

　　看呀!我也步履艰难,却更麻木,

　　我说:"这些盲人在天上找什么?"

——《盲人》

　　诗人自己寻找的是美、爱情、医治忧郁的良方。路上一个女人走过,那高贵的身影、庄严的痛苦,使他像迷途的人一样,"在她眼中,那苍白的、孕育着风暴的天空,啜饮迷人的温情,销魂的快乐",然而:

　　电光一闪……复归黑暗!——美人已去,

　　你的目光一瞥突然使我复活,

难道我从此只能会你于来世？

永远地走了！晚了！也许是永诀！

我不知你何往，你不知我何去，

啊我可能爱上你，啊你该知悉！

——《给一位过路的女子》

夜幕降临，城市出现一片奇异的景象，对于不同的人来说，同一个夜又是多么不同：

那些人期待你，夜啊，可爱的夜，

因为他们的胳膊能诚实地说：

"我们又劳动了一天！"黄昏能让

那些被剧痛吞噬的精神舒畅；

那些学者钻研竟日低头沉思，

那些工人累弯了腰重拥枕席。

但那些阴险的魔鬼也在四周

醒来，仿佛商人一样昏脑昏头，

飞跑去敲叩人家的屋檐、门窗。

——《薄暮冥冥》

恶魔鼓动起娼妓、荡妇、骗子、小偷，让他们"在污泥浊水的城市里蠕动"。

诗人沉入梦境，眼前是一片"大理石、水、金属"的光明世界，然而，当他睁开双眼，却又看见"天空正在倾泻黑暗，世界陷入悲哀麻木"（《巴黎的梦》）。当巴黎从噩梦中醒来的时候，卖笑的女人、穷家妇、劳动妇女、冶游的人都以不同的方式开始了新的一天，鸡鸣、雾海、炊烟、号角，景物依旧是睡前的样子，然而一天毕竟是开始了。那是一个劳动的巴黎：

> 黎明披上红绿衣衫，瑟瑟发抖，
> 在寂寞的塞纳河上慢慢地走，
> 黯淡的巴黎，揉着惺忪的睡眼，
> 抓起了工具，像个辛勤的老汉。
>
> ——《晨光熹微》

然而，劳动的巴黎，在波德莱尔的笔下，却是一座人间的地狱、罪恶的渊薮。巴黎的漫游以次日的黎明作结。新的一天开始了，诗人在这个世界中看到的，仍将是乞丐、老人、过客、娼妓、小偷、疲倦的工人、待毙的病人……他们到哪里去寻求心灵的安宁、美好的乐园呢？

至此，波德莱尔展示和剖析了两个世界——诗人的精神世界和诗人足迹所及的物质世界，也就是说，一个在痛苦中挣扎的诗人和敌视他、压迫他的资本主义世界。他们之间的对立和冲突将如何解决？诗人所走的道路，既不是摧毁这个世界，建立一个新世界，也不是像鱼进入水一样地投入这个世界，成为这个世界的和谐的一分子，而是试图通过自我麻醉、放浪形骸、诅咒上帝、追求死亡等方式，来与这个世界相对抗。

三、《酒》：醉意中的幻境

《酒》收诗五首。诗人首先求助于麻醉和幻觉，由此开始《恶之
花》的第三部分：《酒》。那用苦难、汗水和灼人的阳光做成的酒，诗
人希望从中产生诗，"如一朵稀世之花向上帝显示"（《酒魂》）。
拾破烂的人喝了酒，敢于藐视第二帝国的密探，滔滔不绝地倾吐胸中的
郁闷，表达自己高尚美好的社会理想，使上帝都感到悔恨（《醉酒的拾
破烂者》）；酒可以给孤独者以希望、青春、生活，可以与神祇比肩的
骄傲（《醉酒的孤独者》）；而情人们则在醉意中飞向梦的天堂（《醉
酒的情侣》）。然而，醉意中的幻境毕竟是一座"人造的天堂"，诗人
只做了短暂的停留，便感到了它的虚幻。于是，诗人从"人造的天堂"
又跌落到现实的土地上，跌落到罪恶的花丛中。诗集的第四部分《恶之
花》，就从这里开始。

四、《恶之花》：开放在地狱的边缘

《恶之花》收诗九首。诗人深入人类的罪恶，到那盛开着"恶之
花"的地方去探险。那地方不是别处，正是人的灵魂深处。他揭示了魔
鬼如何在人的身旁蠢动，化作美女，引诱人们远离上帝的目光，而对罪
恶发生兴趣（《毁灭》）；他以有力而冷静的笔触描绘了一具身首异处
的女尸，创造出一种充满着变态心理的触目惊心的氛围（《被杀的女
人》），以厌恶的心情描绘了一幅令人厌恶的图画；变态的性爱（同性
恋）在诗人的笔下，成了一曲交织着快乐和痛苦的哀歌（《被诅咒的女
人》）；放荡的后果是死亡，它们是"两个可爱的姑娘"，给人以"可

怕的快乐以及骇人的温情"（《两个好姐妹》）；身处罪恶深渊的诗人感到血流如注，却摸遍全身也找不到创口，只感到爱情是"针毡一领，铺来让这些残忍的姑娘狂饮"（《血泉》）；诗人以那样无可奈何的笔调写出为快乐而快乐的卖淫的傲慢（《寓言》）；却在追索爱情的航行中目睹猛禽啄食悬尸（诗人自己的形象）的惨景而悔恨交加：

> ——苍天一碧如洗，大海波平如镜；
> 从此一切对我变得漆黑血腥。
> 唉！我的心埋葬在这寓意之中，
> 好像裹上了厚厚的尸衣一重。
>
> 在你的岛上！啊，维纳斯！我只见
> 那象征的绞架，吊着我的形象，
> ——啊！上帝啊！给我勇气，给我力量，
> 让我观望我自己而并不憎厌！
>
> ——《库忒拉岛之行》

诗人在罪恶之国漫游，得到的是变态的爱、绝望、死亡以及对自己沉沦的厌恶。美、艺术、爱情、沉醉、逃逸，一切消弭忧郁的企图都告失败，"每次放荡之后，总是更觉得自己孤独，被抛弃"。于是，诗人反抗了，反抗那个给人以空洞的希望的上帝。这就是诗集的第五部分：《反抗》。

五、《反抗》：穷人的颂歌

《反抗》收诗三首。诗人曾经希望人世的苦难都是为了赎罪，都是为了重回上帝的怀抱而付出的代价，然而上帝无动于衷。上帝是不存在，还是死了？诗人终于像那只天鹅一样，"向上帝吐出了它的诅咒"。他指责上帝是一个暴君，酒足饭饱之余，竟在人们的骂声中酣然入睡。人们为享乐付出代价，流了大量的血，上天仍旧不满足。上帝许下的诺言一宗也未实现，而且并不觉得悔恨。诗人责问上帝，逼迫他自己答道：

> ——当然，至于我，我将满意地抛却，
>
> 一个行与梦不是姐妹的世间；
>
> 我只能使用刀剑，或死于刀剑！
>
> 圣彼得不认耶稣……他做得正确！
>
> ——《圣彼得的否认》

诗人让饱尝苦难、备受虐待的穷人该隐的子孙"升上天宇，把上帝扔到地上来"（《亚伯和该隐》）；他祈求最博学、最美的天使撒旦可怜他长久的苦难，他愿自己的灵魂与战斗不止的反叛的天使在一起，向往着有朝一日重回天庭（《献给撒旦的祷文》）。

诗人历尽千辛万苦，最后在死亡中寻求安慰和解脱，诗集从此进入第六部分：《死亡》。

六、《死亡》：通向天国的大门

《死亡》收诗六首。恋人们在死亡中得到了纯洁的爱，两个灵魂像两支火炬发出一个光芒（《情人之死》）；穷人把死亡看作苦难的终结，他们终于可以吃，可以睡，可以坐下了。死亡——

> 这是神祇的荣耀，神秘的谷仓，
>
> 这是穷人的钱袋，古老的家乡，
>
> 这是通往那陌生天国的大门。

——《穷人之死》

艺术家面对理想的美无力达到，希望死亡"让他们头脑中的花充分绽开"（《艺术家之死》）。但是，诗人又深恐一生的追求终成泡影，"帷幕已经拉起，可我还在等着"，舞台上一片虚无，然而诗人还怀着希望（《好奇者之梦》）。死亡仍然解除不了诗人的忧郁，因为他终究还没有彻底地绝望。

诗人以《远行》这首长达一百四十四行的诗回顾和总结了他的人生探险。无论追求艺术上的完美、渴望爱情的纯洁、厌恶生活的单调，还是医治苦难的创伤，人们为摆脱忧郁而四处奔波，到头来都以失败告终，人的灵魂依然故我，恶总是附着不去。在人类社会的旅途上，到处都是"永恒罪孽之烦闷的场景"，人们只有一线希望：

> 哦死亡，老船长，起锚，时间到了！
>
> 这地方令人厌倦，哦死亡！开航！

如果说天空和海洋漆黑如墨，
你知道我们的心却充满阳光！

倒出你的毒药，激励我们远航！
只要这火还灼着头脑，我们必
深入渊底，地狱天堂又有何妨？
到未知世界之底去发现新奇！

——《远行》

"新奇"是什么？诗人没有说，恐怕也是茫茫然，总之是与这个世界不同的东西，正像他在一首散文诗中喊出的那样："随便什么地方！随便什么地方！只要是在这个世界之外！"诗人受尽痛苦的煎熬，挣扎了一生，最后仍旧身处泥淖，只留下这么一线微弱的希望，寄托在"未知世界之底"。

波德莱尔的世界是一个阴暗的世界，一个充满着灵魂搏斗的世界；他的恶之花园是一个惨淡的花园，一个豺狼虎豹出没其间的花园。然而，在凄风苦雨之中，也时有灿烂的阳光漏下；在狼奔豕突之际，也偶见云雀高唱入云。那是因为诗人身在地狱，心向天堂，忧郁之中，有理想的呼唤：

我的青春是一场晦暗的风暴，
星星点点，漏下明晃晃的阳光；
雷击雨打造成了如此的残凋，
园子里，红色的果实稀稀朗朗。

——《仇敌》

诗人从未停止追求，纵然"稀稀朗朗"，那果实毕竟是红色的，毕竟是成熟的，含有希望。正是在这失望与希望的争夺中，我们看到了一个有血有肉的诗人在挣扎。总之，《恶之花》不是若干首诗的无序的集合，而是一本有头有尾的书。

在创作方法上，《恶之花》继承、发展、深化了浪漫主义，为象征主义开辟了道路，奠定了基础；同时，由于波德莱尔对浪漫主义深刻而透彻的理解，在其中灌注了古典主义的批判精神，又使得《恶之花》闪烁着现实主义的光彩。《恶之花》在创作方法上的三种成分——浪漫主义、象征主义和现实主义，并不是彼此游离的，也不是彼此平行的，而经常是相互渗透甚至融合的。它们仿佛红绿蓝三原色，其配合因比例的不同而生出千差万别无比绚丽的色彩世界。因此，《恶之花》能够发出一种十分奇异的光彩，显示出它的作者是古典诗歌的最后一位诗人，现代诗歌的最初一位诗人。由于他的这种丰富性和复杂性，他成了后来许多流派相互争夺的一位精神领袖。总之，《恶之花》是在一个"伟大的传统业已消失，新的传统尚未形成"的过渡时代里开放出来的一丛奇异的花。他承上启下，由继承而根深叶茂，显得丰腴，因创新而色浓香远，显得深沉。因此，《恶之花》是一卷奇诗，一部心史，一本血泪之书。恶之为花，其色艳而冷，其香浓而远，其态俏而诡，其格高而幽。它们绽放在地狱的边缘和深处。

圣伯夫：在现代性的门槛上

圣伯夫生于1804年，卒于1869年，是诗人、小说家、文学批评家，尤其以最后一个身份闻名于世。他号称19世纪"法国第一批评家"，然而进入20世纪，他的地位和声誉却受到了深刻的质疑和严重的挑战。一位批评家，从一文难求到他的作品"在图书馆里蒙上了一层高贵的灰尘"，到几乎人人喊打，又到"重新发现圣伯夫、愉快地阅读圣伯夫的时刻"之到来，其地位的升降、声誉的高低，前后反差极大，法国文学界恐怕没有一个超过圣伯夫了；而其地位升降声誉高低前后反差极大给我们带来的思考，恐怕也没有一个超过圣伯夫了。传统批评和现代批评（所谓"新批评"）之间的博弈就发生在20世纪，而且贯穿了差不多整个20世纪。

一

1824年，圣伯夫二十岁，在《地球报》上发表了第一篇文章，开始了文学批评家的生涯。从一开始，他的批评就展示出一种崭新的面貌，不离文学的现状，又满怀热情地转向过去，全面地注视文学星座的由来，仿佛一个流浪的犹太人，不停地游走于文学的历史之中。1828年，他出版了《16世纪法国诗歌与戏剧批评史略》，其特点是绵密的考证与

图中左二为夏尔·奥古斯丁·圣伯夫
（1804—1869），法国文学评论家

灼热的现实——例如，对浪漫主义的支持——巧妙地结合在一起。文学
肖像和作家传记——在作品的分析过程中叙述作家的生平，穿插历史和
现实的论述，兼顾作家所处的位置和承续的传统——在他的手上成了一
种独特的体裁，是历史、批评和诗的综合体，既有历史的厚实，又有批
评的敏锐，还不时有诗意的迸发。但是，直到1844年，据英国《外国评
论周刊》的调查，圣伯夫在法国文学批评界仅占有第四的位置，其批评
的扎实还在圣马克·吉拉尔丹和于勒·雅南之后。长期以来，圣伯夫被
视为"法国文学的官方预言家"。然而，直到《月曜日漫谈》的开始发

表（1851年），他"才开始真正地树立权威"。1849年之前，他的判断还不成熟，文笔还不老练，思考也不深入，还没有一个阵地供他发表人人都可能听到和可能信服的看法，虽然他已经提出了为作家画肖像和为作家作传记的批评方法。1849年之后，他自认他的批评已经成熟，可以下断语、从事"有判断力的批评"了。他说："在批评上，我已经做够了律师，现在我们来做法官吧。"1849年，可以说是圣伯夫的批评的一条分界线。

《月曜日漫谈》第一卷发表于1851年，到1862年共发表了十五卷，1863年开始发表《新月曜日漫谈》，到他去世后的1870年，共发表了十三卷。加上他的《16世纪法国诗歌与戏剧批评史略》《文学批评与肖像》《女人肖像》《同代人肖像》《维吉尔研究》《波尔-罗雅尔修道院史》《夏多布里昂和他在帝国时代的文学团体》和他死后出版的《早期月曜日漫谈》，可以说著作等身，卷帙浩繁了。画肖像，作传记，是圣伯夫作为文学批评家毕生遵循的方法，他把文学作品当作作家的生平、性格、气质、心理等因素的反映，研究作品，就是要发现隐藏在作品后面的人。作品是一个特定的人在特定的条件下的产物，因此，要透彻地理解作品，就必须"抓住、概括、分析这整个的人"，要找出促使他写出这样一部作品的内在和外在的种种因素。为了写出一篇批评文章，他从不满足于作品所呈现出的作者的面目，而是以"上穷碧落下黄泉"的功夫和毅力，努力搜寻与作家本人有关的一切材料，如未发表的文章、日记、通信，还访问作家的亲属、继承人、朋友等，从他们的言谈中了解情况，还有同时代人所写的有关材料。总之，他要"抓住他为人所熟知的癖好、他显露的笑容、他稀疏的头发掩盖不住的令人痛苦的深刻的皱纹"。传说他斤斤于讲故事并自得其乐，而忽略了对于文学作品的真正价值的探索，这其实是一个几乎将他的方法毁于一旦的误解。

1862年，圣伯夫写了一篇文章，叫作《1803年挚友眼中的夏多布里昂》，对他的批评方法做了全面的、总结性的论述。有人指责他"没有理论""没有准则"，他的方法"全然是历史的、个人的"，他虽然是一个"不错的鉴赏家"，但他是"一个所有批评家中最有怀疑态度的、最不明确的批评家，充其量不过是一个逗大家开心的家伙而已"。对此他斩钉截铁地回答道："我有一种方法，尽管它不是先在的，不是以理论的形态产生的，但它是从实践本身之中形成的，我认为，长期的运用证实了它。"圣伯夫说出了有关文学批评方法的一条重要原理，即任何批评方法的产生必有其实践作为基础，就是对作品的具体的、活生生的批评活动。他指出："文学，文学产品，对我来说，并没有任何与人及其构造不同或相分离的东西。我可以品味一件作品，但是离开对人本身的认识来评价它，对我来说则是困难的。我很愿意说：有其树，必有其果。文学研究自然地把我引向道德研究。"对人的研究、认识乃至全面的了解，于是成为圣伯夫的方法的出发点和最终的归宿。通过书来了解人，通过人来了解书，这是一个相辅相成、互为因果的过程，但是，对于古人和今人，却有目的的不同，因此也带来了方法的略微差别。例如，对于古人，圣伯夫认为，由于没有足够的手段，不可能"复原人"，"人们只能评论作品，欣赏作品，通过评论和欣赏来想象作者和诗人"，只能"怀着崇高的理想重建诗人或哲学家的形象，为柏拉图、索福克勒斯或维吉尔树立雕像"。总之，"一条大河，大多数情况下不可涉水而过，把我们与古代的伟人隔离开来。让我们隔岸向他们致敬吧"。对于今人，情况则大大不同。圣伯夫说："批评根据手段调整方法，有另外的职责。了解和深入地了解一个人，尤其是这个人是杰出的和有名的，这是一件大事，万不可轻视。"可以看出，重点已经由书转到了人，通过书来了解人。他毫不怀疑没有一个人敢于说他"了解人"，也没有一个人敢于说他"了解某个人"，因此，最为重要的是了解一个人的基本性格，"一个人的基本性格了解了，就能了解他的性格的其他方面"。他希望能够建立一种科学，"一些大的精神家族及其基本分类得以决定和认识"，人们就可以像研究动植物一样地研究人了。

他说："我们只是写一些个人的研究，聚集细节的观察。但是我已经觑见了一些联系，关联，一个眼界更宽广、更有智慧、对细节观察更精微的人，有朝一日会发现与精神家族相适应的自然的大部门。"但是，人们可以构想的这种精神科学是一种极精细、极多变的科学，从事的人必须"具有自然的禀赋和观察的才能"，就是说，这种精神科学乃是一种"艺术"，需要灵巧精明的"艺术家"。一切从观察开始，观察他的出身，观察他的家乡，观察他的父母兄弟，观察他的学习、工作、交往、习惯等等，尤其要注意他的才能首次发挥的时机和环境。抓住才华横溢的时候，同样重要的是，也不放过"荒废、变质、堕落、走弯路的时候"。发现天才，只是批评的第一步，为天才命名同样是不可缺少的，他说："真正的批评家，我时常想，是为精神命名并恰当地得出他们的性情的人。"他用一两个词来概括一个人的性情，甚至直接用作文章的题目，例如：《德马罗尔神父或一个好奇的人》《朋斯代当或者一个返老还童的人》《德拉法尔或一个懒惰的人》；基内，是一个"预言家"；巴赞，是一个"游手好闲的人"；等等。他还把一个人的性情浓缩为一个精练或风趣的句子。例如，他说夏多布里昂是一个"享乐主义者，有着符合道德标准的想象力"，歌德是一位"写诗的封特乃尔"，等等。他说："为了认识一个人，即除了纯粹精神之外的其他方面，方式不厌其多，事物不厌其烦。只要不曾向一位作者提出某种数量的问题并得到回答，哪怕是对个人或者悄悄地回答，人们就不能完整地了解他，哪怕这些问题完全与他的作品的性质不相干。这些问题是：他对宗教是怎么看的，对自然景象是怎样感受的，他对有关女人、有关金钱的事情是怎样表现的，他是富有还是贫穷，他的饮食摄入、日常生活的方式如何，等等。总之，他的恶习或者弱点是什么？每个人都有恶习或弱点。对于判断一个人或一本书，对这些问题的任何回答都不是无关紧要的，如果这本书不是一本纯几何著作，而是一本文学作品的话，就是说，一本他全身心投入的文学作品。"

圣伯夫认为，批评家是一个在文学所创造的精神和形象的世界中到处游走的人，化身为他所研究的每一位作家："对我来说，批评家是变化的人；我努力在我所描绘的人身上消失。我成为他，甚至在风格上，我借用、显露他的语调……这正是我的目的，这样我可以观察我的对象的习性。""我暂时地想象置身于他（圣伯夫所研究的作家——笔者按）的世界中，置身于他所穿越的思想或观念的地区，我仿佛化身为他。这是我一贯的习惯和批评方法。我竭力消失，忘却自己；我不再是我了，我甚至成了另一个人，人们尽可以把我看作第二个他。"他把批评比喻为随山势蜿蜒的河流："批评就其本质来说是清晰的、暗示的、变幻的和理解的。它就像一条环绕着作品丰碑蜿蜒前行的宽阔、清澈的河流一样，仿佛穿行在山岩、城堡、遍布葡萄园的山坡岸边之苍翠峡谷之中。……这条大河从一处流到另一处，浸润而不破坏，用流动的活水拥抱它们，映照它们……"批评家和批评与作家和作品彼此交融，达到一种融融泄泄、莫分彼此的境界，从中显示出前者对后者的体会、认识

和把握。这也是圣伯夫的批评往往有诗意的流露的原因之一。他声称
"做够了律师"而要"做法官"。实际上,他是一人而身兼二职,法官
之职融于律师之职,就是说判断融于理解。

将近五十年的批评家的生涯为圣伯夫赢得了威信和尊重,每一位作
家都以能得到他的一篇评论文章为荣,夏尔·波德莱尔更是因对他尊敬
有加却未能得到他的评论而耿耿于怀。但是,圣伯夫在得到地位和声誉
的同时,也受到了飞短流长的攻击,例如说他"没有方法""没有系
统""变化多端",例如同时代的批评家巴尔贝·多尔维利就说:"他
对他所研究和探索的作品来说是一条变色龙,如此而已。"更有甚者,
一些道德评价也加在他的身上,如"向女子献殷勤的可笑之徒""伪君
子""雄猫""踩脚炉的老妇人""无能的天才""嫉妒的人""面色
灰白的作家",巴尔扎克说他"有蝙蝠的苍白诗才"等等。对这些"流
言蜚语",居斯塔夫·朗松1904年在纪念圣伯夫诞生一百周年的一次演
讲中说:"我认为圣伯夫尽管有如许弱点和毛病,他还是无愧于他的名
声的。……恰恰相反,圣伯夫大公无私、独立不羁、乐于助人、豁达大
度、勇于捍卫他的朋友——还有一点有时也是同样值得推崇的,那就是
他勇于承认某人是他的朋友。要是看不到他品格当中这些高尚可贵的地
方,那就未免眼睛太瞎,心眼太偏了。"

1984年出版的《法语文学词典》这样评价圣伯夫:"为了获得知
识而展开一种复杂的方法之多样性:文体学批评(写作及其主题词的不
同的性质)、直觉的同质性、对泰纳的系统性采取的非常有限的历史主
义、古典的学问、浪漫派的'灵感'、实证主义的预言家。圣伯夫反映
了19世纪文学批评的各种思潮,他是诗人、传记作家、历史学家、随笔
作家、伦理学家,他站在今日所有批评的十字路口上。"这是20世纪末

期对圣伯夫的评价，要达到这样的评价，圣伯夫从荣誉地位的巅峰直降到谷底，又从谷底攀爬到今日的状态，绚烂至极趋于平淡，中间经过了好几个之字形的升降，这是圣伯夫的命运给我们的启示，足以令我们深长思之。

二

　　在圣伯夫的晚年，他的批评获得了至高的权威，他被称为"批评之王"，虽然他的"微妙""多变""细腻""影射"等成为他的敌人诟病的目标。这期间丹麦批评家勃兰兑斯的推崇厥功至伟，可以说，圣伯夫的声名越出法国的国界，勃兰兑斯的《法国的浪漫派》一书起了关键的、不可或缺的作用。勃兰兑斯生于1842年，卒于1927年，1872年至1875年在哥本哈根大学任教期间发表了关于欧洲文学的一系列演讲，后汇编成《十九世纪文学主流》，其中包括《法国的浪漫派》。关于圣伯夫，他写道："作为诗人，他显得拥有精细而独创的才华。然而，他却是个划时代的批评家，是开创一个体系、奠定一门新艺术的人物之一。从某种意义上可以说，他在自己的领域内比当代其他作家在他们各自的领域内，更是一个伟大的革新家。因为在雨果以前就有了现代抒情诗，而现代文艺批评——就这个词的严格意义而言——在圣伯夫以前是并不存在的。无论如何，像巴尔扎克完全改造了小说一样，他完全改造了文艺批评。……直到他生命的最后一刻，他被所有优秀人物视为天然统帅，'青年近卫军'特别渴望在他的眼里出头露面一番。"圣伯夫死后不到十年，一个外国的批评家对他有了这样的评价，例如说他"开创一个体系"、奠定"现代文艺批评"等等，可以说他的声名达到了顶峰。

勃兰兑斯指出，圣伯夫的心灵的特质在于"它能理解和阐释其他大多数心灵"，其唯一的局限是他不能理解"像巴尔扎克那样富饶多姿而又不很精练的天才的心灵，像斯丹达尔那样伟大而又反常的天才的心灵"。他注意到圣伯夫对细节的关注，对个人的关注，对社会关系的关注，"把人生的面包弄成碎屑"，"把最优美的观念隐藏在从属句子里，把最富暗示性的思想隐藏在注解里"。"圣伯夫只在描写方面发挥想象力，他决不向壁虚构，或曲传失真。"他的"语调不是武断的，而是带着从容、宁静的怀疑色彩"。他"在作品里看到了作家，在书页背面发现了人"。同时，"在他认识这些作家以前，他朦胧地预感到书本和生活之间的差距，不像别人那么容易接受作者本人的自述，不容易接受作者希望通过他的著作印在读者心灵上的他自己的形象"。在他创作的鼎盛时期，他发现了"中庸之道"："他不赞颂一切，把一切归之于高尚的动机，他也不苦心搜寻卑劣的动机。他既不颂扬人性，也不毁谤人性。他对它有所理解。……他深入调查作家的家谱，他的体质和健康，他的经济情况；他抓住他所做的一些无心的自白，指出它可以用其他言论来证实，指出它能说明、能解释这个人的行动。他在他神采奕奕的高尚时刻描写他；他在他衣冠不整时冷不防撞见了他；他以'草堆里寻针'的惊人毅力，发现了死者埋藏在内心深处的东西。他以科学研究者公正不阿的冷静态度，列举他向善的倾向和向恶的倾向，并在天平上衡量它们的轻重。"因此，批评有了坚实的基础，结束了四分五裂、支离破碎的局面，变成了一个"有组织能力、起建设作用的过程"。"他的批评并不把既定的材料捣碎成筑路金属和碎石，而是用它们建成一座建筑物。他的批评并不把人的灵魂分解成为各个构成部分——那样，我们所理解的灵魂便只是一堆死机械，我们不知道它在运动中究竟是什么样子。"由于圣伯夫的改革,文学批评一新其面目,"一向被认为是历史科学的次劣部门的文学史,已经变成历史本身的指南了,已经变成历史中最有趣味、最生动活泼的部分了"。勃兰兑斯指出了圣伯夫的批评中的"理解""证实""解释""生动"及"趣味"等关键词。最后,他说了一段富有诗意的话:"批评是人类心灵路程上的指路牌。批评沿路种植了树篱,点燃了火把。批评披荆斩棘,开辟新路。因为,正是批评撼动了山岳——撼动了信仰权威的山岳,偏见的山岳,毫无思想的权力的山岳,死气沉沉的传统的山岳。"圣伯夫的批评正是这样的批评,它就是以这样的面貌越过了法国的边界,走向了世界。可以说,是勃兰兑斯把圣伯夫扶上了19世纪"批评之王"的宝座。

三

高处不胜寒。圣伯夫在顶峰待了不到二十年,就受到了比他年轻的批评家的挑战,如伊波利特·泰纳、居斯塔夫·朗松等人,他的批评方法也遭到了不同程度的质疑。前者,出生于1828年的泰纳提出了"主要能力"和"种族、环境、时代"三因素决定说,认为:"要了解一件艺术品、一个艺术家、一群艺术家,必须正确设想他们所属的时代精神与风俗概况。"后者,著名的教授居斯塔夫·朗松对他的传记批评法提出了温和的批评。1895年,朗松在"圣伯夫的功绩是毋庸置疑的。他是19世纪三四位批评大师之一,他的思想的好奇、灵活、讥讽和精细是无可比拟的"前提下,对他的传记批评法提出批评,说传记批评法"在当时是项进步,今天要是再用的话,那就是倒退了"。在他眼里,圣伯夫已经不是19世纪第一批评家了。他说:"他不是用传记来解释文学作品,而是用作品来编制传记。他用处理某位将军仓促写成的回忆录或者哪位妇女抒发感情的书信的办法来处理文学艺术当中的杰作；所有这些作品，他都拿来为同一目标服务，那就是用它来作为一个支点以认识某个人的心灵或思想，这恰恰就是取消了文学价值。"朗松认为，文学研究和批评的重点首先在于作品，而不在于作家，如果对作家的生平感兴趣的话，也是通过作家来认识、理解作品。他强调："圣伯夫很好地做了他要做的事情，但不应该把他的方法推而广之，更不应该把它看成是取得文学知识的完整而充足的方法。在他的研究当中，人掩盖了作品，作品从属于人，而正确的做法应该是人从属于作品。"这是从根本上对传记批评法提出了质疑。

但是，十年之后，朗松的态度有了微妙的变化，不是立场变了，而是着眼的重点变了。1904年12月18日，朗松在比利时列日学术会堂作了一次演讲，重点讲了圣伯夫的"求真的癖好"，对传记批评法作为方法则不着一字。然而，"求真的癖好"与传记批评法并不矛盾，作家传记中的一切细节都要符合真实的要求。朗松具体而生动地描述了圣伯夫的"两难"，"一是求真难，一是以最严格的正确字眼将真表达出来也难"，他这样说："当他为《月曜日漫谈》选定了一个题目以后，他马上就写个便条给他在帝国图书馆当馆员的朋友谢龙或者拉夫奈尔。他们就会给他送来一捆书，他的秘书和他两个人就从中挑出对写文章有用的材料。他时常还让秘书再上图书馆去搜寻一番。他要找到一个问题的原始根源。他喜欢发掘珍本、被遗忘的书籍、未发表过的作品，拿来阐明一个问题或者解决一个疑点。他常向收藏家们，作家的继承人或亲属求援。他喜欢那些卷帙浩繁的书，写得虽然芜杂但含有大量特定的细节和确实的文件，编纂者虽无文学才华也不追求文学价值，却收集了关于一个人或者一个问题的大量资料。他认为鲍斯韦尔的《约翰逊传》是传记的典范。评论家从这些饶有风味的卷帙中汲取了足以将一个人物写活，将他的一生特点刻画出来所需的东西。他敢于追求精神生活或传记方面的细节，即使上流社会人士、道貌岸然的修辞学家、自视高人一等的哲学家皱起眉头，说上一句'胡说八道，真是扯淡'，他也不怕。胡说八道就胡说八道，扯淡就扯淡吧！我们这位批评家懂得，要想把一篇文章总的精神理顺，就必须收集大量特定的事实，而一个人物的现实感体现在每天发生的细微行为上面。他不愿自欺欺人，他要使那些在文坛和政坛上演出的演员感到意外，在他们不经意的时候，摆脱官场身份而表现自然和真诚的时刻，捕捉他们在家庭生活中的镜头。如果他要谈到一位刚离世的死者，他就要访问那些跟他认识的人，当代的生者，总之是一切有助于为他提供死者往日的真正色彩的人——不管这是如何难以探索。这种过去生活色彩的重现，譬如说关于古赞的那些，是不是一些粗糙的小彩画，就跟浪漫主义戏剧作家笔下的地方色彩一样虚假、一样刺眼呢？如果传记主人还在世的话，他就会登门拜访或者邀他前来。他希望能在描绘他之前，能跟画家为模特画像一样，让模特在他面前坐这么一两会儿时间。"这样的描述，在我们今天那些喜欢考证的人眼里，是很亲切的，然而考证不是一切研究的基础吗？这番话表明，居斯塔夫·朗松是圣伯夫的真正的弟子和继承人。

圣伯夫从未受到绝对理性的"毒害"，从未想在"文学中发明什么绝对真理"，也从未相信自己"已经深入到事物的中心"，他满足于"确信他以全部精力去观察的某些现象确属真实"。他没有"体系精神"，他知道，"即便是在文学上，体系的时代也已成过去"，"体系精神最可怕的危险就是为评论定出错误的准则。谁要是接受了一种体系，那他就倾向于按照事物是否与构成这一体系的整套观念相联系来决定是接受还是抛弃这一事物。在我们决定一个概念是否正确，是否重要时，我们对它提出的条件就是要求它易于套进一个逻辑圈子，而当我们看到它符合这个条件时，我们时常就忘了向它提出其他条件，忘了进行各种验证，进行多种比较以确信他们按体系自然而然得出的论断与事实相符"。这是朗松所遵循的实证主义的思想方法，他用来论证圣伯夫的"整体方法"，倒也距事实不远。他认为圣伯夫的"局限""成见""错误""并不严重，也并不是出之于教条主义的立场"，"他不是由于体系精神而犯错误，因为他没有什么体系，不搞什么普遍的假设，不通过某个个别人物对万千事物的总体作出解释，不就一个小说家或一个诗人来构筑一门哲学或者一门美学"。他向我们提供"部分的真理"，"小块的真理"，"避免将物理学、化学或者博物学的方法强加于文学"，"他的方法是历史的方法，文学的方法"。

朗松盛赞圣伯夫的开放和自由，他说："他有他惯常的观察问题的众多观点，调查研究的各项方法。他也不做他自己的方法的奴隶。他并不把他的方法当作一部机器来切割现实，而把其中最好的部分当作边角料扔掉。他的方法其实只给他指出一个总的方向，即从真实中收集尽可能多的东西，双眼则盯着现实中的东西尽可能不让其遗漏。他永远葆有选择自己的手段的自由，绝不排除任何一种。他已经注意到泰纳所说的环境、时代与种族三点，但他还注意到别的许多东西——他就一个作家向自己提出的问题不止三个，而是几十个。"因为有了这种开放和自由的精神，圣伯夫才"有资格不仅充当以广大公众为对象的报刊上的评论的导师，而且也有资格充当搞文学史的学者、教授、研究人员的导师"。圣伯夫不像泰纳是一个学派的首脑，他是一个真正的导师，所谓

"师傅领进门，修行在个人"。"他为我们指出方向，但仍让我们自由处理。我们从他那里领受一些绝妙的箴言，我们跟他一起养成一些良好的习惯：让每一个人做他愿做的事情，按他愿采取的方式。在他那里没有暴君式的东西，没有专制性的东西，你有权利把什么都抛弃，然而你从他那里却没有什么可抛弃的。"因此，"对圣伯夫的崇拜是一种没有教义，没有仪式的崇拜，是一种对自由的崇拜，每一个人都可以按他喜欢选择的形式，只要符合热爱真实这个精神就行"。

知识的发展是产生圣伯夫的局限的根本原因，而他"在这发展中并未失去任何东西"。朗松就此对他进行了有力的辩护："书常常被他用来触及书的作者，通过作者触及作为作者的那个有血有肉的人，我们则可以从人和作者重新回到书，可以只利用心理学方面的、精神科学方面的材料以获得对文学现象的更完整的认识。……圣伯夫由于他所受的教育和时代的要求，时常不得不采取简捷的方法，依赖他的直觉、他的嗅觉，匆匆忙忙地根据一些数量不足的样品进行评价，或者根据贸然进行的几下勘探就来猜测，由于未能进行谨慎的察看而有时发表一些巧妙的预言。而我们今天则可以，也应该利用在我们到达待耕的土地时就已经存在的各种财富，利用已准备好的工作、已制订好的方法和各门辅助学科。我们可以在研究工作中充分利用语文学、目录学和手稿学已取得的技术成果，让这些学科先把我们领向尽可能远的地方，然后再只用文学和精神科学的方法继续前进。"朗松的辩护令人信服，自然而然地达到了这样的结论："他的著作就说明了他的思想和他的方法的价值所在，他的著作依然惊人地扎实和年轻，依然可以利用，只有极少量的废料和累赘之处。他的著作之所以如此扎实和年轻，都是因为圣伯夫唯一的方法就是对求真的癖好，都是因为他将这方法付诸实践，直到最后时刻。"

开宗明义，朗松的演讲的第一句话是："圣伯夫是批评家和文学史家以及一切以认识并评论古今作家为业的人们的导师。"这是对圣伯夫的至高无上的评价，只需在"古今作家"后面加上"及其作品"等几个字，圣伯夫又回到了19世纪第一的位置。在朗松的心目中，"及其作品"这几个字乃是题中应有之义，因为他已经说过："我们则可以从人和作者重新回到书。"他在为《大百科全书》撰写的条目中说："他曾经和勒南一起，也许更甚于勒南，是在1860年至1890年之间成长起来的一代的精神导师之一。"远在大洋彼岸的美国，欧文·白璧德在1912年写的一本书中，追随阿诺德，把圣伯夫视为"批评艺术中的最优秀者"，他说："圣伯夫的作品把广度与丰富和多样化结合起来的方式几乎是独一无二的。或许没有别的作家能写出50多卷书而绝少重复的，或绝少低于自己的最好的标准的，即从开始到最后都差别不大……圣伯夫避免重复自己的秘诀是更新自己。"阿尔贝·蒂博代在1922年的演讲中，把圣伯夫称为"古典批评家的唯一批评家"，"唯一真正而生动的批评心理学可能是一个经历了职业批评家的痛苦和欢乐的人的心理分析传记，他就是圣伯夫"。1900年前后四五十年间，是以朗松为代表的学院派批评的黄金时期，也是他所尊奉的圣伯夫的黄金时期。

四

从1933年开始，阿尔贝·蒂博代就已经谈论"大学批评的撤退"了，他认为大学教授们在1902年至1932年之间进行了"有用的活动"。进入20世纪，法国文学界就通过大众媒介掀起了一场反对所谓"朗松主义"的浪潮，其实质是捍卫所谓法兰西民族精神的"秩序""明确"和"趣味",抵制模糊和滞重的"德意志思想"。无论如何,索邦大学作为文学史研究的大本营从1918年就离开了公众的视线,1932年则彻底躲进了自己垒起的高墙之内。"大学批评的撤退"意味着奉圣伯夫为祖师爷的批评处在风雨飘摇之中,这预示着传统批评的式微、新批评的萌芽。

文学史研究是法国文学批评的堡垒,居斯塔夫·朗松于1909年出版了《1500年至今法国现代文学参考书目》,全书共四卷,加上一卷《补充》,包括两万三千部参考资料,这是朗松对法国文学批评的第一个真正的贡献,是法国文学史研究这座建筑物的第一块砖。法国文学史研究的要义在于参考资料的完备,可谓竭泽而渔,难怪贝玑讥讽道:"对于一个问题,在穷尽资料之前绝不能写一个字。"这部著作的出版标志着一个学派的成熟,这个学派世人称之为"朗松主义",在此之前的1902年,就有人写道:"朗松先生在索邦大学改良了,更确切地说,建立了法文的教学,在他的推动下,一个年轻的学派形成了,它不无喧闹地带来了一种科学的、严格的、准确的方法,在攻防的讨论会上,教条和夸张引起了有时是激烈的抗议。"我们必须还朗松一个公道:朗松不是一个朗松主义者。他的过分热情的弟子们把老师的不乏灵活性的方法推向了极端,弄得朗松主义成为众人攻击的目标,例如蒂博代就说:"你们给我的用以解释活的现实的原因,是一些死的现实,是一些回忆,阅读,文本,书;总是书。"保罗·瓦莱里也说:"所谓的文学史教学根本不涉及诗的发展的奥秘,一切都在艺术家的内心里经过,仿佛他的生活中可以观察的事件只对他的作品有一种表面的影响……文学史可以观察到的东西实际上是微不足道的。"瑞士批评家马塞尔·莱蒙在1924年3月28日的日记中写道:"索邦大学令我失望。更确切地说,是法国文学的教学令我失望。他们或向我提供事实，那是新索邦的猎物，或者向我提供语句，那是老索邦的遗风，或者不触及本质的课文分析。"他在1933年出版的《从波德莱尔到超现实主义》是对统治法国文学批评界的实证主义的沉重的一击，他说："重要的是，创造出一种做法：它与教训相反，不给传记任何地位，把历史的成分压缩到最小。……永远要揭示出每一个诗人、每一首诗的特性，把它最准确地表达出来，而不做泛泛之论。对于事实的参照应该委婉地暗示出来，应该以最直接的方式抓住根本。"这本书是日后被人称作"日内瓦学派"的肇始，与它同时的还有"阐释批评""参与批评""创造性批评"等等，"新批评"已经准备好披挂上阵了。一种方法运用得久了，容易让人产生厌倦情绪，但是，情绪尽可以产生，却不能把洗澡水和婴儿一齐倒掉。

从1905年开始，马塞尔·普鲁斯特就已经考虑圣伯夫的批评方法问题了。到1908年，他的思考接近成熟，写下了长短不同的一些文章。1954年，经贝尔纳·德法洛瓦的整理编订，这些笔记出版成书，书名叫作《驳圣伯夫》。书一出版，立即引起轰动，"如今所有的人（或差不多）都在'驳圣伯夫'"。普鲁斯特对圣伯夫的驳斥主要在于不能用社会中的人来判断评价作品中的人，圣伯夫之所以不能理解当代作家如斯丹达尔、巴尔扎克、奈瓦尔及波德莱尔等人，不是出于嫉妒，而是因为他的方法不行："一本书是另一个自我的产物，而不是我们表现在日常习惯、社会、我们种种恶癖中的那个自我的产物，对此圣伯夫的方法是不予承认，拒不接受的。这另一个自我，如果我们试图了解他，只有在我们内心深处设法使他再现，才可能真正同他接近。"他指责圣伯夫"不了解文学灵感与文学写作中的特殊方面，也不了解其他一些人工作与作家所从事的不同工作根本区别在哪里"。他说："事实上，人们展示给读者的是个人独自写下的，即自我的作品。提供给所谓知交友人的，是倾注于交谈中的东西（这种交谈无论多么精雅，也愈是精雅愈是有害，因为这种谈话与精神生活发生联系就会歪曲精神生活：福楼拜与其侄女和钟表商的谈话不存在这种危险），专为知交友人写出的作品也就是降低到适应这类人的趣味的作品，即写出来的谈话，这是极其外在的人而绝非内在的自我的作品，有深度的内在自我只有在排除他人和熟知他人的自我在这种情况下才能发现，自我与他人相处，正是在这样的时刻，他渴望真正感受到那种孤独的真实，孤独的真实也只有艺术家才能真正体验到，真实就像一尊天神，艺术家逐渐与之接近，并奉献出自己的生命，艺术家的生命原本就是礼敬神明的。"话说得不错，然而为什么一定要抛弃社会的自我而独尊内在的自我呢？两个自我都要，取长补短，相互充实，岂不更好？

　　圣伯夫的方法所涉及的另一个重要问题是智力问题，普鲁斯特对此有明确的表述，他说："对于智力，我越来越觉得没有什么值得重视的了。我认为作家只有摆脱智力，才能在我们获得的种种印象中将事物真正抓住，也就是说，真正达到事物本身，取得艺术的唯一内容。"他指责圣伯夫过分倚重智力，不重视非理性的作用，"哲学家并不一定真正能发现独立于科学之外的艺术的真实"。他对圣伯夫把热拉尔·德奈瓦尔说成是"往来于巴黎和慕尼黑之间的旅行推销员"大为不满，指出："在热拉尔·德奈瓦尔身上，狂症待发未发之时，仅仅表现为一种极端的主观主义，对于某种梦幻、某种回忆，在感性的个人性质上与众不同，可以说比一般人共有的、感受到的现实更有重要意义。"这是一种"无法确指难以言传的东西，凭借思谋筹划虽可窥知，但不能真正直接体验，这是一种自为的本原，潜存于这一类的天才的构成体之中"。

普鲁斯特的结论是："艺术家割断与表象的联系，深入到真正生命的深处，我们和这样一位真正的艺术家发生关系，正因为有艺术作品在，我们就可以更加专注于一部牵涉问题极其广泛的作品。但首先必须具有深度，触及精神生活领域，艺术作品只有在精神领域才可能被创造出来。"然而，他认为，"圣伯夫的作品并不是有深度的作品"，所以，"他那不可思议的洋洋洒洒规模宏大的批评作品整体没有什么意义——因为他之所长，就是那么一点东西。《月曜日漫谈》，虚有其表"。总之，"说一位作家像上等人物那样爱好艺术弄弄文学以欢度余年，也可能不时展现才华，这完全是一种虚伪的天真的想法，这就好比说一位圣徒通过高超的道德生活以便上到天堂能过快乐的世俗生活一样。只有像巴尔扎克那样理解古代伟大人物，才能接近古代伟大人物，像圣伯夫那样理解古人，离古代伟大人物就远了。那种玩玩文学艺术的观念是什么也创造不出来的"。在普鲁斯特眼里，圣伯夫不再是一位"伟大的批评家"了。

大学批评的存在引起越来越多的质疑，某些人，例如让·博朗就宣称批评这架机器在空转。在《塔尔伯之花》（1941）中，他指出"我们今天的批评放弃了它的优越感，不再直接观看文学"了，"作品之后我们看不到作者，作者之后我们看不到人"。对于批评家，从圣伯夫开始，"小说不再易懂，而是作者怯懦；诗不再平庸或平淡，而是诗人作弊；戏剧不再缺乏趣味，而是戏剧家思想保守。人们评价作家而不是作品，评价人而不是作家"。

其实，从20世纪50年代起，各种倾向的批评方式，如社会学批评、现象学批评、精神分析批评、结构主义批评、马克思主义批评等，像雨后春笋般纷纷向传统批评提出质疑，甚至发起攻击，试图取而代之，

《驳圣伯夫》的发表恰逢其时。可以说，《驳圣伯夫》的出版使圣伯夫的地位和声誉跌到了谷底。

五

二十世纪六七十年代，作为文学批评家，圣伯夫的地位和声誉处于尴尬的状态，一方面是新批评（通过朗松）的贬低，一方面是传统批评的维护，所谓传统批评乃是"大学的批评"，是由圣伯夫开创、中经泰纳的改造、由朗松集其大成的实证主义的批评方法；而新批评乃是"意识形态的批评"，是向马克思主义、结构主义、精神分析学、现象学哲学等求援的批评方法。两种批评对立的实质是：一个是对作家作品进行历史和生平的研究，重在对象的内容；一个是对作品进行系统的分析，重在对象的形式。两者之间的博弈持续了十几甚至二十年。

1963年，罗兰·巴特对朗松的理论和方法表示不满，说："五十多年来，朗松的著作、方法和思想通过其无数的追随者支配着大学的批评。"一批年轻的批评家认为，这种状况不能再继续下去了。他们指责传统批评"专断""僵化""以为弄清了作家的鼻子的形状就弄懂了作品"。罗兰·巴特1963年出版了《论拉辛》，完全否定了传统的文学史价值，这本书引起了巴黎大学教授莱蒙·毕加尔的愤怒，他在次年于《世界报》上发表文章予以驳斥，由此拉开了文学批评的欧那尼之战。这场论战持续了十年之久，先后出版了几种专著，如毕加尔的《新批评还是新骗术？》（1965），罗兰·巴特的《批评与真实》（1966），塞尔日·杜布罗夫斯基的《为什么要有新批评？》（1966）以及让-保罗·韦伯的《新批评和旧批评》（1966）。其中，1968年巴特发表的

《作者之死》从根本上否定了传统批评，令人瞠目。看来，新批评的攻势甚猛，传统批评似乎只有还手之力。

巴尔扎克有一篇中篇小说名为《萨拉辛》，其中有一个装成女人的阉人，巴尔扎克就此写道："这是一个女人，具有突然的恐惧，无理由的任性，本能的慌乱，没有原因的鲁莽，虚张声势和感觉之令人愉快的细腻。"《作者之死》中写道："谁这样说？是小说的主人公吗？他故意无视这个装成女人的阉人？是巴尔扎克本人吗？具有一种关于女人之哲学的个人经验？是作者巴尔扎克吗？他宣扬一些关于女性的文学观念？是放之四海而皆准的智慧吗？是浪漫派的心理学吗？永远也不可能知道，其理由是文字乃是任何声音、任何起源的毁灭。文字是中性的、混合的、间接的，其中我们的主体消失了，是黑和白，任何身份都失了方向，首先是写作的人的身份。"这是对传统批评的"作者至上"的理论的颠覆："作品的解释始终从产生它的那个人方面去寻找，仿佛通过虚构的或隐或显的寓意，最终总是那个唯一的人即作者的声音在袒露'衷肠'！"巴特拉来马拉美、瓦莱里、普鲁斯特、超现实主义和语言学作为援手与见证，说明："是语言在说话，而不是作者；写作，是通过一个现在的非个人性——无论如何也不能与现实主义小说家的阉割的客观性相混淆——而达到只有言语行动，'表演'的境地，而不是'我'；马拉美的全部诗学在于突显写作而淡化作者。"瓦莱里"不断地怀疑和嘲笑作者"，"作家的内在性在他看来纯粹是一种迷信"。普鲁斯特的"任务是通过极严格的复杂过程来打乱作家和他的人物之间的关系"，其结果是："叙述者既非看见和感觉的那个人，也非写作的那个人，而是将要写作的那个人。"超现实主义"要求手写得尽可能地快，甚至大脑还不知道，它接受了多人写作的原则和经验，最终有助于使作者的形象非神圣化"。语言学则为作者的毁灭提供了一件"珍贵的分析工具"："从总体上说，叙述不过是一个空洞的过程，完全没有必要用交谈者的人格来填充：从语言学上看，作者不过是写作的人，正如我是自称我的人——言语认得一个主语，而非一个人。"因此，罗兰·巴特认为：作者的死亡不仅是一宗历史的事实和写作的行为，而且它彻底地改变了现代文本的性质。"作者不再是作品的'过去'，作者和作品不再有先后的关系：作者被认为孕育了作品，就是说，作者先于作品存在，为之思考，痛苦与生存；他与作品有一种父与子的前后关系。"恰好相反，传统的作者变成了现代抄写者，他与文本同时诞生，他只是作为谓语的文本的主语，任何文本都永远是"此时"和"现在"的产物。写作不再是一种"记录、见证、表达或描绘的活动"，而是一种纯粹的语言活动。现代抄写者不再相信手应该跟上他的思想或激情，相反，他认为"他的手摆脱了任何声音，受到纯粹是抄写（而非表达）的行动的控制，描画出一种没有起源的空间"，或者其起源不过是语言本身而已。因此，文本具有多义性，不再受作者的控制，它是"一个多维的空间，有不同的文字相互结合或相互质疑，然而没有一种文字是源头：文字是一个引文的组织，这些引文来自文化的千百万个源头"。而作家只不过是"混合"这些文字，使其"相互对照"，永远不能"依靠"其中的任何一种。它声称表达的"内在的东西"只不过是一本"编辑好的词典"而已，其中一些词的解释要通过另一些词来完成，如此文本的解释没有"尽头"，"生活只是模仿书而已"。传统批评则不同，它"赋予自己一个重要的任务，即在作品之下发现作者（或者它的替代品：社会、历史、心理、自由）。作者发现了，作品被'解释'了，批评也就胜利了。因此，从历史上看，作者至上也是批评至上……准此，文学（从此更准确地说应该是文字）拒绝赋予文本（及作为文本的世界）一个'秘密'，也就是说，一种终极的意义，解放了一种可以称作反神学的、真正革命的活动，因为拒绝确定意义，最终是拒绝上帝和他的替代品，即理性、科学、法律"。其实，任何人的源头及声音都不是写作真正的中心，只有阅读才是它的中心："读者是容纳一种写作借以完成的所有引文的空间本身。文本的统一不在它的源头，而在它的目的，而这个目的不再是个人了。读者是一个没有历史、没有生平、没有心理的人，他只是在一个场地集中了构成写作的所有踪迹的某个人。"他最后骄傲地宣称："读者，传统批评从来不过问；对它来说，文学中除了写作的人之外再无其他的人了。现在我们开始不再受这种胡说欺骗了，由于这些胡说，正统的社会高傲地指责它恰恰摈除、无视、压制或毁灭的东西。我们知道，为了保证写作的前途，必须颠覆这个神话：读者的诞生须以作者的死亡为代价。"从"文学是一种语言的组织"这个角度来看，罗兰·巴特的观点可以说是振聋发聩，但是文学不只是语言，还有感情的加入，写作之人的不同带来了叙述的不同。如此看来，他的观点不无可议之处。再说，作者和读者并非对立的两极，亦非你死我活的关系，两者完全可以并存，哪怕这种并存不是和平的。罗兰·巴特所说的传统批评的代表人物之一，无疑是圣伯夫。

六

虽然普鲁斯特著作的重新出版给新批评增加了新的战斗力，但是，仅仅四年之后，阿尔及尔大学的莫里斯·勒加尔教授就出版了一本薄薄的《圣伯夫》（1959），他在书中说："他给我们带来了有价值的方法，这不是一种小的光荣，如果人们看一看今日出版的专题著作和传记，它们都是建立在圣伯夫提供的典范之上的。……没有这个先驱者，文学史不可能达到一种相对的稳定，这是肯定的。"韦勒克在《近代文学批评史》中说："探讨圣伯夫时，如把问题归结于传记方面，并拿他和文学史家泰纳进行对比，那是错误的做法。圣伯夫兼顾个性和历史。不仅在思想史、情趣史、社会史，而且在狭义文学史方面，他均有大量著述。历史代表性这一整体观念使他注意到次要的有时是不足挂齿的作家。"总之，他认为，"圣伯夫为重建法国批评的盟主地位而做的努力超过其他任何批评家。他成了独步文坛的批评家，非但在法国而且在欧美世界都是一代大家"。当然，对于他的局限，例如他对同时代的伟大作家"少所许可、怀着对立情绪、摆出恩主架势"，韦勒克称之为"他未能过关的重大考验"。在1966年举办的关于现代批评的研讨会上，客体意象批评的代表人物让-皮埃尔·里夏尔说："圣伯夫是我们伟大的祖先之一，思考他的批评可以使我们更好地提出我们的问题。"在新批评中，对于圣伯夫，明显地存在着分歧。

但是，圣伯夫的地位显然十分脆弱，著名的文学批评家亨利·勒麦特在1968年出版的《波德莱尔以来的诗歌》中说，波德莱尔是法国"19世纪最大的艺术批评家"，幸好，他只说了艺术，还没有说文学。同样在1968年，法国出版了一部大型的《法国文学史》，作者是著名的教授安托瓦纳·亚当，他断言："从他（指波德莱尔——笔者按）的批评文字看，他远比圣伯夫更有把握成为19世纪最大的批评家。"迟疑的口吻，说明了圣伯夫并不是很稳固地站在了19世纪第一批评家的位置上。

1969年，为纪念圣伯夫逝世一百周年，在比利时列日市举办了"圣伯夫与当代文学批评"研讨会。会上，著名的法国文学批评家杰拉尔·安托瓦纳强调了圣伯夫的"现代性"，指出圣伯夫的方法有两种：一种是文体学的方法，一种是传记的方法。而文体学的方法的实质是："一、极端地注意表达的技巧问题；二、在作品中意识到根本的、创造性的角色；三、在艺术作品中寻求有特色的、独有的东西。"这个问题一直为人们所忽视，直到今天的年轻的批评家，他们看不到《月曜日漫谈》的作者身上存在着他们所希望的东西。他用圣伯夫的言论证明，"通过作品的形式向精神的形式过渡，通过写作的对象的内部向不仅被写而且鲜活的主体的过渡"清楚地表明文体批评是如何演变到传记批评的。正如会议主持人所说："如果我们没有如应该的那样'复活'圣伯夫，至少我们向某些人证明约瑟夫·德洛默根本不像他们长期以来宣称的那么老，它并不代表一种今天已然过时的批评形式，正相反，它处于批评之最新近的某些方法的源头上。"

20世纪70年代，比利时批评家乔治·布莱在他的《批评意识》（1971）中彻底地否定了圣伯夫的批评，说"真正的批评不是圣伯夫的批评"；圣伯夫的批评是"一种通奸的批评"，"批评家成了栖身在作家的窝里的杜鹃"；圣伯夫的批评"表现为一种无动于衷的、冷静地加以完成的认同行为"，所以不是"同情的热情"。"它通过模拟风格、仿效感情及思想竭力模仿一个变成朋友的陌生人的生活习惯。它接受其怪癖和恶习，享用其安逸与快乐，利用的却是它自己的精神对象。这种经验，连本人都说，包含着迟钝、假装或故意的犹豫，线索混乱，接近的方式拐弯抹角，总之是一种可疑的、不完全的成功。……这是一种若即若离的、迂回曲折的、模棱两可的批评，其目的不是向他人的精神世界慷慨地开放，而是攫取其所具有的好处。……觊觎他人的财富，这就是它的出发点。其终点也丝毫不是一种同情的运动，即两个意识的结合。这是一个意识取代另一个意识，前者置身于后者的家园之中，侵入者将后者赶出家门。"乔治·布莱的批评显然不是那么厚道。

一年之后的1972年，罗歇·法约尔出版了他的博士论文《圣伯夫与十八世纪》，高度评价了圣伯夫和他的批评方法，他说，圣伯夫的批评作品"可以作为19世纪的批评活动的典范提出来"。"1849年10月，他进入《宪政报》，开始了一个全新的事业，很快建立了权威，成为文学共和国的唯一的、至上的支配者"。他的影响"压倒一切，争论或对其周期性地产生的保留意见证实了这种影响"。"圣伯夫想要展示一切作品不仅与一个人有关，而且与一个时代和一段历史有关；只根据它的文学的表象抽象地研究文学，在他看来是不可能的。从作品出发，找出个人的特点，然后将其置入时代，这就是圣伯夫的批评的本质的独特性"。罗歇·法约尔对法国文学批评史有精深的研究，又是著名的圣伯夫专家。他的观点像一只报春的燕子，有一种预告的意思。

20世纪70年代，圣伯夫的地位还在未定之天，有人攻击，有人维护，处在胶着状态，但是，天平已经明显地向着圣伯夫倾斜了。

七

圣伯夫真正的"复活"始于20世纪的80年代。

法国著名的批评家约瑟·卡巴尼斯于1987年在伽利玛出版社出版了《为圣伯夫一辩》，重提他的传记批评法，并为之辩护："圣伯夫的真实性在于他对书籍感兴趣是为了猜测和理解人，抓住他们的秘密，楔入一枚金钉子，这枚金钉子就是最后的、内在的认识。"圣伯夫对人有着清醒的认识，认为一个人不敢说他认识所有的人，也不敢说认识这一个人，他必须搜集所有的证据、所有的情况和所有的文章，才可能做出最后的判断。这还不够，文章往往掩盖着人，欺骗读者，因此需要不断地、反复地研究，才有可能对人有一个基本的认识。所谓"人心"，是"深不可测的，其底是一个深渊"，正是人的独特性，更可能的是人的复杂性吸引了圣伯夫，使他写出了或好或坏的文章。

人可以美化作品，掩盖作品，远不能解释作品。但是，人也可以揭示作品，暴露作品，能够解释作品。因此，我们可以发现作者不自觉地甚至没有想到而放进作品中的东西，这正是圣伯夫要做的事情。他说："深入盔甲的缝隙，说出真实。"这是圣伯夫的格言。有人说圣伯夫是一个"魔鬼"，卡巴尼斯说圣伯夫是一个勒萨日笔下的"瘸腿魔鬼"，他打开一本书，就当场发现了一个秘密。圣伯夫对人比对书感兴趣，原因在此。

卡巴尼斯提到，1904年圣伯夫一百周年诞辰就有人说，圣伯夫奠定了"现代批评的真正的基础"。他引用了著名批评家雅克·布莱奈的话："波德莱尔和福楼拜始终都是赞同圣伯夫的。他们的判断是不可以被忽视的。"因此，尽管从1905年开始普鲁斯特就訾议圣伯夫的批评，但是，"普鲁斯特的无可辩驳的天才并没有压倒圣伯夫审慎的才能"。对于为人所诟病的画肖像的方法，卡巴尼斯指出："圣伯夫留下了他那个时代的另一部《人间喜剧》，没有背景，没有描写，没有风景，其中没怎么出现他几乎不看的巴黎、外省与罗马，但是有一大群男人和女人，若没有他，他们就会消失，也不配出现。"描写名不见经传的人，是圣伯夫的一大功绩。卡巴尼斯说："对于从头至尾读过圣伯夫的人来说，整整一群死人活着从他们的坟墓中走出来。"

1992年，伽利玛出版社出版了由阿妮·普拉索洛夫和路易·迪亚

兹编辑的《圣伯夫论批评》。在长篇引言中，编者说："在人们对作者
已死的宣言产生怀疑、传记作品重新出现在书店的橱窗里的今天，也
许是更为自由地重新评价《文学肖像》和《月曜日漫谈》的作者的时候
了。"他们郑重地宣布："圣伯夫不是人们所说的学院派批评家——过
去的标准所说的学院派——完全忠实于神圣的传记，深陷于'人'，其
社交关系和情妇，而不是直面作品的困难的解释。圣伯夫有文化修养，
有才智，有风度。圣伯夫也有方法，尽管他知道任何方法都有其局限。
这个喜欢任何形式下的'文学对象'的不安和勤奋的人带着一种薄情的
但苛求的命运履行着'瞭望哨'这种职业——他进行过很多的思考。"
所谓传记批评法，并非只关注作者的生卒年份或其他一些小故事，批评
的文章是一面沿路放置的镜子，照出了行人的身影。编者说："我们是
'主体死亡'的同时代人，或其宣布者的同时代人，我们不会忘记传记
的意义首先在于它是一枚'禁果'。它不是一种学者的反应，而是一种
成果，一种解放。渐渐地，文本有了人的面目，文学变成一种存在的历
险。"圣伯夫在作为社会人的作者身上寻找缺口，以认识他的本质。编
者说："事实上，他画出的肖像首先是一种平常的传记，包含着省略和
未言的东西。其相对的简短，其活泼的节奏，是其魅力的条件。他不讲
故事，或讲得很少。传记的机器由出生年月和一些童年的小故事构成，
一经发动，肖像就很快随着年月掠过作品，去追寻命运的大的关节及其
线索的脆弱点。"他把批评视同小说，在他身上，已经存在着一个不自
知的普鲁斯特了："远非坚持'社会的自我'和忽视'创造的自我'，
所谓传记法的全部最为经常使用的是通过作品和资料追随这个小说的元
英雄之形而上的变量，作者就是这个元英雄。"这是圣伯夫探索作者最
喜用的词汇和最常有的动作，"这样做的时候，当他成功的时候，他就

像普鲁斯特一样，时而是音乐家，时而是画家，时而是雕塑家。作为读者，他把主题和变奏最基本的音调与它们的和谐在自己身上建立和确立下来。作为作家，他使一种结构清晰可见，重新安排时间"。这是一本小开本的、仅有三百九十页的书，它像布谷鸟的叫声，开启了90年代大规模地"复活"圣伯夫的思潮。

1997年，德国社会学家、文化史家沃尔夫·勒珀尼出版了关于圣伯夫的长篇传记，题目是《圣伯夫：站在现代性的门槛上》。2002年，伽利玛出版社出版了法译本。出版社在封底的介绍文字中说："把一种自然和一种坚实的博学结合在一起，这部精神的长篇传记复活了作品、人和他的世纪。"这是一部精神传记，不仅涉及传主的生平，而且论述了他的作品及其反映的思想。普鲁斯特作为圣伯夫的对立面，是一个贯穿始终的人物。勒珀尼指出："左拉、尼采、普鲁斯特，他们都证明人们批评圣伯夫是多么容易，也证明人们避免他的魅力是多么困难。""普鲁斯特所以能写出《驳圣伯夫》，是因为圣伯夫的许多文章他并没有读"。人们指责圣伯夫不理解波德莱尔等大作家，反而倾注了不应有的精力于名不见经传的小人物，就此勒珀尼指出："人们经常指责圣伯夫过于关注文学史上二三流的作家。理由之一是圣伯夫作为资产者所不能遏止的对古怪性和边缘性的兴趣。但也是对文学批评的探索功能的一种挑战，'大作家'已然在文学中有他们的位置，其地位已然确定，人人都可以从容地、安全地描绘他们，而'小作家'却需要艰难地发现，时时都可能被批评的观察者错过。"

人们经常讽刺圣伯夫没有理论，没有方法，没有体系，只对个人感兴趣，喜欢做裁判却没有裁判的规则，对此勒珀尼说："实际上，他有一种直接从实践中产生的理论，他已经以众多的经验做出了证明：这是一种自然的理论和方法，人们不能归之于泰纳的理论和方法，而他的敌人往往视而不见。"所谓"自然的"，在这里应该理解为"博物学的"。像伟大的博物学家布封一样，圣伯夫试图把魅力与现实主义结合起来，诗与生理学并不互相排斥，在他的眼里，文学的历史就是"文学的自然史"。勒珀尼指出："普鲁斯特在圣伯夫的作品中只看到细节，他看不到《月曜日漫谈》在其总体上是人类生理学类型的万花筒，是一个伦理世界的宝库，好像《人间喜剧》一样，许多段落预告了《追寻失去的时间》。"圣伯夫有理论，有方法，有体系，只不过他不受一种理论、一种方法、一种体系的限制而已。

普鲁斯特说圣伯夫"是随着时势转变来看待文学的"，勒珀尼指出："人们可以从中感觉到一种恶意的声调，批评圣伯夫追随时尚。但是，在同样的言辞中，人们也可以赞赏圣伯夫具有实际的品性，承认他把文学史变成文学审判庭的努力。'他是随着时势转变来看待文学的。'这同时意味着在圣伯夫看来，公正的批评乃是重新发现文学的时刻。在现代的精神政治中，圣伯夫给予文学一种具有特权的地位，因为它是唯一的'外省'。在那里，价值体系正在崩溃，对于进步的信仰已经失去了任何限度。在这种混乱和迷醉中，人们还可以保存某种秩序。"

沃尔夫·勒珀尼高度评价了圣伯夫："吸引圣伯夫的是一种失败——面对现代性的失败，迄今为止，我们还没有得到任何成功。知识分子的背叛在20世纪产生了严重的后果——面对重大的精神危机，其不容置辩的自负恰与他们的缺点相等，在圣伯夫身上已经显示出来。19世纪更为宽容，当然它孕育了专制主义，但还没有到致命的狂热的程度，避免了自我的精神否定和道德放弃。圣伯夫站在了现代性的门槛上。"圣伯夫又重新登上了19世纪第一批评家的宝座，读者们又开始期待他的作品了，因为除了图书馆，市面上已经很难找到他的《月曜日漫谈》了。

果然，新世纪开始的2004年，伽利玛出版社出版了米歇尔·布里克斯编辑的、长达一千五百页的圣伯夫的选集，书名叫作《法国文学的全景》，论述了玛格丽特·德奈瓦尔（1492—1549）到龚古尔兄弟（1822—1896，1830—1870）的全部法国文学。出版者在书的封底的介绍文字中说："今天，作家、教授、批评家的职能明显地分化，圣伯夫成了代表这三种职能的最后的伟大形象。但由于《驳圣伯夫》的打击，这个形象渐渐远去。在这部著作中，普鲁斯特指责圣伯夫用'人'来解释作品，因为一本书是'另一个自我'的产物而不是作家在书中表现的产物，这导致了他的失败。但是，《月曜日漫谈》的作者实际上追寻的是人的'不可解释'的部分，'这正是天才的个人禀赋'。也许重新发现圣伯夫、愉快地阅读圣伯夫的时刻到来了。"因此，该书的编者说："对于圣伯夫的批评著作来说，20世纪末和21世纪初标志着复活的时刻。"在新批评遭到某种不信任的今天，人们是否有权回到圣伯夫？是否应该重新给他一个位置？《月曜日漫谈》的作者是否如人们经常宣称的是一个平庸的文人？关于那些他不知疲倦地为之画肖像的作家，他的作品是否告诉我们一些东西？对于这些问题，编者差不多都给予了肯定的回答，除了一个问题，即圣伯夫是否"一个平庸的文人"，他予以否定的回答，因为他认为，说圣伯夫由于创作的失败而被迫转入批评，乃是20世纪的一大神话，"没有比这更不正确的了"。他说："不必为他的散文作品、韵文作品感到脸红，我们的作者（指圣伯夫——笔者按）决定一心从事批评。"他指出，为作家画肖像是文学批评的一大创举，圣伯夫不仅研究作者其人，而且通过社会中的作者来揭露作品的"习见、欺骗、似是而非的东西"，这正是"通过社会中的自我来追寻创造的自我"。圣伯夫优于20世纪初的批评家的，是他区分了作者和叙述者，远在结构主义者之前。"独立是圣伯夫的批评活动的主要特点之一。没有什么比体系精神离他更远。""在精神自由的绝对必要性上，圣伯夫从不妥协，他甚至预见到了我们今天的批评活动所遇到的困难"，例如他写过《论文学产业》，揭露和批判了著书都为稻粱谋的现象。远在主题批评出现之前，圣伯夫就喜欢用一个词或一句话概括一个人的本质。他努力地追寻一个人喜用的词或反复使用的词，以此来发掘其作品的秘密。

20世纪的批评是充满了教理、主义和意识形态的批评，一个作家或批评家动不动就被"革出教门"。这种情况为圣伯夫的"不同声音"所不容，因为他关注"小作家"和他们的独特性。现代作家宣扬文学艺术的"无用性"，以此来逃避他们的社会责任，掩盖他们对名誉、地位和金钱的追求。布里克斯指出："对于我们的现代性的这一方面，圣伯夫是不会同意的。在他的眼里，作者是不能回避他的道德使命的，读者有权问一问他是否有能力履行他的责任。而这是有道理的：一个作家如果在他的私人事务中没有表现出任何无私，他是否能够用作品来宣扬这种品德。"

21世纪刚刚开始，我们不能肯定21世纪是否圣伯夫的幸运世纪。

八

沃尔夫·勒珀尼说："圣伯夫站在了现代性的门槛上。"圣伯夫只须迈出一步，就会进入现代性，而现代性是什么？用波德莱尔的话来说："现代性就是过渡、偶然、短暂，就是艺术的一半，另一半是永恒和不变。" 1984年出版的《法语文学词典》说，圣伯夫"站在今日所有批评的十字路口上"。他没有迈出这一步，只是站在现代批评的十字路口，由后人来选择前进的方向。他不可能是所有现代批评的祖师爷，但是所有现代批评都不能忽视他的存在。他当然有偏见，有成见，有可笑的定见，但这不是他的方法的错误，也不是他对文学的本质的看法的错误，应该说是时代局限了他。朗松的《方法、批评及文学史》的编者昂利·拜尔教授在编者导言中说："文学批评家在身后五十年或一百年，仍有一代又一代的学人对其作品一再进行研读和利用的非常少见。文学史家的著述在半个世纪以后，能不被人们看成是陈旧得可笑、散发着时代偏见和派系成见的臭味、论证依据很不充分的，就更加少见。"圣伯夫应该进入"非常少见"之列，也应该进入"更加少见"之列。拜尔教授这样评价居斯塔夫·朗松："研究文学，当然要借助历史、社会学和心理学；如果朗松出世较晚，他还会加上精神分析学，加上加斯东·巴什拉的观点，加上风格学以及今天的莫里斯·布朗肖、乔治·布莱、让-皮埃尔·里夏尔。"我以为，把这句话移至圣伯夫的身上，是再恰当也没有了。整个20世纪见证了批评家圣伯夫的命运的发展和变化，而其发展变化的轨迹值得我们反思。

反思的结果有许多种，择其荦荦大者，有如下数端，试论之：

其一，传统不容断裂，任何人都不可与传统做彻底的决裂，无论是以革命的名义，还是以革新的名义。现代性也好，独创性也好，如果离开了传统，必成无根之木、无源之水。对于传统，如能取其精华，去其糟粕，是可以给现代性或独创性以丰富的滋养的，也可以成为它们的一部分的，断不可全盘地否定，一股脑儿地弃之若敝屣。盲目的创新，冒进的创新，空无所依的创新，即使一时炫人眼目，也无一不以失败告终。新的不等于好的，文化上没有进化论，要警惕"唯新主义"。以传记批评法而论，其精华是对人的精神和个性的把握，其糟粕是弃作品于不顾而专注于人，失了文学批评的本义。实际上，没有人，何来作品？没有作品，如何表现人？关注人，反转来加深对作品的理解。关注作品，自然会关注到人。人和作品是不可分离的，对圣伯夫的批评方法，应作如是观。

其二，传统与现代既是统一的，又是矛盾的。说它们是统一的，是说它们有着继承的关系；说它们是矛盾的，是说它们是不可相互取代的。所以，传统和现代，是在矛盾中统一，它们只能共处，哪怕不是和平的。一个想吃掉一个，一个想取代一个，"卧榻之侧，岂容他人酣睡"，曾经是传统派或新批评（现代派）共有的梦想，新批评为此奋斗了十年，传统派也对新批评压制了十年，都没有成功。其实，远一点说，17世纪的法国就有"古今之争"，以后的争论更是不绝如缕，不过有时激烈，有时缓和罢了。人类历史就是一个新与旧不断斗争的历史，新的未必是好的，旧的未必是坏的，只有新与旧互相取长补短，人类才能变得越来越聪明。普鲁斯特驳斥圣伯夫，新批评反对大学（学院派）批评，有其历史的必然性，但是，它们若想一个取代另一个，形成独霸天下的局面，那就会变成拉封丹笔下的"想长得和牛一样大"的青蛙，"鼓气鼓到这种程度，居然胀破了肚皮"。文化争论的事情不是几年、十几年甚至几十年可以说得清的，一锤定音的事几乎没有。圣伯夫几进几出"遗忘的炼狱"，证明了一个事实，即一个批评家可以被误解、被曲解甚至被诋毁，但是在矛盾的统一之历史长河中，终究会获得他应有的地位和声誉的。

其三，文学批评是一门独立的、有尊严的、多元的艺术，既有理性，又有想象力，也有道德的诉求，用让·斯塔罗宾斯基的话来说，就是文学批评要"善于把科学和诗结合起来"。无论是大学的批评，还是各种各样的新批评，只要是"把科学和诗结合起来"，就是好的批评，都有存在的根据。文学批评应该是多元的，从形式上说，应该有规范的论文，有自由的随笔，也有灵活的小品；有客观的描述，有主观的倾诉，也有主客观的对话。但是，所谓多元，主要说的还是内容。马克思主义、精神分析学、历史主义、实证主义、结构主义、现象学、社会学都可以是它的理论指导。这样我们就有了一座各种批评之花竞相绽放的百花园，其中有万人瞩目的牡丹，也有无人眷顾的小草，间或有几株毒草也不必大惊小怪。再说，有时候，香花毒草也不是一时可以认定的。如今文学批评的一部分已经发展成在相当封闭的小圈子里活动的学问，一些新的概念和术语只在专家的笔下流动，与普通读者无缘。这种批评对写给普通读者的评论有积极的、潜移默化的影响。值得警惕的是，有些专家在小圈子里优游自得，孤芳自赏，采取一种高高在上、顾盼自雄、睥睨天下的姿态。圣伯夫在批评界的浮沉有力地表明，文学批评在当代社会正在蜕变为一些自以为精英的人自得其乐的一种游戏。

其四，"修辞立其诚"。文学作品，创作的或是批评的，应该是真诚的、真实的，批评家考察一部作品，不能止于揭露作者的"社会的自我"，而是为了理解和解释作品中表现的作者的"创造的自我"。无论"社会的自我"与"创造的自我"是否相符，都是对作品的一种深入的探索。"社会的自我"固然不能证明作品的价值，但独独依靠"创造的自我"就能揭示作品的内在的本质吗？这是大可怀疑的。只有两种自我相互比照，才能对作品进行深一步的阐发。圣伯夫说："直击作品伪装下的作者。"就是说，他毕生为之战斗的一项是："不断地揭露文学作品在各种形式下，甚至在最平常的形式下所隐藏的犯罪、诡计、俗套、学究气、哄抬、掺假和谎言。"当代社会忽视作家品格上的弱点和缺点，直至否定作品与作者之间的联系，导致文过饰非、美化自己的作品越来越多。圣伯夫给我们的启示是：我们不会以作家的品行之优劣来评价作品，但是，我们会以作家的行止来对照作品中的表现，因为作为读者，我们会问："如果作家在他的私人事务中没有表现出任何无私，他是否能够用作品来宣扬这种品德？"我们的社会会回答："他能够。"可是，我们的批评家呢？难道他不应该超越社会的习惯和俗见，主持正义吗？一个批评家不能禁止自私的作家在作品中宣扬无私，但是他有权揭露他。

其五，批评可以是美的。让·斯塔罗宾斯基提到批评之美时说，批评具有"与诗的成功相若"的"精神之美"，"我喜欢清澈的东西，我追求简单。批评应该能够做到既严谨又不枯燥，既能满足科学的苛求又无害于清晰。因此我冒昧地确定我的任务：给予文学随笔、批评甚至历史一种独立的创造所具有的音乐性和圆满性"。批评之美来源于批评家精神的自由。精神的自由是什么？李健吾先生说沈从文的小说"具有一种特殊的空气，现今中国任何作家所缺乏的一种舒适的呼吸"，我以为，自由就是这种"舒适的呼吸"。真正喜欢文学的人一定喜欢富有文采的批评文字，喜欢"既严谨又不枯燥，既能满足科学的苛求又无害于清晰"的阐释作品的作品（并非所有的批评都能成为作品）。那些喜欢玩弄新奇的概念和术语的人是否真的喜欢文学，我想是大可怀疑的。圣伯夫的批评文章描写生动，观察敏锐，见解精辟，语言机智，并有自己的感情和个性。"驳圣伯夫"的人，如果读过他的文章又真正喜欢文学，是会转而为圣伯夫辩护的。

文章已经写得够长了，可是对圣伯夫的命运的反思似乎还未有穷期。圣伯夫的升降荣辱持续了整整一个世纪，新的世纪已开始了，他的命运是否还会有变数呢？让我们拭目以待。

读《局外人》

一、加缪与存在主义

第二次世界大战之后，法国流行存在主义，这是一种"实质上不能加以系统的说明"（约瑟夫·祁雅理《二十世纪法国思潮》）的哲学，它之所以流行，不过是因为萨特的几句话，成了人们耳熟能详的流行话语，例如"存在先于本质""我们注定是自由的""他人是地狱""人之初是虚无""自由选择""人生是荒诞的"等等。所以，要谈加缪，首先必须弄清加缪是不是存在主义者。他若不是，他是哪一种哲学的信奉者？

加缪说过："不，我不是存在主义者。萨特和我总是惊奇地看到我们的名字被连在一起。我们甚至想有朝一日发个小小的启事，具名者声明他们之间没有任何共同的东西，但并不担保相互间没有受到影响。这是笑谈。我们各自写的书，无一例外，都是在我们认识之前出版的。当我们认识的时候，我们是确认分歧。萨特是存在主义者，而我出版的唯一的论文，《西绪福斯神话》，却是反对所谓存在主义哲学的。"

此话是加缪在1945年11月15日说的。众所周知，正是从1945年开始，存在主义风靡法国，差不多十年，在知识分子中间蔚为时尚。

　　长期以来，尽管加缪自己多次否认，萨特也未曾引为同道，他仍然被许多人认为是一个存在主义者。直到1951年，他发表了《反抗的人》（*L'Homme révolté*），与萨特展开了一场为时一年之久的论战，最后与之决裂。这才使法国的一些批评家如梦方醒，看出了他们之间由来已久的分歧。加缪的哲学于是被承认为"荒诞哲学"（关于荒诞的哲学），一顶存在主义者的帽子也被摘去了。但是，在英、美以及其他许多国家，甚至在法国，加缪继续被一些人视为存在主义者，或被视为存在主义的右翼代表人物。例如，诺贝尔文学奖的授奖辞中就说："加缪还代表着称为存在主义的哲学运动，他通过否认一切个人的意义，只在其中见出了荒诞，来概括人在宇宙中处境的特征。"

　　阿尔贝·加缪被认为是存在主义作家，主要的根据是他的两部作品：中篇小说《局外人》（*L'Étranger*，1942）和哲学随笔《西绪福斯神话》（*Le Mythe de Sisyphe*，1943）。关于这个中篇小说（最初作者称《局外人》为"故事"，译成中文仅五万字，在法国却被认为是一部小说，不分长短，因为法国人不以长短论小说），加缪曾经说过，他在其中要表现的是"面对荒诞的赤裸裸的人"，而哲学随笔的副题则是"论荒诞"。早在1938年，萨特发表了《恶心》（*La Nausée*），把恶心当作认识到世界的荒诞性的一种觉醒的表现。《恶心》在前，《局外人》在后，都是轰动一时的作品，人们很自然地把它们连在一起，拈出了"荒诞"二字作为它们共同的主题，加缪也就被归入萨特的存在主义一派中了。实际上，"荒诞"这个概念只是一个出发点，从这一点出发的人很多，而其思想发展的轨迹却是不尽相同的。远的不说，马尔罗、萨特、加缪都是从这一点出发的，却未见有人把马尔罗和萨特连在一起，当然，这里并不排除他们之间存在着某种精神上的联系。说到联系，加缪距离马尔罗恐怕要比距离萨特还要近一些。确认加缪与萨特从同一点出发伊始即分道扬镳这一点并不是无关紧要的。正是由于没有看到这一点，有的批评家才把后来出版的《鼠疫》（ *La Peste*，1947）看作是对《局外人》的否定，作为加缪思想出现转折的证明。而实际上，这两部小说是一脉相承的，是加缪的思想的一种合乎逻辑的发展，并没有超出他关于荒诞的理论的范围。同样的道理，加缪后来发表的《反抗的人》，也并不是对《鼠疫》的反动，是什么真实面目的"大暴露"，而是其思想的内在逻辑发展的结果。这三部对加缪的创作具有里程碑意义的作品，它们之间只有阶段的不同，并没有方向上的差异。

要确定加缪是否存在主义者，或者说，要证明加缪不是存在主义者，必须了解他的荒诞哲学，要了解他的荒诞哲学，必须考察他各个时期的主要作品，为此，不能不涉及他的生平，因为加缪是一位人品和作品非常一致的作家。萨特在《答加缪书》（1952）中说："对我们来说，您曾经是——明天您仍可能是——人格、行动和作品的令人钦佩的结合。"中国人说，"修辞立其诚"，加缪的作品是诚实的作品。

二、加缪的生平

阿尔贝·加缪于1913年11月7日出生在阿尔及利亚东部的蒙多维镇，其祖籍在法国阿尔萨斯。他的父亲是个农业工人，第一次世界大战时应征入伍，在马恩河战役中身负重伤，不久死去。其时加缪还不到一岁，他说："同所有我这个年龄的人一样，我在第一次世界大战的战鼓声中长大，从此我们的历史一直是杀人的，不公正的，或者充满暴力的。"（《夏天集·谜》，*L'Enigme*，1954）他的母亲是西班牙人，父亲去世后，即举家迁往阿尔及尔，住进一个贫民区。母亲在一家弹药厂做工，还得帮助别人做家务，一家人的生活十分贫困。加缪后来说："我不是在马克思的著作中学到自由的，我是在贫困中学到的。"（《时文集I》，*Actuelles I*，1950）他在一位教师的帮助下，考取了奖学金，进了阿尔及尔中学，又靠勤工俭学，进了阿尔及尔大学。他当过气象员、商号的雇员、政府机关的职员等。他知道生活的艰难和穷人命运的不合理，但他从不抱怨，而是尽情享受大自然的馈赠：阳光和海水。他喜欢游泳，当过大学足球队的守门员，他的格言是："要紧的不是生活得最好，而是生活得最多。"（《西绪福斯神话》）不幸的是，他十七岁时得了肺结核。当时，肺结核几乎就等于不治之症，这在他的精神上投下了终生不能抹去的阴影。他在大学主修的是哲学，深受他的老师、哲学家让·格勒尼埃（Jean Grenier）的怀疑论的影响。1933年，希特勒上台，加缪很快就投身于巴比塞和罗曼·罗兰领导的反法西斯运动。之后，他加入了法国共产党，其任务是在穆斯林中间开展宣传工作。1935年5月法国外长赖伐尔访苏，《斯大林-赖伐尔协定》使法共改变了对阿尔及利亚民族主义运动的政策，由支持改为反对，即反对法西斯主义优先于反对殖民主义。加缪作为托派分子被开除出党，一说是他主动退出共产党，但他在共产党控制的"文化之家"一直工作到1937年。这期间，他组建了"劳动剧团"，免费为劳动群众演出，他还与人合作，写了以反暴政为内容的剧本《阿斯杜里起义》（*Révolte dans les Asturies*，1936），遭到禁演。他还参加了阿尔及尔电台的剧团，经常到城乡各地去演出。1936年，他完成毕业论文，内容是比较普罗提诺和圣奥古斯丁著作中的希腊精神和基督教精神，论文的题目是《基督教的形而上学和新柏拉图主义》。由于健康的原因，他未能参加教师衔级

阿尔贝·加缪（1913—1960），法国作家、哲学家，1957年10月
获得诺贝尔文学奖

的考试，在大学中执教的希望破灭了。1937年，一批具有社会主义思
想倾向的法国知识分子创办了《阿尔及尔共和报》，加缪当了该报的记
者，负责文艺评论。但他的活动很快就扩大到了政治方面，写了不少
文章抨击政府和法律的不公，揭露生活在此处的少数欧洲人对当地阿
拉伯人的歧视和压迫等不合理现象。同年5月，他出版了散文集《反与
正》（*L'Envers et L'Endroit*），追述了童年的生活，处处显露出贫穷和
欢乐的对立，这种对立成为他日后创作的基本源泉。1938年萨特的小
说《恶心》发表后，他立刻给予很高的评价，但批评作者过分地强调了
人的丑恶而忽视了人的"某些伟大之处"。次年，他发表了《婚礼集》
（*Noces*），以浓郁的抒情笔调，讴歌了人与大自然的结合，说："除
了阳光、亲吻和野性的香味以外，一切对我都是微不足道的。"然而生

活不只有阳光和大海，加缪怀着深厚的同情，前往阿尔及利亚北部山区卡比里进行调查，写出了轰动一时的长篇报道，揭露了当地少数民族极其悲惨的生活状况，试图引起法国政府的注意，改变对阿尔及利亚的政策。加缪对阿尔及利亚和它的原住民有一种生于斯、长于斯的故乡情怀，这是令他长久不能释怀的心结，也是他至死都不能同意阿尔及利亚独立的原因。

第二次世界大战爆发以后，加缪担任了新创办的《共和晚报》的主编。他严厉地批评法国总理达拉第的政策，他在批评苏联破坏波兰和芬兰领土完整的同时，也反对某些人的反苏偏见和取消法国共产党的叫嚣。他曾经想参加军队，因健康的原因而被拒绝，但他对大战的态度是明确的，认为是反动派之间的战争。他说："第一件事是不绝望。不要过多地听信那些高喊世界末日的人。"［《巴旦杏树》（*Amandiers*，1940）］"让我们宣誓在最不高贵的任务中完成最高贵的行动。"［《手记》（*Carnets*，1962）］加缪不肯屈服于新闻检查，触怒了当局，1940年1月，《共和晚报》被封，加缪遂经人介绍进入《巴黎晚报》，离开阿尔及利亚，到了法国本土。《巴黎晚报》是一份右派报纸，其政治观点为加缪所不齿，他只肯担任行政秘书一类纯技术性的职务，空余时间就加工润色他的小说《局外人》，同时为《光明》（*La Lumière*）等左派刊物撰稿。《巴黎晚报》很快堕落为合作报纸，加缪再度失业。此后的两年中，他回到奥兰，全力以赴进行创作，他完成了《局外人》《西绪福斯神话》和剧本《卡利古拉》（*Caligula*），并开始酝酿《鼠疫》。他同时在一家私人学校任教，教授被维希政府排斥于教育之外的犹太儿童，并建立了一个组织，帮助犹太人在突尼斯安顿下来。1941年12月15日，法共党员加布里埃尔·贝里被德国法西斯枪杀。其时加缪正在法国养病，他看到这个消息，立刻决定参加抵抗运动，他说："我一直觉得不能站在集中营一边。我憎恨暴力，但我更憎恨暴力的机构。"（《时文集I》）他参加了北方解放运动的组织，组织的名字叫"战斗"，担负情报和地下报纸的工作。1942年和1943年，《局外人》和《西绪福斯神话》相继出版，立刻评论蜂起，一片赞扬声，娜塔丽·萨洛特说："当阿尔贝·加缪的《局外人》出版时，人们有充分的理由相信它将满足所有的希望：如同一切真实的作品一样，正符合了我们的希望。"（《怀疑的时代》，1956）

三、《局外人》是怎样一本小说

《局外人》的构思始于1937年，经过三年的酝酿，大概在1940年写成，1942年出版。小说篇幅不长，首先以简练得近乎枯涩的笔调、冷静得近乎淡漠的口吻，震动了读书界。评论家一致承认，小说的作者是一位古典主义的大手笔，是一位完全成熟的作家。至于小说的内容，几十年来，对其含义的挖掘似乎还没有穷尽。最有影响的，仍然是萨特的解释，他认为小说是"荒诞的证明"，是对资产阶级法律的抨击。小说是以阿尔及尔一家船运公司的职员默而索的自述形式写成的。他像讲别人的事情一样，以极冷静的口吻讲述自己的单调的生活，母亲的死并未带来任何变化，直到一连串偶然的事件使他无意中叩响了不幸的大门：他成了杀人犯，被法庭判了死刑。就在临刑的前一天晚上，他终于领悟到生命的可贵，依恋之情油然而生。这是他的觉醒，人生是荒诞的，但是荒诞之中还是有值得留恋的东西。默而索是个很复杂的人物，表面上看起来，他是个接近自然状态的人，他的生活就是吃饭、睡觉、上班、游泳、交友、看电影。但是，他内心中总有一种不安的感觉，总觉得自己有什么地方错了。他有两句口头禅，一是"无所谓"，二是"这不怪我"。他的这种感觉来源于人与社会的对立，这是他能够觉醒的基础。默而索只在大自然中才感到舒服，与社会却格格不入，他最后被判处死刑，并不是因为杀了人，而是因为他没有遵守社会的习俗。例如，他没有为死去的母亲哭泣，对婚姻和事业上的升迁了无兴趣，对法庭上的辩论也漠然置之，总之，他是因为对社会表示冷淡而被视为社会的敌人。加缪在为美国版《局外人》写的序言中指出："他远非麻木不仁，他怀有一种执着而深沉的激情，对于绝对和真实的激情。"他甚至说，默而索是人类唯一配有的基督。这话的确具有一种振聋发聩的效果，但它的意义是明了的，基督为了人类的苦难而死，默而索是因为不适应社会生活、不尊重约定的观念而被社会判处死刑的，他承担了人类的命运，为了非人的生活环境而死，此非基督而谁？默而索是诚实的，他不说谎，不想像别人那样在社会这个舞台上演戏。《局外人》的主题是人类与其生存条件的不协调。这个条件不是别的，正是人类社会。加缪说："荒诞不在人，也不在世界，而在于两者的共存。"这与小说用形象反映出来的思想是一致的。认识到两者的对立，就是认识到了荒诞。罗兰·巴特在1954年写的一篇文章中对《局外人》做出了这样的评价："《局外人》无疑是战后第一部经典小说（我说的第一不仅是时间上的，也是质量上的）。这部1942年出版的小说在法国解放时期被所有的人争相传阅，很快为加缪赢得了荣誉；人们喜爱这本书，就像喜爱那些出现在历史的某些环节上的完美而富有意义的作品，这些作品表明了一种决裂，代表着一种新的情感。没有任何人持反对态度，所有的人都被它征服了，几乎都爱上了它。《局外人》的出版成为一种社会现象。"这部小说代表着战争中成长起来的一代人，代表着被战争破坏的一个时代，代表着他们在那个时代的不合作的普遍心态。

"小说从来都是形象的哲学。"以"论荒诞"为副题的《西绪福斯神话》则以哲学的语言论证了《局外人》的基本思想。所谓荒诞哲学，在加缪那里，是一个从觉醒（意识到荒诞）到行动（反抗荒诞）的完整的哲学体系。因此，世界就是荒诞，人生就是幻灭，这样简单的概括不能反映加缪的荒诞哲学的全貌。加缪认为，荒诞感首先表现为对某种生存状态的怀疑："起床，公共汽车，四小时办公室或工厂里的工作，吃饭，公共汽车，四小时的工作，吃饭，睡觉，星期一二三四五六，总是一个节奏"，一旦有一天，人们对此提出了为什么，就悟到了荒诞。这种状态是千百万人最经常的状态，所以此论一出，立刻引起了共鸣，而且过了二十多年，人们又有了一个更简练的表达方式，即"地铁—工

作者在中国社会科学院大学开展讲座

作一床铺"式的生活。人们对此感到厌倦，试图拒绝这种生活，这正是觉醒。他说："一个能用歪理来解释的世界，还是一个熟悉的世界，但是在一个突然被剥夺了幻觉和光明的宇宙中，人就感到自己是个局外人。这种流放无可救药，因为人被剥夺了对故乡的回忆和对乐土的希望。这种人和生活的分离、演员和布景的分离，正是荒诞感。"因此，"荒诞本质上是一种分裂，它不存在于对立的两种因素的任何一方。它产生于它们之间的对立"。具体地说，"荒诞不在人，也不在世界，而在于两者的共存"。所谓共存，其表现形式正是人类社会。荒诞的存在，是以人为前提的，离开了人，荒诞也即消失。但是，认识至此并未完结，仅仅是迈开了第一步。荒诞，在加缪看来，仅仅是个出发点，重要的不是认识到荒诞，而是对荒诞采取什么态度，在荒诞的条件下人应该如何行动，是以死来结束荒诞状态，还是以反抗来赋予人生某种意义，从而获得某种幸福。可以说，加缪的全部作品的中心思想，实际上是如何对待荒诞的问题。他在评萨特的《恶心》的一篇文章中说："对我来说，唯一的已知数是荒诞。问题在于如何走出去。……看到生命的荒诞不能成为目的，而仅仅是个起点。……令人感兴趣的不是发现（荒诞），而是人从其中引出的结果和行动准则。"加缪的行动准则是挑战，是反抗，既要认识到理性的局限，又要"义无反顾地生活"。加缪把荒诞等同于笛卡尔的怀疑，以此为出发点，寻求建造人类的幸福。这种荒诞的英雄的典型就是西绪福斯。据希腊神话，西绪福斯被天神罚做苦役，将一块巨石推上山顶，而巨石一到山顶，旋即滚落下来，他又得重新下山，再把巨石推上去，如此无休止地做着这种"无用且无望的工作"。加缪感兴趣的是下山途中的西绪福斯。"我看到这个人下山，朝着他不知道尽头的痛苦，脚步沉重而均匀。"正是在这个时候，西绪福斯觉醒了，知道了他的悲惨命运，但是，"造成他的痛苦的明智同时也造就了他的胜利"。他敢于正视那块巨石，敢于再把它推上山顶，这是他在下山途中表现出来的精神，这种精神是对命运的蔑视、挑战和反抗。所以，"征服顶峰的斗争本身，足以充实人的心灵。应该设想，西绪福斯是幸福的"。加缪称西绪福斯为天上的无产者，当代世界上工人们的劳动无异于西绪福斯的苦役，西绪福斯的苦役象征着人类的命运。但是，加缪感兴趣的是西绪福斯的下山，是那种正视荒诞、战胜荒诞的精神，因此，《西绪福斯神话》所表现出来的思想是积极的。正是在这个意义上，加缪可以说："我对人从不悲观，让我悲观的是他的命运。"

翻开加缪的《局外人》，劈头就看见这么一句："今天，妈妈死了。"紧接着就是一转："也许是昨天……"一折一转，看似不经意，却已像石子投入水中，生出第一圈涟漪……

《局外人》的第一句话实在是很不平常的。"妈妈……"，这样亲昵的口吻分明只会出自孩子的口中，成年人多半要说"母亲……"的。然而说话人恰恰不是孩子，而是一个叫默而索的年轻人。他在临刑前，以一种极冷静、极枯涩却又不乏幽默有时还带点激情的口吻讲述他那极单调、极平淡却不乏欢乐有时还带点偶然的生活，直讲到被不明不白地判了死刑。默而索不说"母亲"而说"妈妈"，这首先就让我们感动，凄凄然有动于衷。我们会想：他在内心深处该是对母亲蕴藏着多么温柔、多么纯真的感情啊！

然而他竟没有哭！不唯到通知母亲去世的电报时没有哭，就是在母亲下葬时也没有哭，而且他还在母亲的棺材（他居然没有要求打开棺材再看看母亲！）面前抽烟、喝咖啡……我们不禁要愤然了：一个人在母亲下葬时不哭，他还算得上是正常的人吗？更有甚者，他竟在此后的第二天，就去海滨游泳，和女友一起去看滑稽影片，并且和她一起回到自己的住处。这时，我们几乎不能不怀疑他对母亲的感情了。也许我们先前的感动会悄悄地溜走，然而竟没有。默而索不单是令我们凄然、愤然，他尤其让我们感到愕然：名声不好的邻居要惩罚自己的情妇，求他帮助写一封信，他竟答应了，觉得"没有理由不让他满意"；老板建议他去巴黎开设一个办事处，他竟没有表示什么热情，虽然他"并不愿意使他不快"；对按理说人人向往的巴黎，他竟有这样的评价："很脏。有鸽子，有黑乎乎的院子……"玛丽要跟他结婚，他说"怎么样都行"，一定让他说是否爱她，他竟说"大概不爱她"。最后，他迷迷糊糊地杀了人，对法庭上的辩论漠然置之，却有兴趣断定自己的辩护律师的"才华大大不如检察官"。就在临刑的前夜，他觉醒了："面对着充满信息和星斗的夜"，他"第一次向这个世界的动人的冷漠敞开了心扉"。"动人的冷漠"这个词终于打开了他的心灵的大门，他居然感到他"过去曾经是幸福的"，"现在仍然是幸福的"。他似乎还嫌人们惊讶得不够，接着又说："为了使我感到不那么孤独，我还希望处决我的那一天有很多人来观看，希望他们对我报以仇恨的喊叫声。"这是《局外人》的最后一句话，也是一句很不平常的话。

以很不平常的话开头，以很不平常的话结尾，使《局外人》成为一本于平淡中见深度、从枯涩中出哲理的很不平常的书。我们的凄然，我们的愤然，我们的愕然，使我们不能不想一想：这位默而索究竟是何等样人。奇人？怪人？抑或是常人？多余人？畸零人？抑或是明白人？

四、默而索是一个什么样的人

有人说他是白痴。从他生活态度的萎靡消极，从他对人对事的反应的机械迟钝，从他对周围人们遵奉的价值观念的无动于衷，从他对本能的、即刻的肉体满足的强烈要求，从这些方面看，他确乎有些是。然而，他知道别人都为他失去母亲难过。他唯恐养老院院长因他将母亲送进养老院而责怪他，对于能否在母亲的棺材前抽烟也曾有过犹豫。他有敏锐的观察力，并且不乏判断力，例如他从那些看过电影回来的"年轻人的举动比平时更坚决"，推断出"他们刚才看的是一部冒险片子"。他尤其对太阳、大海、鲜花的香味等十分敏感。当神父劝导他皈依上帝的时候，他可以揪住神父的领子，把他内心深处的话、喜怒交进的强烈冲动，"劈头盖脸地朝他发泄出来"。这样一个敏感、清醒、具有明确的自我意识的人怎么可能是白痴呢？

有人说他是个野蛮人。怕也不尽然，或竟可以说似是而非。在法国作家的笔下曾经多次出现过野蛮人或远离人类文明的化外之人的形象。他们淳朴善良，弃圣绝智，无知无识，不知有欺诈，亦不知有善恶，若一旦有机会进入文明社会，其结果不是逃离便是堕落。他们无例外地成为作家们歌颂的对象，如蒙田、卢梭、夏多布里昂等。默而索只有一点和他们相像，即和文明社会格格不入，而在阳光、大海、清凉的夏夜中却如鱼得水，或者说"肉体上的需要常常使我的感情混乱"。然而默而索并非生活在北美印第安人的部落里，他是法国人，是法国殖民地阿尔及利亚首府阿尔及尔的一家船运公司的职员。他还读过大学！只此一端就使他不但成不了野蛮人，怕连个平头百姓也做不得。他有文化，可以给同伴解释电影的内容，可以帮助邻居写相当微妙的信。他还读报！而读报，按加缪（或他的人物克拉芒斯）的说法，是现代人的两大特点之一，另一个特点是通奸（见《堕落》）。因此，默而索之自绝于乃至见弃于人类社会，显然不是由于野蛮人的原因。他曾经有过符合人类社会的价值标准的"雄心大志"，他对违反传统行为模式的举措经常有一种过失感，但他终于认识到这一切都"无所谓"，并不能改变生活。这样一个有意识地拒绝文明社会的人怎么可能是野蛮人呢？

有人说他是"一个比一般人缺乏理性的人"。那么，一般人的理性是什么呢？无非是认可并接受传统的价值观念，如亲情、爱情、事业上的抱负、对地位和金钱的追求、对于过失的悔恨以及信仰上帝等等；无非是遵循习俗所规定的行为模式，如母亲下葬时要痛哭流涕、娶一个女人时要说爱她、在法庭上要寻求有利于自己的辩护、在神父面前要虔诚谦卑等等。然而默而索恰恰是拒绝传统的价值观念，对由习俗所规定的行为模式不以为然。他不想说谎，而不说谎不单是不说假话，也包括了不夸大其词。他"不说废话"，而加缪认为："男人的丈夫气概并不体现于言辞，而是体现于沉默。"他被判死刑后，曾经进行过那么复杂微妙的思索，甚至在想象中"改革了刑罚制度"。他对神父的信仰做出过最严厉的判断："他的任何确信无疑，都抵不上一根女人的头发。"他对人类的处境做出了"进退两难，出路是没有的"悲观概括。这样的人，难道可以说是"一个比一般人缺乏理性的人"吗？

默而索既非白痴，又非野蛮人，更不是一个比一般人缺乏理性的人。他是一个有着正常的理智的清醒的人。然而他却不见容于这个世界。为什么？因为他杀了人。检察官指控："我控告这个人怀着一颗杀人犯的心埋葬了一位母亲。"

诚然，默而索埋葬母亲时没有哭，难道说他这就犯下了死罪吗？从习俗的角度看，表示悲痛只有哭泣，别无他途。死了人总是要哭的，连器具也有叫哭丧棒的，不独死者亲属哭，甚至可以雇人来哭，中国有，甚至科西嘉也有，如《高龙巴》。这种由习俗规定的行为模式，是生活在社会中并与社会合拍的人所必须遵守的。从这个约定俗成的行为模式的要求来看，默而索之不哭便被看成了禽兽的行为，为人类社会所不容。

当然，法律不会这样愚蠢，径直将不哭判为弑母，它总要寻出"正当"的理由来要一个人的脑袋。这理由在默而索身上恰好有一个：他杀了人。我们从旁观者的立场看，默而索杀人实在是出于正当防卫的动机，只不过是他"因为太阳"（而他是那样喜欢太阳……）而判断失误，使正当防卫的可辩护性大大地打了折扣。尤其是辩护律师的"才华大大不如检察官"，从"以习俗的观点探索灵魂"这一共同立场出发，他的所谓"正经人，一个正派的职员，不知疲倦，忠于雇主，受到大家的爱戴，同情他人的痛苦"之类的辩护，自然抵挡不住检察官的"怀着一颗杀人犯的心埋葬了一位母亲"的指控。从法律的观点看，检察官的指控无懈可击，律师的辩护软弱无力，默而索必死无疑。但从解除了传统价值观念的束缚和传统行为模式的制约的人性的观点看，默而索实在并没有多少可以指责的地方。他没有为死去的母亲哭泣，但心里是爱她的，并曾努力去理解她。他"大概不爱"而愿娶玛丽，是因为他觉得人人挂在嘴上的"爱"并不说明什么。他对职务的升迁不感兴趣，是因为他觉得那并不能改变生活，而且他是曾经有过但后来抛弃了所谓"雄心大志"。他拒绝接见神父，是因为他觉得"未来的生活"并不比他以往的生活"更真实"。然而社会为了自身的安定恰恰要求它的成员恪守传统的价值观念和行为模式。否则，一个人的灵魂就会变成一片荒漠，令检察官先生们"仔细探索"而"一无所获"；就会"变成连整个社会也可能陷进去的深渊"，令检察官先生们"意识到某种神圣的、不可抗拒的命令"。因此，站在维护社会秩序的法律的立场，量刑的标准其实并不在罪行的轻重，而在它对社会秩序的威胁程度。而所谓威胁程度，则全在于检察官一类人的眼力。法律的这种荒唐实在并非没有来由的。

加缪曾经把《局外人》的主题概括为一句话："在我们的社会里，任何在母亲下葬时不哭的人都有被判死刑的危险。"这种近乎可笑的说法隐藏着一个十分严酷的逻辑：任何违反社会的基本法则的人必将受到社会的惩罚。这个社会需要和它一致的人，背弃它或反抗它的人都在惩处之列，都有可能让检察官先生说："我向你们要这个人的脑袋……"默而索的脑袋诚然是被他要了去，社会抛弃了他，然而，默而索宣布："我过去曾经是幸福的，我现在仍然是幸福的。"这时，不是可以说是他抛弃了社会吗？谁也不会想到默而索会有这样的宣告，然而这正是他的觉醒，他认识到了人与世界的分裂，他完成了荒诞的旅程的第一阶段。

五、《局外人》与荒诞哲学

我们终于说到了荒诞。谈《局外人》而不谈荒诞，就如同谈萨特的《恶心》而不谈存在主义。加缪写过以论荒诞为主旨的长篇哲学随笔《西绪福斯神话》。事实上，人们的确是常常用《西绪福斯神话》来解释《局外人》，而开此先例的正是萨特。他最早把这两本书联系在一起，认定《局外人》是"荒诞的证明"，是一本"关于荒诞和反对荒诞的书"。我们读一读《西绪福斯神话》，就会知道，萨特的评论的确是切中肯綮的。加缪在这本书中列举了荒诞的种种表现，例如：人和生活的分离，演员和布景的分离；怀有希望的精神和使之失望的世界之间的分裂；肉体的需要对于使之趋于死亡的时间的反抗；世界本身所具有的、使人的理解成为不可能的那种厚度和陌生性；人对人本身所散发出的非人性感到的不适及其堕落；等等。由于发现了荒诞，默而索的消极、冷漠、无动于衷、执着于瞬间的人生等等顿时具有了一种象征的意义，小说于是从哲学上得到了阐明。当加缪指出，"荒诞的人"就是"那个不否认永恒，但也不为永恒做任何事情的人"的时候，我们是不难想到默而索的。尤其是当加缪指出"一个能用歪理来解释的世界，还是一个熟悉的世界，但是在一个突然被剥夺了幻觉和光明的宇宙中，人就感到自己是个局外人"的时候，我们更会一下子想到默而索的。"荒诞的人"就是"局外人"，"局外人"就是具有"清醒的理性的人"，因为"荒诞，就是确认自己的界限的清醒的理性"。于是，人们把默而索视为西绪福斯的兄弟，就是题中应有之义了。当然，萨特评论的权威性，也由于得到了加缪的主观意图的印证，而更加深入人心。加缪在1941年2月21日的一则手记中写道："完成《神话》。三个'荒诞'到此结束。"我们知道这三个"荒诞"指的是：哲学随笔《西绪福斯神话》、小说《局外人》和剧本《卡利古拉》。三者之间的关系于此可见。这种三扇屏式的组合似乎是加缪偏爱的一种形式，例如哲学随笔《反抗者》、小说《鼠疫》和剧本《正义者》。这是后话，不及细论。

阅读《西绪福斯神话》，固然有助于我们理解《局外人》，但是，如果《西绪福斯神话》对于《局外人》来说，不仅仅是一种理解的帮助，而且还是必不可少的一部分，我想这并不是作为小说的《局外人》

的一种荣幸，而只能是它的一大缺欠，因为这说明，《局外人》作为小说来说不是一个生气灌注的自足的整体，充其量不过是一种哲学观念的图解罢了。幸好事实并非如此。《局外人》是一部非常成功的小说，正如法国评论家亨利·海尔所说："加缪以其《局外人》一书，站在了当代小说的顶端。"它以自身的独立的存在向我们展示了一种关系：人与世界的关系。这种关系之所以如此强烈地吸引着我们，是因为它迫使我们向自己提出这样的问题：世界是晦涩的，还是清晰的？是合乎理性的，还是不可理喻的？人在这个世界上是幸福的，还是痛苦的？人与这个世界的关系是和谐一致的，还是分裂矛盾的？默而索不仅是一个有着健全的理智的人，而且还是个明白人。他用自己的遭遇回答了这些问题，而他最后拒绝进入神父的世界更是标志着一种觉醒。他认识到，"未来的生活并不比我以往的生活更真实"。默而索是固执的，不妥协的。他追求一种真理，虽死而不悔。这真理就是真实地生活。加缪在为美国版《局外人》写的序言中说："他远非麻木不仁，他怀有一种执着而深沉的激情，对于绝对和真实的激情。"我想这话是不错的。我们甚至可以说默而索是一位智者，因为加缪在《西绪福斯神话》中写道："如果'智者'一词可以用于那种靠己之所有而不把希望寄托在己之所无来生活的人的话，那么这些人就是智者。"默而索显然是"这些人"中的一个，他要"义无反顾地生活"，"尽其可能地生活"，相信"地上的火焰抵得上天上的芬芳"，因此，他声称自己过去和现在都是幸福的。这虽然让人感到惊讶，却并不是不可理解的，因为加缪认为："幸福和荒诞是同一块土地上的两个儿子"，幸福可以"产生于荒诞的发现"。当然，默而索是在监狱里获得荒诞感的。在此之前，他是生活在荒诞之中而浑然不觉，是一声枪响惊醒了他，是临近的死亡使他感觉到对于生的依恋。于是，默而索成了荒诞的人。局外人就成为荒诞的人，像那无休止地滚动巨石的西绪福斯一样，敢于用轻蔑战胜悲惨的命运。而加缪说："应该设想，西绪福斯是幸福的。"

《局外人》的读者可以不知道默而索什么模样，是高还是矮，是胖还是瘦，但他们不可能不记住他，不可能不在许多场合想到他。默而索将像幽灵一样，在许多国家里游荡，在许多读者的脑海里游荡。如果说时代变了，环境变了，人际关系变了，那他们可以记住，在第二次世界大战期间或以后相当长的时间里，在法国或类似的国家里，有那么一个默而索……

六、《局外人》阅读的三种姿态

加缪的《局外人》是一本言简意赅、有多重含义的小说，每个人都可以从个人的角度进行不同的阅读，从而得出不同的结论。结论或有或深或浅的区别，但是没有高下贵贱的分野。套用一句蔡元培论《红楼梦》的话："多歧为贵，不取苟同。"可也。所以，今天我是以普通读者、研究者和译者的身份说一说我接触《局外人》的体会，这就是：

第一，我第一次读《局外人》的时候，是以一个普通的读者面对这本书的，连加缪是法国一位重要的作家都不知道。

第二，距离我第一次接触《局外人》已经许多年了，我已经是中国社会科学院的一位外国文学的研究者了，研究一部外国文学作品，例如《局外人》，是我的本职工作。

第三，1985年，我成了这部小说的翻译者，我不能局限于普通读者的身份，也不能作为研究者来对待这部作品，必须用文字传达作品的蕴含和意义。因此，我还要从读者、研究者、译者的角度讲一讲我对《局外人》的看法。

我第一次接触加缪的作品是1976年在日内瓦的时候，当时连加缪是法国的、与萨特并重的重要作家都不知道，更不要说他的荒诞哲学了。《局外人》不长，语言也清晰简明，对国内本科法语专业的人来说，阅读可以说是容易的。当然，要说到深刻地领会作品的内涵，还谈不上。我是以一个普通读者的姿态阅读这本书的。普通读者，就是英国伍尔夫在《普通读者》一文中引述约翰逊博士所称之"普通读者"。他说："能与普通读者的意见不谋而合，在我是高兴的事。因为，在评定诗歌荣誉的权利时，尽管高雅的敏感和学术的教条也起着作用，但最终说来应该根据那未受文学偏见污损的普通读者的常识。"普通读者，就是"不同于批评家和学者"的读者。这样的读者在接触作品时，头脑是空白的，心胸是开放的，作品的内容、形象、语词、符号遇到的是一个不设防的空地。其实，做一个约翰逊所说的"普通读者"不容易，甚至可以说不大可能。因为我们作为一定的社会中的人，不可能没有受到过"文学偏见"的污染，至少我们受到过各种意识形态的影响，所以我们在对待各种事物，例如我们在阅读的时候，难免有各种各样的先入之见，或者叫作偏见，也就是德国人伽达默尔所说的"传统""成见""先入之见"。瑞士人让·斯塔罗宾斯基说到批评之前的准备工作是这样的："全部阅读始终是一种无成见的阅读，是一种简简单单相遇，这种阅读不曾有一丝系统的预谋和理论前提的阴影。"就是说，读者要以忘我、丧我、弃我、无我的姿态与阅读对象周旋，没有任何心理期待，达到一种浃髓沦肌、浑然一体的境地，然后才可进入批评和研究的状态。李健吾先生说得更为干脆，面对文学作品及其作者，他要求读者"自行缴械,把辞句、文法、艺术、文学等等武装解除,然后赤手空拳,照准他们的态度迎了上去"。话虽如此说,真正做到是不容易的。

我读《局外人》的时候,首先吸引我的是语言的清晰、简洁、透明甚至枯燥。然后,主人公默而索时而是个白痴,时而是个怪人,时而是个常人,时而是个多余人,时而是个畸零人,时而是个明白人;然而他终究是个理性的人,他以不同的面目出现在我的脑海中。他是一个敏感、清醒、具有明确的自我意识、有着正常的理智的人;然而他有意识地拒绝文明社会,拒绝撒谎,拒绝夸大其词,拒绝接受传统的价值观念和行为模式,他还对司法的制度充满了一种嘲讽的态度。他没有为死去的母亲哭泣,但心里是爱她的;他"大概不爱"而娶玛丽,是因为他觉得人人都挂在嘴上的"爱"并不说明什么;他对职务的升迁不感兴趣,因为他觉得那并不能改变生活;他拒绝接见神父,是因为他觉得"未来的生活"并不比他以往的生活"更真实"。最后,检察官控告他"怀着一颗杀人犯的心埋葬了一位母亲",法院遂判了他死刑。而他则以看破红尘的面目出现在我的面前:"面对着充满信息和星斗的夜,我第一次向这个世界的动人的冷漠敞开了心扉。我体验到这个世界如此像我,如此友爱,我觉得我过去曾经是幸福的,我现在仍然是幸福的。为了把一切都做得完善,为了使我感到不那么孤独,我还希望处决我的那一天有很多人来观看,希望他们对我报以仇恨的喊叫声。"这是小说的最后几句话,我合上书,叹了一口气:"一个人和社会的关系竟是这样荒诞!"从此,一个孤独、冷漠但是对真实和绝对、对想象中的世界和现实的生活怀有一种执着而深沉的激情,这样的默而索便牢牢地活在了我的心中。至于这部小说的风格,我只对默而索的口吻印象深刻:他以一种极冷静、极苦涩却又不乏幽默有时还带点激情的口吻讲述他那既单调又平淡却又不乏欢乐有时还带点偶然的生活，直讲到不明不白地被判了死刑。我的头脑中并没有"风格"这两个字，我的确是在无形中受到感染的。后来我又读了《鼠疫》《堕落》等，但是我没有找关于加缪的评论来阅读。阅读关于加缪的评论，标志着从普通读者向批评家的转变，但并不标志着一种纵向的提高，只反映出一种横向的转移。

20世纪80年代初，加缪成了我的研究对象。加缪作品很少有译成中文的，似乎只有施康强先生译的《不忠的女人》。那是一篇短篇小说，发表于1978年的《世界文学》。据说还有孟安译的《局外人》，不过那是黄皮书的一种，"文革"前出版的，供批判用，很难找到。当时我也不知道，更不知道孟安为何许人。加缪作品的翻译几乎是一片空白，我有了翻译的冲动，虽然还多少有些政治方面的恐惧。这时，我的心态也变了，不再能以一个普通读者的姿态对待作品了。不管我愿意不愿意，我都得拿出一个学者的身份，即我必须关注作品的形式，就是说，我不能满足于无形中受到感染，我要使无形变成有形。因此，我必须钻研作品的风格，必须冷静地评价作品。一个后天学习外语的人很难对原作有语言运用上的亲近感，很难对其词汇语句的色彩有自然的体会，很难对其节奏的安排有恰如其分的感觉，他必须借助于操原作语言的本国人的评论来弥补自己的不足。我自己就是这种情况：我如果是一个普通读者，而且是一个与原作操不同语言的普通读者，自然不会去管原作的风格，只需感觉到《局外人》用词简洁、结构清晰、形象鲜明即可，但是我要从事翻译，就不能满足于当一个普通读者了，而要以一个批评家的身份去引导和控制自己的翻译，也就是说，要传达原作的风格。读者可以在无形中受到感染，译者必须在有形中使读者受到感染。从无形到有形，除了自己的阅读与研究之外，还要靠法国人甚至操英语的人的研究。译者先做普通读者，然后做批评家，再做译者，译者可以说是沟通普通读者和批评家的一座桥梁，是普通读者和批评家的结合。让·斯塔罗宾斯基说接触一部经典作品有三个阶段：无成见的阅读，客观的研究，自由的思考。这大概是每一个研究者必须经过的阶段。

七、《局外人》与"含混"

《局外人》1942年出版后，很快就得到萨特的好评。根据他的解释，《局外人》是对"荒诞"的证明和对资产阶级司法的讽刺。然而，后来的批评家纷纷越过了萨特的解释，他们发现了《局外人》的"含混"。

现代批评家普遍认为，含混是文学作品的本质特征之一。作家有意识地运用含混，读者不固执地追求唯一的理解，则作品将变成一个含义深远的多面体。加缪曾经写道："至少要为使沉默和创造都臻于极致而努力。"沉默不是虚无，而是富于蕴含的情状，仿佛"此处无声胜有声"；创造当然也不是基于虚无的创造，而是打开沉默的硬壳。沉默与创造之间的桥梁将由含混来架设。《局外人》呈现出一种多层次多侧面的含混，其中沉默和创造都已臻于极致。

加缪自己谈到《局外人》时说："局外人描写的是人裸露在荒诞面前。"他也曾这样概括《局外人》："在我们的社会里，任何在母亲下葬时不哭的人都有被判死刑的危险。"看来，萨特的评论与作家的自述相去不远。但是，此后四十年间，局外人探索《局外人》含义的努力一直没有间断。有的批评家从政治角度考察作者对阿拉伯人和法国殖民政策的态度，认为这部小说更应叫作《一个法国人在阿尔及利亚》，而阿拉伯人被杀则表明法国人"对一种历史负罪感的令人惶惑的供认";有的批评家从精神分析的理论出发,把默而索看作是现代的俄狄甫斯;还有的批评家把默而索的经历看作是一种想象的心理历程;等等。这种主题的多义性来源于作者置于情节中的许多空白和人物行为的机械性。

人物行为的机械性很容易使浅尝的读者得出这样的印象:默而索是一个满足于基本生理需要的人,他对外界的反应是直接的、感性的、机械的,他的推理能力低于常人,他是一个不好不坏的化外之人,是一个希望远离社会而处于自然状态的人。然而事情似乎不这么简单。假使读者仔细阅读并且不放过作者似乎不经意的若干提示的话,他会发现默而索并不是一个生活在世外桃源中的人。他受过高等教育,推理的能力显然优于周围的人,而且当他"在苦难之门上短促地叩了四下"之后,立刻就明白了自己的处境。他的寡言,他的冷漠,直到他的愤怒,原来都是他对环境的自觉的反应。他不想装假,不想撒谎,不想言过其实,不想用社会的惯例来约束自己的言行,他是个"局外人"。然而何谓"局内"?何谓"局外"?这内与外以何为参照?批评家们曾经把他看作是自然人、野蛮人、荒诞的人、精神低能的人,或者是理性的人、清醒的人、现代的人等等。就每一种人来说,默而索作为小说人物都是清晰的,然而就总体来说,这位小说主人公却又是含混的。不同的批评家都有充分的证据勾画出一个活生生的默而索来。因此,默而索的面目既是清晰的,又是模糊的,这中间的矛盾正说明这一文学形象的丰富性。

这种蕴含丰富的矛盾不难表现在人物性格上,小说的叙述角度更使批评家感到既惶惑又兴奋。他们提出了这样的问题:究竟谁在说话?是默而索还是作者?如果是默而索,那么他在何时何地说话?如果是作者,那么他是同情还是谴责默而索?或者,作者与默而索合一还是与叙述者合一？这些问题使《局外人》这部小说表面上极为清晰的语言变得模糊而含混。

小说的开始是这样一段话："今天，妈妈死了。"小说的结尾，则是默而索在狱中等待着处决的"那一天"，也许是第二天，也许是数日以后。小说从开始到结束，粗粗算起来，至少有一年多的时间。矛盾就出现在这里。如果确认是"今天"说的话，此后的事情皆属想象；如果确认默而索是在临刑的前夜回忆往事，那就不能说"今天，妈妈死了"一类的话。于是有的批评家根据小说第一部和第二部的文体的区别，认为第一部乃是日记，第二部才是完整的逻辑的叙述。也就是说，捕前的经历是逐日记载的，事件既无动机，彼此间也没有联系，直到"我"杀了人，才突然意识到叩开了"苦难之门"。捕后的经历则不同，"我"已完全明白了自己的处境，所述之事井然有序，推理过程也十分清晰。然而，这仅仅是对小说的时序颠倒的一种解释，批评家们还有其他多种解释，例如有论者以为默而索的独白乃是一种"伪独白"，不可以正常的逻辑绳之；有的论者认为说话的并不是默而索，而是某个自称"我"的人在讲述一个叫默而索的人的故事；还有的论者认为，作者要使读者有亲睹亲历之感，于是扭曲时序而在所不惜；等等。无论如何，这种时序的扭曲使这部小说呈现出一种言简意深的风貌，仿佛冰山，所露甚小，所藏却极大。

《局外人》中具有象征意义的形象也是含混的，具有两重性，例如太阳。太阳这一形象如同大海、土地、鲜花等，在加缪的作品中象征着生命和幸福，是人人都可以享用的财富，取之不费分文。总之，太阳是一种善的象征。然而在《局外人》中，太阳的象征意义却非此一端。的确，太阳依然是美的、善的，当"天空是蓝色的、泛着金色"的时候，它可以让人感到舒适；它也可以把女友的脸"晒成棕色，好像朵花"，让默而索看着喜欢；它还可以适度地炎热，让游泳的人"一心只去享受太阳晒在身上的舒服劲儿"。然而太阳有它的反面，不是阴影，而是超过了某种限度。它可以使"天空亮得晃眼"，把默而索"弄得昏昏沉沉的"；它可以是"火辣辣的"，晒得土地"直打战"，既冷酷无情，又令人疲惫不堪，由于阳光过分地强烈，人"走得慢，会中暑；走得太快，又要出汗，到了教堂就会着凉"，真是进退两难，没有"出路"；它也可以"像一把把利剑劈过来"，让人觉得刹那间"天门洞开，向下倾泻着大火"，正是在这个时候，"大海呼出一口沉闷而炽热的气息"，默而索抵抗不了这气息的力量，他失去了平衡，他也用枪声"打破了这一天的平衡，打破了海滩上不寻常的寂静"。于是，"一切都开始了"，开始的首先是"苦难"，其根源正是默而索酷爱的太阳，那使他感到幸福的太阳。

此外，默而索被捕前后呈现出两个世界，这两个世界的特点恰恰是含混和表里不一。捕前，默而索作为一名小职员生活在流水般的日常世界，他周围的人都有名有姓，有各自的工作。他们的忙碌和烦恼，他们的很少变化的单调生活，他们的许多毫无意义的言谈，无论如何总是构成了一个活跃的、真实的人的世界。人们有小小的痛苦，也有小小的幸福，至少有感官的愉悦。被捕后，默而索却进入一个完全陌生的世界，那里的人只有职务而没有名姓，例如预审推事、检察官、律师、记者、神父等等。这些人似乎并不是作为人而存在，他们是某种职务的代表；他们不是在生活，而是在扮演某种角色。这个表面上有条理、合乎逻辑的世界实际上是虚假的、做作的，是一个非人的世界。这时的默而索是个有逻辑的人，却又同时是个置身局外的人。

总之，上述种种含混，即主题、人物、象征、叙述方式和小说世界诸方面的含混，使《局外人》成为一个扑朔迷离、难以把握的整体，似乎有不可穷尽的意义，给各种历史条件下的读者都带来了探索的乐趣。

《局外人》曾经被认为是清晰的、简洁的、透明的，是现代古典主义的典范，然而它的有意地单调、枯燥和冷静却打破了这种直接的印象，随着阅读的深入而逐渐剥露出深刻而复杂的内涵，出人意料地展示出含混作为艺术手段所具有的功能。

可以说，《局外人》的艺术集中地体现为含混。

通过以普通读者的身份进行的阅读和中外诸多评论家的议论，我们大致掌握了原作的风格，余下的工作就是译者如何将一种语言转化为另一种语言。这不但需要译者有足够的中外语言的文字水平，也需要有明确而坚定的传达意识，否则，遇到阻碍的水流也将改道而去了。当然，由于中外语言的差异，译作完全地传达原作的风格之各个方面，几乎是不可能的，只能在几个方面做到惟妙惟肖，其他则取其大概，囫囵其形，勿使其距离原作太远。从长远看，汉语白话文的潜力是无穷的，其丰富与细腻也是无穷的，只有我们的能力是有限的。常常是眼到而心不到，心到而手不到，唯有"一句挨一句翻"，才有可能接近理想的译本。一件经典的作品，因时代的前进而焕发出新的光彩，所谓"苟日新，日日新"，是常见的事情，所以，没有"定于一尊"的译作。新译未必胜过旧译，后来未必居上，艺术并不时时处处以新为贵，但是，人们总是希望后浪推前浪，一代更比一代强，新的译者正是在这一信念的激励下力争推出胜过旧译的作品。他们的努力是值得尊重的。

让·斯塔罗宾斯基：超越"日内瓦学派"

胡塞尔的现象学开始流行于20世纪30年代，很快便对文学批评产生了实质性的影响。瑞士文学批评家马塞尔·莱蒙于1933年出版了《从波德莱尔到超现实主义》一书，其中就有得之于胡塞尔的现象学的痕迹，他的学生、另一位瑞士文学批评家让·斯塔罗宾斯基称之为"应用现象学"。此后又有梅洛－庞蒂和萨特的影响，渐渐在莱蒙的周围形成了一个批评家群体，批评史家称之为"日内瓦学派"。

一般认为，"日内瓦学派"的说法最早由比利时文学批评家乔治·布莱提出。他在1959年2月7日给马塞尔·莱蒙的一封信中写道："……想到我和日内瓦大学有了联系，我是那样高兴，因为这是您工作的大学，因为您（尽管您否认），在这里形成了一个批评流派，可以说，我一想到成了它的一员，就感到自豪和幸福。我给您举一个例子，几个月前，我收到一本谈狄更斯的书，作者是巴尔的摩的一位年轻教员，他在给我的信中写了这样一句话：我的希望是这本书能够成为日内瓦学派的一条微末的、外省的小枝。"信中提到的"年轻教员"指的是美国批评家希利斯·米勒，他曾经是布莱的学生，他的《狄更斯的小说世界》被美国批评界认为是一部日内瓦批评的力作。我们有理由猜测，"日内瓦学派"一语早经布莱之口传进了米勒的耳中。

不过，派中人大多拒绝或回避"日内瓦学派"这一称谓，许是出于谨慎，但更多的是出于谦逊。瑞士的批评史家则倾向于称之为"日内瓦群体"，用意在强调流派内部的松散性和批评家个人的独特性。的确，为了区别于先已存在的语言学的日内瓦学派，批评的日内瓦学派有时被称为"新日内瓦学派"，而在当代的批评史著作中，它更常常被称为"存在批评""发生批评""主题批评""本体论批评""现象学批评""深层精神分析批评"和"意识批评"。如此众多的称谓既反映了内涵的丰富和复杂，也说明了发展过程中有侧重点的变化，故晚近日内瓦学派多被称为"意识批评"或"主题批评"。以地域称，仿佛高屋建瓴，确能"一言以蔽之"，然而笼统模糊，易使人产生"步调一致"的错觉；以内涵称，特征一目了然，但是以偏概全，令人起"横看成岭侧成峰"之叹。其实，日内瓦学派名下的批评家个个都是独特的，其一致性也许仅在于对文学中意识现象的共同关心。似乎可以这样说，论及方法，日内瓦学派是一种主题批评；论及哲学的渊源，日内瓦学派是一种存在批评或现象学批评；论及现代科学的发展，日内瓦学派是一种深层精神分析批评；论及文学的总的观念，日内瓦学派则是一种意识批评。然而，为显示这一批评流派的丰富性和复杂性，为保留其批评家的独特性和创造性，称之为"日内瓦学派"反而更为恰当，虽模糊却不至于失真。

日内瓦学派的批评家们并没有统一的纲领和明确的口号，也没有严密的理论体系，甚至没有办过鼓吹的阵地，更没有森严的门户和有名有姓的传人。他们不都是瑞士人，也不都和日内瓦有关系，他们只是几个同声相应同气相求的卓越的批评家，彼此间有着深厚的友情和真诚的倾慕。他们组成了一个批评史上罕见的、各自独立却又相互理解相互支持的批评家群体。这些批评家是：马塞尔·莱蒙（1897—1984）、阿尔贝·贝甘（1901—1957）、乔治·布莱（1902—1991）、让·卢塞（生于1910年）、让·斯塔罗宾斯基（1920—2019）和让-皮埃尔·里夏尔（生于1922年）。

马塞尔·莱蒙于1933年发表《从波德莱尔到超现实主义》，是为日内瓦学派之肇始。在这部以探索"诗的现代神话"为宗旨的著作中，诗人的个人生平和社会联系被压缩到最低的限度，统治着当时批评界的实证主义和历史主义受到全面的清算。批评家努力追寻的是诗人深层的内在生命，即作为初始经验的意识根源，并且通过自己的批评语言深入作家所创造的世界，像作家一样"全面地融入事物"。很快，当时执教于巴塞尔大学的阿尔贝·贝甘做出呼应，他的《浪漫派的心灵和梦》（1937）是对法国实证主义批评的全面批判，力倡批评家"与诗人的精神历程相遇合"。莱蒙和贝甘是两位"但开风气不为师"的批评大家，经过乔治·布莱的浓厚的现象学色彩的过渡，开始使这一崭新的批评方法具有某种哲学的立足点。布莱的《人类时间研究》（1949—1968）使法国的文学研究彻底地摆脱了"作家和作品"这种单一的传统模式，被看作是法国二十世纪五六十年代的新批评的滥觞之一。随后有让-皮埃尔·里夏尔的《文学与感觉》（1954）和《马拉美的想象世界》（1961）、让·斯塔罗宾斯基的《让-雅克·卢梭：透明与障碍》（1957）和《活的眼》（1961）以及让·卢塞的《形式与意义》（1962）等著作，推波助澜，蔚成大观。虽有乔治·布莱的浓厚的哲学色彩、让·卢塞对形式的强烈兴趣、让·斯塔罗宾斯基的明显的弗洛伊德精神分析学影响、让-皮埃尔·里夏尔的鲜明的主题研究法，但一个独特、丰富、生气勃勃的批评流派已宛然在目，并使人不能不称之为"日内瓦学派"。

日内瓦学派的批评家们无论在文学观念还是批评实践中有多么大的不同甚至分歧，都对文学的基本性质有这样一种共识，即文学作品乃是人类经验的一种"副本"，是人类意识活动的一种形式，文学批评从根本上说乃是一种"对于意识的批评"。这里的"意识"指的是经过"归入括弧""中止判断"等现象学还原之后的意识之固有存在，即纯粹意识。现象学哲学认为，意识不是纯粹的精神返向自身的活动，而是具有意向性的，即意识总是意识到什么，意识到外在的人和世界。思考这一行为和思考的对象之间有着内在的联系，相互依存，不可分割。意识不仅被动地记录世界，而且还主动地构成世界。在日内瓦学派的批评中，创造自我、批评自我、意识行为、人与世界或他人的关系等等，是一些极端重要的概念，人与世界或他人之间相互"注视"是一个被反复探索的主题，而主体和客体相互包容则是一个基本的原则。

日内瓦学派的批评家们继承并发展了一种浪漫派的文学观，即认为文学不是某种先在典型的复制或模仿，而是人的创造意识的结晶，是独立自主的人的表现，是人的内在人格的外化。作为创造主体的人和作为社会主体的人并不等同，也就是说，批评家不能把作为创造者的作家和社会生活中的作家混为一谈，因为创造自我是在创造过程中实现的。文学作品是一种精神的历险，在其自身的运动中完成，故作品同时是一种创造和一种自我披露。这就是说，作品是作者的意识的纯粹体现，而不是作者实际生活经历的再现，因此作品不是某种内容的载体，不是历史的资料，不是政治的工具，不是传记的变种，不是心理疾病的症候，也不是宗教的启示。缘此，批评家要对作家潜藏在作品中的意识行为给予特别的关注，而不应把注意力集中于作家的生平、作品产生的实际历史环境等等外在情况。

日内瓦学派的批评家们认为，文学作品不是一种可以通过科学途径加以穷尽的客体，故文学不是认识的对象，而是经验的对象。作家的经验是在创造过程中逐渐实现和丰富的，批评家的经验也是在阅读和阐释过程中逐渐实现和丰富的。作家的经验不等于单纯的实际经验，乃是其意识在作品中得到再现的媒介，批评家的任务实际上是揭示和评价这种经验的模式。此种经验模式深藏于反复出现的主题和意象及其结成的网络之中，批评家掌握了这种模式，也就掌握了作家生活在他所创造的世界中的方式，掌握了作家作为主体和世界作为客体之间的现象关系。当然，一部文学作品的世界并不是一种客观的现实，而是作者作为主体已经组织过和经历过的现实。

在日内瓦学派的批评家们看来，批评乃是一种主体间的行为。文学批评不是一种立此存照式的记录，不是一种居高临下的裁断，也不是一种平复怨恨之心的补偿性行为。批评应该是参与的，他应该消除自己的偏爱，不怀成见地投入作品的"世界"。这就是说，批评家应该"力图亲自再次体现和思考别人已经体验过的经验和思考过的观念"。批评作为一种"次生文学"是与"原生文学"（批评对象）平等的，也是一种认识自我和认识世界的方式。因此，批评是关于文学的文学，是关于意识的意识。批评家借助别人写的诗、小说或剧本来探索自己对人生和世界的感受和认识。

这样一种批评观，在日内瓦学派的批评家身上有不同的表现。在马塞尔·莱蒙看来，批评要由某种"苦行"达到一种"深刻的同情"，批评家的工作在于"将存在的状态转化为意识的状态"，批评者重新创造艺术品，同时又须臾不离原艺术品，故要求批评者进行"创造性的参与"。在阿尔贝·贝甘看来，批评者要自己进入作者所创造的世界，"与诗人的精神历程相遇合"；有价值的批评乃是一种"主观的批评"。在让·卢塞看来，作品是结构和思想的同时呈现，批评则要通过形式抓住意义，阅读乃是一种模仿。在让·斯塔罗宾斯基看来，批评是一种"注视"，而注视与其说是一种摄取形象的能力，不如说是一种建立关系的能力。理想的批评是批评主体和创造主体之间的不间断的往返。在让-皮埃尔·里夏尔看来，批评要"将其理解和同情的努力置于作品的初始时间上"，即作品的"最原始的水平"上，也就是"纯粹的感觉、粗糙的感情或正在生成的形象"上。而在乔治·布莱看来，批评的开始和终结都是批评者和创造者的精神的遇合，批评者的目的在于探寻作者的"我思"（Cogito），因此批评的全过程乃是一个主体经由客体（作品）达至另一个主体。总之，日内瓦学派的批评要求于批评的是：始则泯灭自我，澄怀静虑，终则主客相融，浑然一体，而贯穿始终的是批评主体和创造主体的意识的遇合。

最早将这种批评方式描述为一种"意识批评"的，是出生在比利时的乔治·布莱，他的《批评意识》（1971）被论者称为关于日内瓦学派的"全景及宣言"式的著作。在《批评意识》一书中，布莱一方面阐明自己的批评观，一方面也在其他具有相同或相近倾向的批评家的批评实践中寻求支持。对于批评的批评者来说，批评著作一旦成为批评的对象，其作者也就成为创造的主体，其"我思"也就成为批评者追寻的目标。因此，布莱的《批评意识》既是一次理论的阐明，又是一次方法的描述，同时也是一次批评的实践，全面而具体地呈现出日内瓦学派的精神和面貌。

乔治·布莱在《批评意识》中顺次研究了十六位批评家，其主旨在于揭示他们各自追寻批评对象之"我思"的方式，然后又从理论上阐明批评意识的种种概念，提出作者本人的批评方法论。前后相辅相成，从具体到抽象，从个别到一般，实际上总结了日内瓦学派的批评方法和原则。这些批评方法和原则在十六位批评家的批评实践中有不同形式、不同程度的表现。个别地看，他们是些具有强烈个性的独特的批评家；综合地看，他们又构成一个具有相同或相似的精神追求的批评家族。

乔治·布莱提出："批评是一种思想行为的模仿性重复，它不依赖于一种心血来潮的冲动。在自我的内心深处重新开始一位作家或哲学家的'我思'，就是重新发现他的感觉和思维的方式，看一看这种方式如何产生，如何形成，碰到何种障碍；就是重新发现一个人从自我意识开始组织起来的生命所具有的意义。"这就是说，批评主要不是对作品呈现出的世界形象的描述和评论，不是对作品的结构、节奏、技巧、语言运用等的研究，这一切只能作为一种媒介，批评借此寻求作者先于文字的原始经验模式，即他对于人和世界的基本存在（例如时间、空间、情感等等）的感知方式。所谓"我思"，乃是作家在作品中流露出来的意识。"任何文学作品都意味着写它的人做出的一种自我意识行为。写并不单纯是让思想支流畅通无阻，而是构成这些思想的（人的）主体。"笛卡儿的"我思故我在"表明了人的自我意识的觉醒，这个"我思"乃是思辨的起点，是一种"不断重复的行为"，也是意识的"最初时刻"。作品始于此，以其作为研究对象的批评亦始于此。也就是说，"作家以形成他自己的'我思'为开端"，批评家则在该作家的"我思"中"找到他的出发点"，并将其作为探索作家内心生活的"参照点""指示标"和进入这座迷宫的"阿莉阿德尼线"。这样，"文学文本的一致性变成了在转移中重新抓住它的批评文本的一致性"。由于"自我感觉是世界上最具个性的东西"，故"我思"不可能千篇一律，不同的"我思"表明自我意识可以"因人而异"。批评的根本任务乃是："把它们区别开来，分离出来，承认它们的特殊性，辨认每一个人说'我思考着我自己'时的特殊口吻。"

乔治·布莱认为，谁若不能发现自己正在发现世界的话，谁就不能发现世界。这就意味着，自我意识不止于自我，而是投向世界，然而没有对自我的意识，也就没有对世界的意识。因此，"自我意识，它同时就是通过自我意识对世界的意识，这就是说，它进行的方式本身，它认识其对象的特殊角度，都影响着它立刻或最后拥抱宇宙的方式。因为谁以一种特殊的方式感知到自己，就同时感知到一个特殊的宇宙"，于是，对自我的认识决定了对宇宙的认识，自我意识成了宇宙的"一面镜子"。乔治·布莱由是断言："发现一位作家的'我思'，批评家的任务就完成了一大半。"

那么，批评家如何"发现"作家的这个"我思"呢？乔治·布莱指出，这里所谓"发现"不是通常意义上的发现，即寻找某物而最终找到，因为思想寻找的目标并不在"思想之外"，也就是说，"谁想重新发现他人的'我思'，谁就只能碰到一个思想着的主体"，而这个主体只能在其自我意识的行为中"被把握"。这就意味着，"'我思'乃是一种只能从内部被感知的行为"。所以，"既然批评家的任务是在所研究的作品中抓住这种自我认知力的作用，那么，他要做到就必须把呈露给他的那种行为当作自己的行为来加以完成。换句话说，批评行为要求批评者进行意识行为要求被批评者进行的那种活动。同一个我应该既在作者那里起作用，又在批评者那里起作用"。由此可以看出，进行阐释的批评家和进行创造的作家具有同等的主体地位。因此，"发现作家们的'我思'，就等于在同样的条件下，几乎使用同样的词语再造每一个作家经验过的'我思'"。这就是所谓的批评的认同。批评认同的是批评对象的"最初的我",是"对存在的最初的感知",是"存在与其自身的最初的接触"。简而言之,就是作家的纯粹意识。因此,"一切批评都首先是,也从根本上是一种对意识的批评"。

乔治·布莱在《批评意识》一书中评述了十六位批评家的批评实践,他试图阐明的正是这些批评家如何通过某种独特的阅读方式捕获批评对象的意识("我思"),他们分别在何种程度上取得了成功(也许是失败),并由此展示出批评意识运行的机制。

在斯达尔夫人那里,乔治·布莱发现了"钦佩"。他指出,斯达尔夫人的批评始于对于批评对象的"钦佩行为",然而这种钦佩并非盲目的崇拜,它是"一种被感情支撑、照亮甚至引导的认识",其力量和根源存在于"一种与纯粹感觉相混同的内在经验之中"。在阅读中,钦佩导致参与,参与导致同情和认同。斯达尔夫人的批评表明:"理解一位小说家、一位艺术家、一位哲学家,就是首先把另一个人感受并传达给我们的经验,其次把他们的传达能够在我们身上相继引起或唤起的类似经验与把这些经验牢记在心的当今我们的自我联系起来。"这种感同身受设身处地的阅读方式,乔治·布莱称之为"新的阅读方式",即"对于客观的作品的外在判断被一种参与所取代,即参与这部作品所披露和传达的纯主观的运动"。所谓"纯主观的运动"实为纯粹意识的运动,因此,这里仍然是批评意识对于创造意识的参与。可以说,斯达尔夫人的批评"是一种次生意识对于原生意识所经历过的感性经验的把握"。

在波德莱尔那里,乔治·布莱发现的则是"弃我"。他指出,波德莱尔的批评"总是显示出它与分析对象的内在的同一。既没有虚伪,也没有保留,它成为它所意识到的那些人的兄弟、同类",而此种"内在的同一"形成的条件乃是批评者的"弃我",即是说,"经历他人的思想必须经过弃我的准备并在弃我之后。……唯有忘我才能实现与他人的结合",进一步说,"只有从空白,从完全的无知出发,才会有认同"。认同是一场运动的结果,这场运动的起点是创造,即"语词以及语词所创造的第二现实";其终点是接受,即读者因作家的"富有启发性的巫术"而感到的"心灵的陶醉"。因此,"诗人是这样一个人,他设法通过他使用的词语强有力地把某种思想和感觉的方式暗示给读者的精神;而读者则是这样一个人,他服从阅读的暗示,在自己身上并且为了自己重新开始感觉和思考诗人想要让人感觉和思考的东西"。这就意味着,在批评介入之前,作品还不成其为艺术品,创造行为的完成有赖于阅读能否按照作品提供的方向返回到作者的原初精神。因此,批评家在进行批评之前,首先要泯灭自我,"腾出空地",让作家的自我进入。总之,艺术品若想"完全地呈露出来",就应该在接受者的灵魂中"被忠实地重新创造出来"。所以,批评家是"诗人和艺术家的镜子",他在"反映他人的思想的同时,也反映了自己的思想,因为在他看来,诗人或艺术家的思想正是他的思想的反映"。

论及《新法兰西评论》的批评家群时,乔治·布莱指出:"在法国第一次出现了一种批评思维……这种批评思维不再是报道的、评判的、传记的或利己享乐的,它想成为被研究对象的精神复本,一种精神世界向着另一种精神世界的内部的完全转移。"这些批评家抱着一种极其谦逊的态度,以迂回或直接的方式接近甚至深入研究对象的主观世界,以求达到一种认同。例如夏尔·杜波斯,他就是"自己沉默,采取一种完全接受的态度";他承认阅读对象的声音高于自己的声音,并且甘愿让这种声音"在他自己的身上说话"。对杜波斯来说,"做一个批评家，就是放弃自我，接受他人的自我，接受他人的一系列自我"。也就是说，批评家"向一连串的人不断地让出位置，而其中的每一个人都强加于他一种新的存在。批评家不再是一个人了，而是许多人的连续存在"。

在马塞尔·莱蒙那里，乔治·布莱肯定了"参与"。他指出："批评家的接受性不是一种纯粹消极的品质。在这种精神通过自愿的忘我而置身其中的空缺中，并非一切都是寂静和空虚。或更可以说，寂静乃是一种等待的寂静，一种思想的张力……"在这里，莱蒙比斯达尔夫人进了一步，他在钦佩地观照客体的同时，于同情之中努力在自身再造创造精神的等价物，批评主体和创造主体互相转化，实现批评的完全参与。这就是说，"通过放弃自己的思想，批评家在自身建立起那种使他得以变成纯粹的他人意识的初始空白，这种内在的空白将以同样的方式使他能够在自己身上让他人的真实显现出来，并且不再以任何客观的面目显现，而是超越那些充塞着它、占据着它的形式，如同一种裸露的意识呈现于它的对象"。这样，莱蒙的批评就首先是一种意识的意识，即首先捕获到一种意识，并且重复一种自身意识行为，这种自身意识行为乃是脱离了一切对象而从内部被感知的有关人类存在的原始出发点，在此之前是一片虚无。因此，批评家的任务乃是"在乱作一团的人类经验中参照一种初始的经验，并使之在自身中再生，根据其特有的音色重新颤动起来，就像它被另一种意识经历过那样"。总之，莱蒙的批评是一种认同批评。

同莱蒙一样，阿尔贝·贝甘也"将批评构想为诗性思维的延长和深化"。他的批评的核心概念是"在场"，而"一切在场都意味着对存在的一种显示"。因此，"批评家的思想为了达到物，就把诗人的思想作为中介，而诗人的思想则利用物的真实以达到精神之永恒的真实。没有物，没有物提供的支持和居所，任何精神的居所将永远飘浮在思想的地平线上"。还有让·卢塞，在他那里，"一切都从静观开始，这就是说，像莱蒙一样，一切都始于全部个人性的暂时泯灭和目光面对对象的排他性的观照"。

乔治·布莱论及加斯东·巴什拉时，对上述诸人的批评实践做了一次完整的概括："实际上，批评之所为若非承受他人之想象，并在借以产生自己的形象的行为之中将其据为己有，又能是什么呢？而这种替代，一个主体替代另一个主体，一个自我替代另一个自我，一种'我思'替代另一种'我思'，文学批评如若进行，只能在它所研究的想象世界引起的赞叹中、在一种与最慷慨的热情无异的一致的运动中无保留地和这想象世界及其创造者认同。一切都开始于诗性思维的热情，一切都结束于（一切又都重新开始于）批评思维的热情，首先要赞叹，永远要赞叹！"这里我们又看到了斯达尔夫人的"钦佩"。意识的运动始于创造，结束于批评，又从批评重新开始，于是诗人的意识和批评家的意识相遇合，相认同。这里最要紧的是一种赞叹意识，或曰惊奇意识。诗人面对客观物要有这种意识，批评家面对诗人的创造也要有这种意识。因此，"最好的批评行为是这样的行为，批评家借以在一种慷慨的赞叹的运动中与作者会合，而且在此种运动中颤动着一种等值的乐观主义：'怀着与创造的梦幻发生同情的意愿进行阅读……'"所谓"乐观主义"，说的是批评家在敞开自己的心灵时确信："诗人是通过他借以在想象世界时与世界相适应的那种同情来意识自我的，批评家则通过他对诗人怀有的同情在内心深处唤醒一个个人形象的世界，他依靠这些形象实现了他自己的'我思'……"于是，批评家与作家进行的交流就变成了批评家与深藏在自己内心中的形象世界所进行的交流。因此，"依仗诗人的接引，在自我的深处找到潜藏其中的形象，这不再是参与他人的诗，而是为了自己而诗化。于是批评家变成了诗人"。

这也正是乔治·布莱所描述的让-皮埃尔·里夏尔心目中的批评，即批评乃是关于文学的文学，关于意识的意识。里夏尔认为，"批评不能满足于思索一种思想，它还应该通过这种思想一个形象一个形象地回溯至感觉。它应该触及一种行为，精神通过这种行为在与肉体及他人的肉体结盟时使自己与对象联合，为自己创造一个主体"。因此，"批评，乃是思想，乃是思想自身，同时也是借助于所读之书，如随笔、小说、诗等，与人之诸多具体的面貌发生联系。主体性和客体性，把握自我和把握物，这就是批评家交替发现和进行的事情，实与其对手诗人或小说家无大差别"。甚至还不止于此，在意识的活动中，批评家比他的对手处于更为优越的地位。在里夏尔看来，"如果说一切文学活动的目的是表面上不可调和的诸多倾向之间的一种调和，那么它们不是在批评者那里比在创造者那里有更多的调和的机会吗？常常是，一位作家的作品尽管经过种种努力仍是不可救药地七零八落，却仍有唯一的、最后的救援存在，那就是批评家的介入，他重建、延伸、完成这作品，从而在事后给予作家一种未曾想过的统一性"。日内瓦学派认为批评和创作是平等的，里夏尔表达得最为坚决和明确。

在让·斯塔罗宾斯基那里，乔治·布莱发现了创造主体和批评主体之间以对象为中介的不间断的往返，其表现是一种相互间的"注视"，也就是说，"意识不是存在之物，乃是对存在之物的一种观看"。观看、目光、眼睛，这是斯塔罗宾斯基的批评中的重要的、反复出现的主题。乔治·布莱这样评述他的批评活动："在起点上，在智力通过选择自己的活动来确定自身的那种行为本身之中，就同时呈现出一种巨大的苛求和一种巨大的谦卑。巨大的苛求，是因为他只对自己的智力有把握，他只相信它，只依靠它来期望谜团的解决和某种无为的、清醒的审美幸福，而这应是认识的极致；巨大的谦卑，是因为这里智力之呈现并非作为一种内在感悟的能力，亦非作为一些天赋观念——很少有思想更少直觉——之保护神，而只是作为一种外在认识的工具，在智力上这种工具是必须使用的，正如在身体上使用眼睛一样。"斯塔罗宾斯基的批评始于观看的直觉性。

综上所述，斯达尔夫人的"钦佩"，波德莱尔的"弃我""忘我"和"腾出空地"，杜波斯的"沉默"和"完全接受"，莱蒙的"参与""寂静"和"初始空白"，阿尔贝·贝甘的"在场"，卢塞的"静观"，巴什拉的"替代"和"赞叹意识"，里夏尔的"感觉"，斯塔罗宾斯基的"注视"，等等，用语不同，程度不同，色彩不同，其实说的只是一件事情，即批评意识的觉醒。

什么是批评意识？乔治·布莱指出，读者面对一部作品，作品所呈露的那种存在虽然不是他的存在，他却把这种存在当作自己的存在一样地加以经历和体验，他的自我变成另一个人的自我，也就是说，"阅读是这样一种行为，通过它，我称之为我的那个主体本源在并不中止其活动的情况下发生了变化，变得严格地说我无权再将其视为我的我了。我被借给另一个人，这另一个人在我心中思想、感觉、痛苦、骚动"。这样，在读者和作为"隐藏在作品深处的有意识的主体"的作者之间，就通过阅读这种行为产生了一种共用的"相毗连的意识"，并因此在读者一边产生一种"惊奇"。乔治·布莱说："这个感到惊奇的意识就是批评意识。"批评意识实为读者意识。

　　读者意识，首先是读者意识到他手中的书不是一个如缝纫机、花瓶一般的物，不是一个客观的静止的存在，而是潜藏于他的内心深处的一连串有生命的符号。这些符号有一个有生命的主体，读者可以感这主体之所感，可以想这主体之所想。由于读者意识，书摆脱了作为物的存在，变成了一种内在的精神实体。语言的介入使作为读者的我变成非我，另一个我，即阅读主体。阅读主体把他人的思想当作自己的意识对象，与创作主体形成一种包容或同一的关系。因此，"阅读恰恰是一种让出位置的方式，不仅仅让位于一大堆语词、形象和陌生的观念，而且还让位于它们所由产生并受其荫护的那个陌生来源本身"。然而，在这种阅读主体和创作主体的认同中，阅读主体并未完全丧失自我，仍在继续其自身的意识活动，两个主体共用一个"相毗连的意识"。这就是认同。

　　这种认同可以产生出两种批评。一种是以感受为媒介的批评，通过语言的斡旋把潜藏在他人思想深处的感觉转移到批评家的思想中去。这就是说，"批评家的语言担负了一种使命，要再次体现已由作者的语言体现过的那个感性世界"。于是，"批评的表达变成诗的表达"，批评成为文学的一种类别，即所谓"次生文学"，批评家变成了以流为源的创作者。但是，这种批评有一种替代批评对象的倾向，从作品方面看，"认同完成得过于全面"；而从批评方面看，"认同才略具雏形"。另一种批评则是试图"将文学所反映的实存世界的形象化为几乎无用的抽象概念"，在意识和意识的对象之间"置入最大限度的距离"，于是，批评不再是模仿，它所呈现的世界不再是一个感性世界，而是变成了经过理智化结晶的批评之自身的形象。在批评和文学之间，一切差别都消失了，两者达成一种奇特的精神同一，即"一切都归结为一种脱离了任何客体的意识，一种在某个真空中独自运行的超批评的意识"。两种批评产生了两种情况，"一种是未经理智化的联合，一种是未经联合的理智化"。前者导致读者丧失对自我的意识，同时也丧失对存在于作品中的他人的意识，即读者成了"瞎子"。后者则导致阅读主体和阅读客体相距过于遥远，"不能与之建立关系"。此种极端的接近和极端的疏远都"部分地使阅读行为失败"，因为以阅读和语言为媒介的两个主体间的交流就此中断。不过，这两种批评也同时各有其长处，前者"使模糊的思想能立刻进入作品的心脏，参与它的内心生活"，后者"使清晰的思想能赋予它所观察的东西以最高程度的可理解性"。这两种批评分别以让-皮埃尔·里夏尔和莫里斯·布朗肖为代表，他们的批评还不是乔治·布莱理想中的批评。

于是，乔治·布莱提出一个问题：有没有一种办法同时采用这两种批评形式而不使之对立？他的回答是"没有"，然而他希望"至少在一种交替的运动中把两者结合起来"。这种批评将成为"一种纯粹的理解的享受"，实现"深入的理智和被深入的理智之间的同情的完美交流"。批评和批评对象之间"显示出情投意合、共同的喜悦和被理解的欢乐"。这乃是让·斯塔罗宾斯基的批评。但是这种批评也有缺欠："由于在作品中只看见居于其中的思想，因此在某种意义上是穿过了形式和物质的现实，虽不曾忽视，但未作停留，在这种批评的作用下，作品失去了客观的厚度，就像在某些童话里，宫墙神奇地变得透明了。"于是，思想变得清晰，客体却消失了，批评行为仍算不得完全成功。

乔治·布莱继续寻找，他找到了一种兼顾主体和客体、精神和结构的批评，这种批评"总是承认一种双重现实的存在，这种现实既是结构化的，又是精神的"，它"竭力要几乎同时达到一种内在的经验和一种形式的完成"。这样，批评家就"时而感知到一个主体，时而感知到一个客体。主体是纯粹的精神，这是一种不可界定的存在，由于它不具形式，批评家的思想有可能与之混同。相反，作品却只能以一种确定的形式存在，这种确定性限制着它，同时也就迫使对它加以考察的思想处于它之外"。然而这种批评也不是完美无缺的，其弊病在于：如果批评家的思想倾向于"消失在一个不可描述的主体的内部"，那么就有可能"碰撞在不可深入的客观性上"。不过，"对形式美的感知在这里变成一种媒介，人们借此而得到了某种仅存于任何形式之外的东西"，这就是说，"批评思维通过某种运动从对客体的必然外在的观照过渡到对主体的内在的理解"。这里的问题是如何找到"连接主体和客体的那条秘密通道"。乔治·布莱认为，关键在于"以同等的注意力感知作品的结构和蕴涵其中的人类经验的深刻性"。因此，批评要"努力运用作品的形式的客观因素，以求达到超越作品的一种非客观的、非形式的却是铭刻在形式中并且通过形式得以表现的现实"。总之，这是一种引导研究者从客观性到主观性的批评方法，其实行的先决条件是："批评家从一开始就在作品中承认一种主体原则，这种原则引导或协调它的对象的生命，恰当地决定作品的形式，同时也借助于作品的形式或生命而决定着自身。"

至此，乔治·布莱考察了以不同方式表现出来的两种批评形态，一种是从客体到主体，一种是从主体到客体，然而这两种批评都"承认形式和客体中有一个主体存在，并且先于它们而存在"。乔治·布莱的结论是："这两种表面上不同的方法，即从客体到主体或从主体到客体，可以归结为一种方法，实际上是从主体经由客体到主体，这是对任何阐释行为的三个阶段的准确描述。"简言之，"批评家的任务是使自己从一个与客体有关的主体转移到在其自身上被把握，摆脱了任何客观现实的同一个主体"。那么，批评家与之认同的那个主体究竟是什么？那是作品固有的一种自我意识，这种自我意识是一个纯粹的范畴实体。它在三个层面上呈现：首先，它作为"十足的精神因素，深深地介入到客观的形式中去"；其次，在一个更高的层面上，"意识抛弃了它的形式，通过它对反映在它身上的那一切所具有的超验性而向它自己、向我们呈露出来"；再次，在最高的层面上，意识"不再反映什么，只满足于存在，总是在作品之中，却又在作品之上"。批评的极致乃是"最终忘掉作品的客观面，将自己提高，以便直接地把握一种没有对象的主体性"。

综上所述，乔治·布莱以批评意识为核心描述了一种阅读现象学，日内瓦学派的阅读现象学。批评就是阅读，而阅读则是对作品的模仿，进而成为一种再创作。就其本质来说，是批评家"在自我的内心深处重新开始一位作家或哲学家的'我思'"；就其途径来说，是批评家确认"'我思'乃是一种只能从内部被感知的行为"，就是批评家"使自己从一个与客体有关的主体转移到在其自身上被把握，摆脱了任何客观现实的同一个主体"；就其始来说，是批评家认为批评"恰恰是一种让出位置的方式，不仅仅让位于一堆语词、形象和陌生的观念，而且还让位于它们所由产生并受其荫护的那个陌生来源本身"；就其终来说，是批评家"几乎使用同样的词语再造每一个作家经验过的'我思'"，乃至于"忘掉作品的客观面，将自己提高，以便直接地把握一种没有对象的主体性"。总之，日内瓦学派的批评是一种诗意的批评，卓然特立于一个科学主义甚嚣尘上的时代，虽然对传统批评持批判态度，其批评家却个个与之保持着密切的联系。

在日内瓦学派的批评家中，让·斯塔罗宾斯基是最向人文学科等诸学科开放的批评家，也是最讲究方法论的批评家，更是一位最灵活、最善于兼收并蓄的批评家。他于1920年生于日内瓦，2019年逝世。他既学医又攻文学，曾在美国霍普金斯大学讲授法国文学，自1958年至1985年退休，其间一直在日内瓦大学任教，讲授医学史和思想史等课程。他的代表作有：《让-雅克·卢梭：透明与障碍》（1957）、《活的眼》（1961）、《批评的关系》（1970）、《三个复仇女神》（1974）、《运动中的蒙田》（1982）、《狄德罗：说话的魔鬼》（2012）等等。他关于文学批评的见解集中在《活的眼》和《批评的关系》这两部著作中，后者又名《活的眼二集》，这说明，他始终是把文学批评看作一只有生命的眼睛的。

让·斯塔罗宾斯基（1920—2019），瑞士文艺批评家、理论家，对蒙田、卢梭、狄德罗等法国思想家的研究尤享盛誉

　　让·斯塔罗宾斯基最初在文学批评上的贡献是创立了一种"注视美学"，也就是说，他关于"注视"的主题学研究最终使他形成了一整套文学批评的理论。"注视"，是存在哲学的研究对象，也是文学批评的主题学研究的重要课题，它集中而强烈地反映出人与人、人与世界的关系。让·斯塔罗宾斯基的批评实践一开始就紧紧抓住了人这个主体，因此，他对注视这一主题的关注实际上已经超出了主题学的兴趣，直接通向一种批评的本体论。

　　让·斯塔罗宾斯基关于注视的研究是从语义学开始的。他与当代许多标榜先锋的批评家不同，从未把语义学在文学批评上的作用视为过时，而是将其作为一切阐释的必不可少的基础。他指出："语义学致力于检验文本，根据语境或当时的用法审核词的意义，揭示词的前身，了解文类、通行用法、诗艺和修辞的历史，判定特殊的言语和平常的言语之间的差异。"因此，语义学的工作乃是任何阅读不可回避的先行条件，而种种新方法未尝不是语义学的精细化的表现。他在论德国批评家列奥·斯皮策的风格学时，就其对"纯粹的语言学"的重视指出："这种纯粹的语言学对他来说具有中心的、战略性的地位，是一种'源知识'。……作为一种与意义有关联的科学，语言学具有一种阐释能力，其介入在任何有言语要阅读、有意义要辨认的地方都是适宜的。"斯塔罗宾斯基在这里是和列奥·斯皮策完全一致的，他的主题学研究往往从词源入手，例如对"注视"（le regard）的研究就极具代表性。

　　让·斯塔罗宾斯基考察"注视"的词源，发现表示定向的视觉的"le regard"一词其词根（gard）最初并不表示看的动作，而是表示等待、关心、注意、监护、拯救等，还有加上表示重复或反转的前缀"re"所表示的一种坚持。因此"注视"作为动词（regarder）表示的是

"一种重新获得并保存之的行为"。这是一种冲动,一种获取的欲望,
一种继续深入的意愿。"注视具有一种跃跃欲试的力量,它不满足于已
经给予它的东西,它等待着不断运动的形式的静止,朝着休息中的面容
之最轻微的颤动冲上去,它要求贴近面具后面的面孔,或者试图重新经
受深度所具有的令人眩晕的蛊惑,以便重新捕捉水面上光影的变幻"。
这是对人的注视的描述,它面对的是他人和世界;这也是对一种批评的
描述,它面对的是文学作品(文本)。这两种注视都是主动的,又都是
被动的。主动的时候,注视就是探询;被动的时候,注视就是应答。因
此,注视乃是眼睛这种感觉器官的有意向性的行为。

　　注视的对象是一个被遮蔽的文本,遮蔽与去蔽遂成为文本与批评之
间最基本、最经常的关系。枫丹白露派的一位画家画了一幅古希腊美女
萨比娜·波佩的画像,靓面白臂,罩了一重薄薄的纱,挡住了观者的目
光。蒙田早就发出了这样的疑问:"为什么让波佩遮住她那美丽的脸?
是为了让她的情人们觉得她更美吗?"斯塔罗宾斯基接过了蒙田的问
题,做出了回答,一针见血地指出:"被隐蔽的东西使人着迷。……在
遮蔽和不在场之中,有一种奇特的力量,这种力量使精神转向不可接近
的东西,并且为了占有它而牺牲自己拥有的一切。"这就是说,波佩的
面纱产生了一种神秘,而"神秘之特性乃是使我们必须将一切不利于接
近它的东西视为无用或讨厌的东西",其"唯一的许诺就是让我们得到
完全的满足"。日内瓦学派对批评的一致要求是:始则泯灭自我,终则
主客相融,而贯穿始终的是批评主体和创造主体的意识的遇合。斯塔罗
宾斯基对批评的见解,就其出发点来说,是与日内瓦学派完全一致的。
波佩的面纱要求于注视的,正是超越那肉体,在可见之物后面的神秘空
间中"耗尽自身"。文本要求于批评的,也正是超越文字的表面,探求

隐藏在某个阴暗的深处的"珍宝"，即"被隐藏的东西"。"为了一种幻想就丢掉一切！为了生活在一种毁灭性的迷狂中就让人抢走现时的世界！鄙视可见的美而爱不可见的美！"这乃是一种"对于被隐藏的东西的激情"。这其实就是批评的原动力。理论的任务是"解释这种激情"。波佩的情人们"并非为她而死，他们是为了她那不兑现的诺言而死的"。批评也并非为了文本而消失，批评的消失是为了兑现文本的诺言的。这就是注视的命运，也是批评的命运。

斯塔罗宾斯基对注视的描述，处处与批评有关。他指出，注视的特性有六。一、"注视很难局限于对表象的纯粹确认"，它的本性是"提出更多的要求"。"通感"是一种证明，除此而外，各种感官还有一种彼此交换权利的欲望。歌德说，手想看见，眼睛希望抚摩。斯塔罗宾斯基则补充说，注视想变成言语。"盲人的夜充满了固定的注视"，因此，在不具备视觉的情况下，人也可以借用补充的通道，例如听觉或触觉在自身与外界之间建立"有意图的联系"。所以，斯塔罗宾斯基在这里"更多的是将注视称为建立联系的能力，而非拾取形象的能力"。二、在所有的感官中，注视最具急迫性，其表达方式也最为明显。在表达一种强烈的愿望时，注视仿佛本身变成了一种物质的力量。瓦莱里说："如果注视能让人受孕，那该有多少孩子！如果注视能杀人，那该有多少死人！街上将满是尸体和孕妇。"因此，人的每一道目光都伴随着某种意愿。三、注视永远不会被满足。注视打开了欲望的全部空间，然而这并不能使欲望得到完全的满足。"人们知道充满欲望的目光可以是多么的悲哀"，因为人的注视可以发现一个空间，同时却又无力到达。四、注视是"一种危险的行为"，蓝胡子的妻子、俄耳甫斯、那喀索斯、俄狄浦斯、普赛克、美杜莎，这些传说和神话中的人物的故事都惊人地一致，告诉人们："极力想使其注视所及更远，心灵就要盲目，陷入黑夜"。五、诸感官中，"视觉最易犯错误，天然地有罪"。注视最难抵制各种诱惑，因此，"奥古斯都觉得拒绝看马戏的快乐简直是最大的痛苦"。教会的神父对注视持最为严厉的态度："勿将你们的眼睛盯在一件使其愉悦的东西上。"六、注视要求使用一种第二视觉，即朝向"彼岸世界"、朝向"理念"的注视，那是一种"精神的、肉眼不可见的"超越了视觉限制的注视。

综上所述，注视天然地包含着某种愿望和要求，不可避免地要对视觉的原始材料进行"全面的批判"。所谓批判，乃是判定第一视觉所看见的表象是虚假的，是一种"假面具和伪装"。然而，第二视觉的境界又是"与表象相协调的"，并且认可表象本身所具有的诱惑力，例如波佩的面纱。因此，注视在穿过表象深入实质之后，又必须"返回直接的明显之物"，一切又从这里重新开始。例如蒙田，他的智慧是建立在对假面具和伪装的批判之上的，然而这种智慧又"在自反的注视的保护下，相信感觉，相信感觉呈现给我们的世界"。斯塔罗宾斯基的注视是一种历险的开始，是认识世界和他人的开始。这意味着对主体间性的承认，承认其存在既是实在的，又是不连续的，两者互为前提。注视有一种奇妙的作用，既造成了人与人之间的距离，又促使人与人相互接近。注视的这种作用于主体间的功能揭示了表象和真实之互为表里的关系，进而达到一种对于对象的全面的把握。萨特也极为重视注视，在《存在与虚无》一书中进行了详尽的描述，使之成为"他人是地狱"这一论断的理论基础。在萨特看来，"人也是这样一种生灵，他不能看到某一处境而不改变它，因为他的目光使对象凝固，毁灭它，或者雕琢它，或者如永恒做到的那样，把对象变成它自身"。注视是意识的搏斗，是进攻，是评判，是敌意，是企图占有，是自欺的遮盖。显而易见，这与斯塔罗宾斯基的看法大异其趣，尽管萨特的影响也是显而易见的。

在斯塔罗宾斯基关于注视的描述中，包含了他关于文学批评的隐喻式描述，这就是说，如果对象是一部文学作品，那么注视就是阅读，而阅读就是批评的注视。批评家面对文本，既是被动的，又是独立的，他一方面"接受文本强加于他的迷惑"，一方面又"要求保留注视的权利"。他的注视说明他预感到在明显的意义之外还有一种潜在的意义，他必须"从最初的'眼前的阅读'开始并继续向前，直到遇见一种第二意义"。注视引导精神超越可见的王国，例如形式和节奏，进入对意义的把握。它使符号变成有生命的语句，进而推出一个形象、观念和感情的复杂世界。这个潜在的世界要求批评的注视参与并且加以保护。因此，这个世界一旦被唤醒，就要求批评家全身心地投入。它要求接触和遇合，它加强自己的节奏和步伐，并强迫批评家紧紧地跟随它。意义就在语言符号之中，而不在语言符号之外的某个"深层"。

在这种对于意义的追寻中，批评的注视所提出的要求实际上指向两种极端的可能性。一种可能性要求批评家全身心地沉入作品使他感觉到的那个虚构的意识之中，所谓理解，就成了逐步追求与创造主体的一种完全的默契，成了对于作品所展示出的感性和智力经验的一种热情的参与。然而，无论批评家走得多远，他也不能完全泯灭自身，他将始终意识到自己的个性。也就是说，无论他多么热烈地希望，他也不能与创造意识完全地融合为一。如果他真的做到了忘我，那么，结果将是沉默，因为他将只能完全地重复他所面对的文本。因此，要完成批评，要对一个文本说出某种感受或体验，与创造主体认同是必要的，但不可能是完全彻底的，要做出某种牺牲。另一种可能性正相反，就是在批评家和批评对象之间拉开距离，以一种俯瞰的目光在全景的展望中注视作品，不仅看到作品，也看到作品周围的历史的、社会的、文化的、心理的诸因素，以便"分辨出某些未被作家觉察的富有含义的对应关系，解释其无意识的动机，读出一种命运和一部作品在其历史的、社会的环境中的复杂关系"。然而，这种俯瞰的注视将产生这样的后果，即什么都想看到，最后什么也看不到：作品不再是一个"特殊的对象"，而是"变成了一个时代、一种文化、一种'世界观'的无数表现之一"，终至消失。因此，"俯瞰的胜利也不过是一种失败的形式而已：它在声称给予我们一个作品沉浸其中的世界的同时，使我们失去了作品及其含义"。

阅读的经验证明，斯塔罗宾斯基提出的这两种对立的可能性都是无法实现的，如果批评家固执地追求此种理想境界，必将导致批评的失败，即形成一种片面的不完整的批评。那么，完整的批评如何能够形成呢？斯塔罗宾斯基指出："完整的批评也许既不是那种以整体性为目标的批评（例如俯瞰的注视所为），也不是那种以内在性为目标的批评（例如认同的直觉所为），而是一种时而要求俯瞰时而要求内在的注视的批评，此种注视事先就知道，真理既不在前一种企图之中，也不在后一种企图之中，而在两者之间不疲倦的运动之中。"这里提出了斯塔罗宾斯基的批评方法论的核心，即阅读始终是一个双向的动态过程，而其目的则是："注视，为了你被注视。"这就是说，阅读最终要在批评主体和创造主体之间建立起联系，在这种联系中，两个主体都是主动的，同时又都是被动的，都是起点，同时又都是终点，一切都在不间断的往复的运动之中。因此，批评最好是认为自己永远是未完成的，"甚至可以走回头路，重新开始其努力，使全部阅读始终是一种无成见的阅读，是一种简简单单的相遇，这种阅读不曾有一丝系统预谋和理论前提的阴影"。批评在这种未完成的状态中往复运动，有可能上升为一种文学理论，走向批评的自我理解和自我确定。

批评的这种不间断的往复运动，斯塔罗宾斯基称为"批评的轨迹"。批评轨迹论是注视美学的深化和发展，这条轨迹的起点是对作品持一种"天真的""包容性理解"的态度，一种"受制于作品内在规律的、没有预防的阅读"；其终点则是"面对作品及其所处的历史之自主的思考"。不言而喻，这里的起点和终点都只是暂时的，或者说，要多次地重复出现。批评的轨迹从"一种计划向另一种计划的过渡中获得决定性的原动力"，所谓"计划"乃是一种"对理解和整体性的苛求"。在批评的轨迹的运行中，首先介入的是"批评家与作品之间的关系变化"。批评家与作品之间的关系不是静止的、一成不变的，而是运动的、暂时的。如果批评家意识到此种状态的局限，他就会谋求建立一种新的关系，从而获得一种批评意识，例如从开始时顺从的迎纳转为客观的研究，从而得以从外部对作品进行审视和观照。批评家此时离开作品，形成自己的运动轨迹，然而他始终保持着"最初的顺从的回忆"。这就意味着，批评家并非一味地跟着作品亦步亦趋，永远地对作品点头称是，而是沿着自己的路线前进，在某一点上与作品"相遇"。"一束明亮的光就产生于两条轨迹相交的地方"，这就是说，理解产生于批评和文本的认同之中。

所谓"客观的研究"，指的是对作品的"客观的特性"（例如构成、风格、形象、语义价值等）所进行的内在的研究，即进入作品"内部关系的复杂系统"，尽可能准确地辨识其"秩序和规则"，"阐明效果和结构之间的相互依存性"，总之，"没有一个细节是无关紧要的，没有一种次要的、局部的成分不对意义的构成起作用"。这一切将使区分作品的"客观面貌"和"主观面貌"变得毫无意义。"形式并非内容的外衣，也并非其后藏着一个更为珍贵的现实之诱人的表象"。这样，批评就一方面对作品进行内在的分析，同时又对作品进行总体的概括。因此，斯塔罗宾斯基认为，文学作品既是一个自足的世界，同时又是一个更大的世界中的世界；它不仅与其他文学作品发生关系，也同时与各种本质上非文学的现实发生关系。这样，"一种历史的层面就进入了文化"，文学作品成为一个更大的、它从中产生的世界的"缩微表现"，并显示出一种"时代风格"。这就是说，文学作品的内在规则使它成为一件艺术品，它与外部世界的联系则使它成为一种姿态，例如，"《红与黑》既是受到内在形式的应和关系支配的一件艺术品，又是对复辟时代法国社会的一种批判"。因此，"我们既要善于读出作品的内在的一致性，而且要在一种作品及其内容的扩大了的局面之中读出，同时又要善于识别作家所表达的不一致的意义。对于在作品和周围环境之间进行比较的我们来说，作品是一种不一致的一致，是一种不相容的相容，在构成它的物质形式的诸关系的肯定之上又加上了一种激起无限的飞跃的否定"。理解了作品的内部和外部各种关系的矛盾，也就理解了作品。对于作品赖以呈现的背景来说，作品既是超越的，又是被超越的。

作品与外部世界的关系是在考察其内在结构时被抽象出来的，若要考察这种"存在"的方面，必然要借助心理学和社会学，这样，"作品作为事件的价值又重新出现，这事件源于一个意识，并通过出版和阅读在其他的意识中完成"。因此，既存在一条由世界通向作品的道路，也存在一条由作品通向世界的道路。从这里引出批评对作品的诘问：谁在说话？对谁说话？话是对什么样的人说的？真实的？想象的？集体的？

唯一的？还是不在场的？距离如何？克服了怎样的障碍？通过什么手段？……只有在此时，"作品的全部轨迹"才是可以被察觉的。总之，批评的轨迹是"自发的同情、客观的研究和自由的思考三个阶段的协调运动"，"这使批评可以同时受益于阅读的直接确实性、'科学'方法的可验证性和解释的合乎情理性"。这就是说，"批评的轨迹展开于（通过同情）接受一切和（通过理解）确定一切之间"。当然，实际的批评过程不会如此简单，斯塔罗宾斯基说过："假使同情真的一开始就存在，那我们可就进了天堂了。"在具体的批评过程中，批评家和批评对象是并肩摸索前进的。

批评轨迹的延伸和往复的运动，其目的在于对意义的追寻，并在不断展开的新的远景中逐渐完成对作品的诘问。诘问乃是阐释，然而对于斯塔罗宾斯基来说，阐释不是批评家针对文本的单向的行为，而是一种双向的、互为对象的往复运动。批评轨迹的概念中包含着"一个特别成功的情况"，即德国学者所说的"阐释循环"。但是，批评的轨迹并不止于此，斯塔罗宾斯基认为在批评的进程中有两个并行的、同时的循环，一个是以阐释行为为中介的从客体（文本）到客体的运动，此为德国人所言之"阐释循环"；一个是经由文本的从主体到主体的运动，此为日内瓦学派的阅读现象学。完整的批评应该兼顾这两个阐释的循环，既要通过包容的、综合的话语消除主客之间的差异，又要通过理解（把他人当作他人来理解）来保持距离，这就是说，"阐释的目标同时是最大限度的推论严密和最大限度的个人特点"。因此，斯塔罗宾斯基的批评是一种兼及作品内外并且在内外之间穿梭往返永无绝期的运动中的批评。这种批评之所以没有终点，乃是因为对作品的理解和阐释没有终点。斯塔罗宾斯基指出，批评是"一个穿越无数循环的不可完结的过程，始终呼唤着批评的注视进入它自己的同时又是它的对象的故事中去。这就是理解的意愿介入其中的此种无尽头的活动的形象。理解，就是首先承认永远理解得不够。理解，就是承认只要没有完全地理解自己，所有的意义就都悬而未决"。这里斯塔罗宾斯基提出了一个阐释学上的重要问题，也就是蒙田早已作为座右铭提出的问题："我知道什么？"此种怀疑论的态度乃是理解和阐释及其深化的基础，也是自由的阐释的先决条件。斯塔罗宾斯基承认理解和阐释的极限，他明确指出："阐释和理解不应该以消解对象为目标。阐释和理解考验对象的抵抗。如果有必要，阐释和理解都应该承认有残留部分，有'余数'，阐释话语不能够触及，也不能够阐明。"现代阐释学的任务乃是思考这种不曾被阐明的部分，态度谦逊而不用强，充分考虑到阐释行为的限度。因此，"要求一种完全的理解，就是不去理解"。在斯塔罗宾斯基看来，阐释学"不是指阐释行为本身，而是指实施阐释行为并考虑其限度的思考和计划"。这中间蕴涵着"对方法进行批评"的必要性，这才是"批评精神的最纯粹的展现"。

批评家在理解作品的同时，也理解了自己；批评家在阐释作品的同时，也阐释了自己。批评如同作品，也暴露了批评家自己："小说家能说多少心里话，批评家就能说多少心里话。"批评以创作为对象，同样是对他人和世界发出诘问，批评因此而成为一种创作，一种"阐释性的创作"。斯塔罗宾斯基不惮于提出一种"批评的美"，甚至一种"批评美学"。他认为批评著作有可能是美的，只要它是被怀着"严肃和谦逊"写出来的。同时，"批评著作可能具有的美取决于方法的经济。工具过于笨重，会毁掉一切"。"（批评的）美来自布局，清晰的脉络，次第展开的远景，证据的丰富和确凿，有时也来自猜测的大胆，这一切都不排斥文笔的轻盈和某种个人的口吻，而它越是不有意寻求独特就越是动人"。批评的美不是刻意追求来的，批评家只应追求有"说服力的明晰"，如此才有可能获得意外的批评的美。这就是"批评美学"，"它要求批评文字隐没自身，只是通过表面的遗忘来显示其诗的特性"。这就意味着，创作和批评是两种平等的文化活动，只不过是批评以创作为起点，同时又以创作为对象，可以说是一种二度创作，也"需要一种灵感的力量"。"为了与其完全的使命相应，为了成为关于作品的理解性话语，批评不能囿于可验证之知识的范围，它应该自己也成为作品，并且承担作品的风险"。斯塔罗宾斯基本人的批评就是一种关于文学的科学话语和关于文学的文学性意识的统一。瑞士思想家德尼·德鲁日蒙认为："让·斯塔罗宾斯基肯定是当代最具文学性的批评家，他的批评本身就具有文学性。"这是实事求是的评价。斯塔罗宾斯基以其批评实践印证了日内瓦学派关于"次生文学"的崭新的批评观念。

对作品的不同的诘问需要不同的方法来解决。批评界一向认为，斯塔罗宾斯基是一位非常重视方法论的批评家，然而他对批评方法的看法却是极通达、极灵活的，表现出一种罕见的清醒和智慧。1984年7月，在日内瓦，有采访者问斯塔罗宾斯基："有没有一种'斯塔罗宾斯基方法'？"斯塔罗宾斯基的回答的大意是，如果在方法论热的时候问他，他会回答说在批评和历史的领域里没有科学意义上的方法；如果在今天方法论不再时髦甚至还被轻视的时候问他，他会为方法辩护，尽管方法不能保证结果万无一失。但是，如果他说有方法，那是说方法为他服务，即是说，方法不再是方法，而成为他的私产，他的创造。冠以某人名字的方法不过是个人风格的模式化罢了。方法越是纯粹，就越是没有人能自称为创造者，因此任何真正的方法都是一种没有作者的权威。在方法的有效性中，阐释的个人风格是唯一可能的资源。阐释的风格是某种"元方法"，也就是说，阐释话语要求方法，运用方法，但是并没有任何方法论的保证。总之，方法只能在有效的领域内被尊重，所谓方法指的是语义学的各种规则的总和，这乃是取得文学知识、历史知识等的虽不充分却是必要的条件。斯塔罗宾斯基的回答中包含着一种深刻的方法论哲学。

当代文学观念的更新往往表现为文学批评方法的更新，或者以其为先导，这就使得混淆理论和方法成为一种相当普遍的现象。斯塔罗宾斯基首先在两者之间做了明确的区分。他以词源学为根据，把理论定义为"针对一种先行探索过的总体的理解性观照，关于一个受制于合理秩序的系统的总看法"，而文学批评的方法，则"时而致力于使某些技术手段严格地系统化，时而发展为对批评目的的思考而不必教条地声明选择了什么手段"。如此定义方法，既使斯塔罗宾斯基避免了夸大方法的作用，又使他能够进一步开发方法的功能。

斯塔罗宾斯基认为，方法的有效"根本不取决于是否赋予方法的陈述一种先决的权威和一种理所当然的优先权"。方法论的考虑始终伴随着批评的进行，既说明着批评，又获益于批评，方法实际上是在批评工作完成的时候才完全地显露出来，而批评家也是在回顾走过的道路时才完全地意识到他的方法。因此，"方法不能被归结为一种直觉的、根据情况变化的、被唯一的神明所引导的摸索，也不能给予每一部作品它似乎在等待着的专门的答案"。自觉的方法调节着批评的轨迹。尽管"任何好的批评都有其激情的、本能的、心血来潮的部分，有其幸运和恩宠，然而这是不足信的。批评需要更为坚实的调节原则，这些原则引导它而不束缚它，时时提醒它不偏离目标"。这种调节的原则就是批评的方法，即"关于目的的思考和手段的系统化"。然而，批评的方法不是自动的，不是万能的，也不是一成不变的。"任何方法都固定一种适于它运用的计划，任何方法都预先决定着（批评的）坐标，要求着对比的诸成分之间的同质、一致的关系"。这就意味着，"对每一种个别的计划而言，都存在着一个更好的方法，方法越严格，就越少变化的因素，其精确性直接地取决于范围的大小"。但是，"任何严格的方法都不能支配不同计划之间的转换，也就是说，不能支配不同技巧的有效性之间的转换"。任何方法都有其特殊的效用，因而都有其局限，都只能适用于某一特定的层面和问题。斯塔罗宾斯基以结构主义为例，指出结构主义寻找的是一种制约作品的普遍的逻各斯，因此对相对稳定的对象就很有效，例如原始社会、神话、民间故事等。但是对现代变化无方的作品就不大有效，因为现代作品的出发点都是对现存世界的拒绝，以分裂为特征，作品的语言和环境的语言不属于同一种逻各斯，因此要找出制约所有作品的一致的逻各斯就十分困难。也就是说，理解和阐释现代作品，不能单靠结构主义。因此，"任何方法都不可能从原则上被摈弃，全部的问题在于知道该方法是否适用、专门和足够完整，知道它囊括阐释对象的总体或者仅仅是一部分，例如存在方式之一种或意义层面之一种"。

　　方法是手段，问题才是目的，因此问题决定方法。批评家提出新问题，解决新问题，就需要求助于新方法。但是，"不同的方法是互补的，不是互相排斥的"。形式的、社会学的、精神分析的、结构主义的等等，看起来是一些不相容的方法，实际上是可以并行不悖的，因为"这种种不同的阐释风格（斯塔罗宾斯基认为方法就是个人的阐释风格——笔者按）不决定探索的方向，其自身却是决定于先行提出的问题。它们是为了回答一个给定的问题而需要的手段。对批评家来说，重要的是能够增加问题并使之多样化。每一个问题都要求合适的手段"。因此，当文学与人文学科等诸学科的关系发生了变化，就必然地会有新方法出现，然而这对传统的历史方法来说，只能是一种补充和丰富，而不能是一种排斥和取代。斯塔罗宾斯基深刻地指出："在大多数情况下，方法论的恐怖主义不过是缺少文化的一块遮羞布，蒙昧无知的一种伪装罢了。由于和历史及作品没有真正的亲近，人们就幼稚地造出一些粗陋的工具——其科学的姿态往往使人生出幻想——人或书，文化或语言，都得在它们面前交出自己的秘密。"这当然无助于对作品的理解和阐释。其实，方法不是现成的，不是由"专家"设计好交给人使用的，"有时倒是要自己打制的"。因此，斯塔罗宾斯基主张在批评实践中实行方法的"组合"。是"组合"，不是"拼合"，也不是"综合"。之所以不是拼合，是因为不同的方法之间有联系，决定于批评与批评对象之间关系的变化。之所以不是综合，是因为并没有一种新的方法出现。在斯塔罗宾斯基的批评中，实证的方法、历史的方法、形式的方法、语义学的方法、社会学的方法、精神分析的方法、结构主义的方法等等，都曾为了回答不同的问题而得到过灵活的、有成效的运用。他说："倘若需要界定一种批评的理想，我就提出严格的方法论（与操作方法及其可验证的程序有联系）和自省的随意（不受任何体系的束缚）之间的一种组合。"

综上所述，作为日内瓦学派最年轻的成员，让·斯塔罗宾斯基的批评观表现出更明显的开放性和综合性。他在其批评著作中致力于探讨和解决批评性理解及阐释的可能性问题。他反对拘泥于某一种理论的批评，但也不赞成各种不同批评方法的机械拼合。他希望在风格学、精神分析学和社会学之间建立一种组合，使内在性与历史性、绵延性与时间性、内部与外部之间形成一种新的联系。他是日内瓦学派中最注重方法论的批评家，也是一位超越了日内瓦学派的意识批评的自由的批评家。

略说文学随笔

　　我今天准备谈一谈文学随笔的问题，我所谓文学随笔，指的是关于文学问题的随笔。在进入我的论题之前，我必须声明两点。首先，我之所以认为应该讲一讲有关文学随笔的问题，不是我认为我有这种资格，仿佛我已经是一个文学随笔大家，可以聚众收徒了，而是我认为这是一个很重要而迄今为止还没有获得足够重视的问题，我可以抛砖引玉，使讨论得以进一步深入。当然，我希望有更多的人拿起笔来投入实践，因为理论问题早已解决了，我不过是在这里这时重新提出来罢了。其次，我在讲的过程中难免要举些例子，而这些例子又都是我的文章，这并不意味着我写得好，只不过因为是自己写的，查找、使用起来方便，有些真实和真切的体会。我并没有作一篇《论文学随笔》的文章的打算，所以没有这方面的资料积累，一些好的文学随笔读过了，却也找不到了，因此没有别人的随笔做例子，并不意味着我否定别人的随笔。

　　两点声明做过了，我可以进入论题了。我今天要讲三个问题：一、什么是文学随笔？二、什么是好的文学随笔？三、如何写好文学随笔？

一、什么是文学随笔?

什么是文学随笔呢？要回答这个问题，我们首先得看看什么是随笔，文学随笔不过是随笔之一种罢了。假如我们拿到一篇文章，根据直觉，我们就可判断这是一篇论文或散文。假使我们认定这是一篇散文，我们根据其以说理为主还是以抒情为主，还可判断其为随笔还是小品。倘若我们判定一篇文章为随笔，我们一眼即可认出它是科学随笔、历史随笔、哲学随笔、社会随笔或文学随笔。当然更为有效的是，我们进行反面的判断，即判定某篇文章不是散文、随笔或小品。为了给我们的谈论一种公认的基础，我们不妨查一查《辞海》。《辞海》上说，随笔是"散文的一种。随手写来，不拘一格，故名。中国宋代以后，杂记见闻也用此名。'五四'以来十分流行，吸收了包括英国随笔在内的外国文学的影响，形式多样、短小活泼。优秀的随笔以借事抒情、夹叙夹议、语言洗练、意味隽永为特色"。这个定义看来颇适合中国宋代以来的"杂记见闻"之类，因为宋代洪迈写过一本《容斋随笔》，他说："予老去习懒，读书不多，意之所之，随即纪录，因其后先，无复诠次，故目之曰随笔。""随笔"一词，大概是首次出现在中国的文献里。前人评价此书"考证精审，议论高简"，可见作者说"读书不多，意之所之，随即纪录"不过是一种谦辞罢了。不过，我们可以看到，前人所谓"随笔"，是和"读书"有联系的，"读书"然后才"意之所之"，才"随即纪录"。这个定义还有"借事抒情"一节，与"五四"以来最为流行者相较，有些距离；与当今最为流行者相较，距离就更远了。因为今日所谓"随笔"，以说理为主，抒情尚在其次。当然，所谓"随

作者在中山大学开展讲座

笔"，并不排斥抒情，但是情在理中与直接抒情究竟不一样。除非我们
把随笔归入小品文，否则我们是不能说随笔"借事抒情"的，倒是可
以说，随笔是借事说理。"借事"很重要，没有"借事"，不成其为
随笔。所借之事，往往从读书中得来。在二十世纪二三十年代，"小
品""随笔"往往并称，似乎没有区别。所以有人说，"随笔中论理之
成分是非常少的"，这与现代随笔的情况大相径庭。不过，随笔与小品
的区别，已有前人说起过，在此不必细谈。因此，《辞海》上的定义不

能说是一个好的定义。

　　《辞海》上说"中国宋代以后，杂记见闻也用此名"。"也用此名"这四个字，说得很含混，言下之意是，仿佛宋代以后的随笔不同于"五四"以来的随笔似的。其实，两种随笔都不脱"随手纪录"的实质。不过，自"五四"以来，三言两语式的"随即纪录"少了，有一定篇幅的多了，说理的或寓情于理的多了。这多与外国理论的输入有关。朱自清先生说："现代散文所受的直接的影响，还是外国的影响。"他所说的"散文"，包括随笔。不过，这种外国的理论一旦输入，就多少有些偏差。例如，周作人1921年发表一篇题作《美文》的文章，谈的是外国文学中的"论文"，尤其谈的是其中的一种，即"记述的，是艺术性的，又称作美文，这里边又可以分出叙事与抒情，但也很多两者夹杂的"。周作人说的"论文"显然是法文中的"essai"，或英文中的"essay"，所谓"美文"是论文中之较短者。他没有说，所谓"美文"，也是以说理为主，我认为偏差由此而来。接着又有人谈"絮语散文"，英文所谓"familiar essay"，直接把法国的蒙田当作"絮语散文"的开山祖。接着又有人谈小品文，于是"絮语散文"和小品文合而为一，成为一个东西。对中国散文创作影响最大的是日本人厨川白村论英国essay的一段话："和小说戏曲诗歌一起，也算是文艺作品之一体的这essay，并不是议论呀论说呀似的麻烦类的东西。……如果是冬天，便坐在暖炉旁边的安乐椅子上，倘在夏天，则披浴衣，啜苦茗，随随便便，和好友任心闲话，将这些话照样地移在纸上的东西，就是essay。兴之所至，也说些以不至于头痛为度的道理罢。也有冷嘲，也有警句罢。既有humor（滑稽），也有pathos（感愤）。所谈的题目，天下国家的大事不待言，还有市井的琐事，书籍的批评，相识者的消息，以及自己的过去的追怀，想到什么就纵谈什么，而托于即兴之笔者，是这一类的文章。……在essay，比什么都紧要的要件，就是作者将自己的个人底人格的色彩，浓厚地表现出来。"于是，轻灵飘逸，幽默诙谐，一粒沙子上谈世界，半片花瓣上说人情，就成了人人追求的境界，就成了随笔的主流。偏差越来越大了，终于闹到把随笔中说理的成分赶尽杀绝的程度。国家的大事，家庭的琐事，个人的私事，统统在"废话"和"闲话"中化作"冷嘲"或"警句"，纵使有"滑稽"和"感愤"，也总是"以不至于头痛为度"的。这就是说，随笔的要义，在于闲适。厨川白村是反对将"essay"译作随笔的，他的反对有些道理，因为法文中的"essai"来自动词"essayer"，有尝试的意思。但是，相沿成习，我们只好接受这种译法。补救的办法，就是发掘出"essay"的原有的含义，赋予随笔一种全新的意义。这样随笔可以容纳更多的内容，也不至于和小品文混为一谈了，因为随笔完全可以写上十万字，蒙田的随笔就有长达十二万字的。

　　所谓随笔的"原有的含义"，其中之一就是它不总是"以不至于头痛为度"的。这"头痛"，不知是说的写的人，还是读的人，总之是和"暖炉""安乐椅""浴衣""苦茗"之类不相称的东西吧。英国人的随笔，我读得不多，已觉得不尽是"即兴之笔"。培根的简洁紧凑中往往藏着"诛心之论"，这是王佐良先生的话。要让人看出这种"诛心之论"，写的人要用心，读的人也要用心，用心则难免头痛。所以，让人头痛，并不是英国随笔的缺点。法国随笔，我读得稍多，敢肯定少有"即兴之笔"。蒙田的率意铺陈中常常伴有伤时之语，写的人要有意，读的人也要有意，有意则必然头痛。因此，让人头痛，更不是法国随笔的缺点。这两家的文字嘛，都是看上去"随随便便，和好友任心闲话"，实则举重若轻，功夫下在"店铺后间"（蒙田谓人人皆须为自己辟一"店铺后间"）。"店铺后间"是腹笥极厚的意思，非博览群书、融会贯通、有得于心不办。随笔给人带来思想的快乐，思想着的头焉能不痛？思想的快乐中有头痛存焉。谓予不信，看看罗丹的《思想者》就知道了。

"以不至于头痛为度"的随笔当然是有的。洪迈的"老去习懒"之作大概是的，本·琼森说的"不过是随笔家罢了，几句支离破碎的词句而已"大概是的，戈蒂耶说的"肤浅之作"大概也是的。随笔，essai，essay，在中国，在域外，都曾被小看过，都曾带过贬义，蒙田也曾自嘲"只掐掉花朵"（言下之意是不及其根也）。肤浅，率意，"不至于头痛"，的确是随笔的胎记，不过也仅仅是胎记而已，倘若一叶障目，看不到随笔的全貌，势必将我们引入歧途。我所说的"外国的理论一旦输入，就多少有些偏差"，其意在此。写滑了手，率尔操觚，或者怵惕作态，或者假装闲适，或者冒充博雅，或者以堕落为潇洒，或者以媚俗为直面，或者以不平常心说平常心，或者热衷于小悲欢小摆设，或者以放在篮子里的就是菜，甚至以吸一口香烟或玩一圈麻将的轻松为标榜，那就是以为随笔尽是"废话"和"闲话"，那就或深或浅地染上了让·斯塔罗宾斯基所说的"随笔习气"。

让·斯塔罗宾斯基是1984年欧洲随笔奖的得主，对随笔有独到的见解。斯塔罗宾斯基所谓"随笔"，指的是蒙田所创造的"essai"，我前面已经说过，我们不得已而译为随笔。根据斯塔罗宾斯基的考证和阐发，"essai"一词的含义有称量、考察、验证、要求、试验、尝试等等，甚至还可指蜂群、鸟群之类。总之，"essai即指苛刻的称量、细心的检验，又指展翅飞起的一群语词"。蒙田在他的徽章上铸有一架天平，同时还镌有那句著名的格言："我知道什么？"斯塔罗宾斯基认为，这种"独特的直觉"表明，"essai的行为本身乃是对于天平的状态的检验"。因此，蒙田的随笔实在是一种追寻和探索，一种对自我和他人（世界）的追寻和探索，并在两者之间建立和保持平衡。经过培根、洛克、伏尔泰、柏格森等人的运用，随笔表明了一种著作，"其中谈论的是新的思想，对所论问题的独特的阐释"。这种著作提请"读者注意，并且在他面前展示角度的变换，至少向他陈述使一种新思想得以产生的基本原则"。随笔既是内向的，注重内心活动的真实的体验；又是外向的，强调对外在世界的具体的感知；更是综合的，始终保持内外之间"不可分割的联系"。斯塔罗宾斯基说："写作，对于蒙田来说，就是带着永远年轻的力量、在永远新鲜直接的冲动中，击中读者的痛处，促使他思考和更加强烈地感知。有时也是突然地抓住他，让他恼怒，激励他进行反驳。"蒙田深知，"话有一半是说者的，有一半是听者的"。因此，蒙田的随笔展示了人和世界的三种关系——"被动的依附，独立和再度掌握的意志，认可的相互依存及相互帮助"，这种关系使随笔成为一种"最自由的文学体裁"。这种文学体裁有其"宪章"，那就是蒙田的一句话："我探询，我无知。"探询而后无知，而不是无知而后探询，这是蒙田的思想的精义。斯塔罗宾斯基指出："唯有自由的人或者摆脱了束缚的人，才能够探询和无知。……这种制度企图到处都建立起一种无懈可击、确信无疑的话语的统治，这与随笔无缘。""随笔的条件和赌注是精神的自由。"现代人文科学的广泛而巨大的存在"不应该减弱它的活力，束缚它对精神秩序和协调的兴趣"，而应该使它呈现出"更加自由、更加综合的努力"。总而言之，"从一种选择其对象、创造其语言和方法的自由出发，随笔最好是善于把科学和诗结合起来。它应该同时是对他者语言的理解和它自己的语言的创造，是对传达的意义的倾听和存在于现实深处的意外联系的建立，随笔阅读世界，也让世界阅读，要求同时进行阐释和大胆的创造。它越是认识到话语的影响力，就越有影响……随笔应该不断地注意作品和事件对我们的问题所给予的准确回答。它无论何时都不应该背弃对语言的明晰和美的忠诚。最后，此其时矣，随笔应该解开缆绳，试着自己成为一件作品，获得自己的、谦逊的权威"。毋庸赘言，这是对现代随笔的一种全面、生动而深刻的描述，同时也是对文学批评的一种全面、生动而深刻的描述。可见文学随笔是文学批评的一种有效的形式。

文学随笔正是这样的随笔的一种，它以文学的问题为对象，以精神的自由为阐释的动力，要求语言的明晰和对美的忠诚。

二、什么是好的文学随笔？

评定文章的好坏，是最难的一件事了。为什么？不是有标准在吗？可是标准是死的，而人是活的。人人都认为自己的文章好，再加上人的好恶不同，再好的标准也等于虚设。所以中国古人说："知音其难哉！音实难知，知实难逢，逢其知音，千载其一乎！"（刘勰）又说："作文难，论文尤难。"（刘克庄）"为文非难而知文为难。"（宋濂）于是，中国古人在论文方面分为两派。一派以为，"文如精金美玉，市有定价，非人能以口舌定贵贱也"（曹丕）。一派以为，"诗文无定价，一则眼力不齐，嗜好各别；一则阿私所好，爱而忘丑"（薛雪）。实际上，两派可归于一派，因为说"诗文无定价"者，不过是加上了评文的若干障碍，影响了人们对诗文的评价，标准等于虚设。这些障碍若是出于主观，尚可疗治。有一种障碍是出于时代，那是没有办法的事，我们只能与时并进，到了哪个时代说哪个时代的话。（如果有人逆时代潮流而动，坚持一种独特的标准，那么，我对这种人表示敬意。）比如说蒙田的随笔，就是一种独特的随笔。其题目和内容不尽一致，尤其是后期的随笔，不但篇幅很长，而且内容远远大过题目。这是蒙田的风格的突出体现。例如，有一篇叫作《塞亚岛的风俗》，全文一万字，主题是"心甘情愿的死是最美的死"，文章的十分之九讲的是各种原因的自杀，引证的名人言论也不下十条；到了文章的最后，才姗姗而出"塞亚岛"的字样，讲了那里的一个故事，才四五百字。例如，题目叫作《谈维吉尔的诗》，谈的却是爱情，更确切地说，是婚姻，是爱情与婚姻的区别，而且不是专门谈维吉尔。那著名的比喻"笼外的鸟儿拼命想进去，笼内的鸟儿拼命想出来"，就出在这篇随笔中。离题，这是蒙田的随笔的突出特点之一。他说："我愿意说出我的思想的过程，让人看到每个想法当初是怎样产生的。"因此，他的随笔犹如一个在林中穿行的人，不时离开森林看看田野的风光，这里是溪流，那里是野花，那里是庄稼，远处又有一只鸟儿在鸣唱……我国当代作家中，唯李健吾先生学得最像，离题而不离意。蒙田说得好："我的思绪接连不断，但有时各种思绪从远处互相遥望，不过视角是斜的。……失去我文章的主题线索的不是我，而是不够勤奋的读者。"这告诉我们，读蒙田的随笔，是要费些脑筋的。我之所以说，日本人厨川白村关于随笔"以不至于头痛为度"的说法不能用于蒙田，其原因在此。读蒙田的随笔是要"头痛"的，这种"头痛"带来的是思想的快乐和精神的享受。但是，我们今天恐怕只能说，某篇随笔若是出于蒙田之手，那么这篇随笔是好的；若是出于他人之手，我们可能就要说这篇随笔不好了，因为时代变了，人们的趣味不同了。人们可以欣赏蒙田的离题万里的随笔，若是今日有谁写一篇蒙田式的随笔，人们就会不耐烦了，非说"不堪卒读"不可。再说，我们也看不到这样的作品，因为它早被编辑大人"枪毙"了。我倒是希望真有自费出版，把自家认为好的作品印出来，免得再过编辑这一关。这样，或许会有一些好的随笔出来。

我以为，好的随笔有两种，一种有新的思想，虽然表达不算好，仍是好文章；一种有新的表达，虽然说的是老生常谈，但是它说得好，让人爱看爱听，这就仍不失为好文章。也可以说有第三种好文章，既有新的思想，又有新的表达，好上加好，当然是好文章，只是这样的文章颇不易得。

有新的思想、新的看法要表达，所谓有新意，这是我们作文的主要目的。但是人类有几千年的历史了，我们中华民族就有五千年的历史，出现的贤人哲人不可以千万计，几乎把人在生老病死兴衰穷达诸方面的问题翻来覆去地谈了个遍，所以，在人文社会科学方面，后人若在前人的基础上增砖添瓦，其难度可想而知。就算我们在中国人面前表达了一个前人未曾表达过的观点，焉知在其他民族中没有人表达过？我在一篇文章中看到所引的某名人的一段话，说的正是这种情况："所有的新见都不过是未被揭露的重复，所有的正确都不过是未经觉悟的谬误。我们已经失去了偏执一端向这个世界挑战的信心和勇气，我们预先就看到了那种挑战的徒劳与可笑。"我们平时谈论一篇文章，说它"颇有新意"，那只不过是一种说法罢了，其实认真研究起来，未必真有新意。但是，如果新意中包括新材料和新知识，那么情况会有不同。我写过一篇叫作《曹操的面目》的文章，承编辑部不弃，给发表了出来，有人说这是"一篇意在笔外的好随笔"。播过电视剧《三国演义》之后，有人对剧中曹操的形象不满意，要求有识之士出来"还历史上的曹操以本来面目"，让人们看到一个"作为杰出人物、英雄人物、真男儿、大手笔的曹操的有血有肉的艺术形象"。我不同意这种看法，就写了这篇随笔。随笔的好坏，可以不论，若问它有什么新的思想，可以告诉大家，没有，因为它的主要意思就是那么一句话："就以曹操而论，历史上的，文学上的，不会是一个人。"这里牵扯到一个根本的问题，即：文学上的曹操是主观的，是多少年来人们创造出来的；而历史上的曹操是客观的，是不以人们的好恶为转移的。这个道理，前人已经说过多少遍了，已经成为人们的常识了，但是这常识并不牢固，一旦时机成熟就会沉渣泛起。我只不过是把这个老生常谈的道理再说一遍而已。若一定要说"新意"，这篇文章倒有一点儿，就是："今日的中国人已经不喝'浊酒'了，却也不会'笑谈'了。"这里边隐含的意思是：中国人的物质生活水平提高了，精神上的潇洒却丧失了。再降低一格，这篇文章还有些新的知识，例如19世纪的法国人是从大仲马的小说中学习历史的，19世纪的英国人是从司各特的小说中学习历史的，然而这些本身已经变成历史了。这对中国人来说，可以说是一种新的知识或新的材料吧，言下之意是，我们中国人也不必再从小说中学历史了。总之，一篇文学随笔中包含新的思想，是很困难的，因此也是很珍贵的。因此，无论它表达得怎样，它都应该被看作是一篇好的文学随笔。

第二种文学随笔，虽然说的是老道理，然而它说得好，说得妙，说得巧，让人有耳目一新的感觉，也就是说，它有新的表达，这也是好文章。所谓新的表达，就是有新的角度、新的用语、新的解说、新的阐发，哪怕是新的比喻。我们的文章多数是重复前人讲过的道理，只不过是角度不同、材料不同、解说不同、阐发不同，甚至比喻不同。只要有不同，就会给人一种新的感觉，有了新的感觉，就是一篇好文章。新思想不见得，甚至可以说，不可能天天有，而新的表达却可能随时产生。

我写过一篇文章叫作《"池塘生春草"：康复者眼中的世界》，说的只是关于两句诗"池塘生春草，园柳变鸣禽"的解释。我发现波德莱尔关于康复者的观点，正好与宋人田承君和清人方东树的见解相合，于是指出，"池塘生春草"，乃是康复者眼中的世界，表现了一个大病初愈的人对任何微末的事物都感到新鲜有趣的情景，进而推知一切艺术家对外部世界所应抱有的心态。"池塘生春草，园柳变鸣禽"，本是南北朝诗人谢灵运的诗句，已成为千古传诵的名句。一千五百多年来，历代的诗人或诗评家都讲过它的好处，无非是自然天成、若有神助之类，话虽然不错，但总觉得它没有搔到痒处。只有田承君、方东树两位从病愈入手，指出"池塘生春草，盖是病起忽见此为可喜，而能道之，所以为贵"。果然，这两句诗是谢灵运"病起登楼"后写下的。我当然也可以直接表示，我同意这两位的观点，但是，别人也可以反驳我的观点，因为它只不过是若干观点之一种罢了。再说，我不是研究中国古典文学的，爱好是可以的，随便发表什么看法，恐怕还轮不到我。但是，我有了波德莱尔的观点作为援手，情况就大不一样了。我可以堂堂正正地从比较的角度写一篇东西，这个东西就是文学随笔。我也可以写一篇比较文学的论文，但是那需要更加丰富的材料和更加严密的论证，而我只想指出这样一个事实，更进一步的工作可留待别的人去做。我认为这篇随笔完成了它的使命，从一个崭新的角度支持了中国文学史上的一种看法。所以，文学随笔是要表达新思想，但是更为经常的，是它以新的角度、新的语句表达人们已经熟知的真理。把老生常谈说得让人耳目一新，是文学随笔的主要任务。

说到这里，我来谈谈文采问题。孔子曰："言之不文，行而不远。"文采的重要，尽在此矣！后人关于文采说了那么多话，皆由此生发。孔子的意思是，所说的道理如果不加以文采的修饰，也可以传播，但是不能传播得广远。那么，什么是文采呢？按照《辞海》上的解释，"文采"有二义：一是"错杂华丽的色彩"，二是"辞采；才华"。前者指的是一件东西的外表所具有的色彩，文者，错杂也。不单指文章，或者说，经过后人的引申，才可以指文章。后者说的是文章的色彩，然而却没有说是什么样的色彩。一般人的误解正在这里。他们以为文章有文采，就要堆砌辞藻，浓妆艳抹，使之具有"错杂华丽的色彩"。反之，则认为没有文采。其实，这是在外面装点文章。这好比一栋房屋，使用的是伪劣的材料，外面装修得再好，也经不住风吹雨淋。正如宋人吴可所说："凡装点者好在外，初读之似好，再三读之则无味。"所以，孔子说的"言之不文"，不是说文章没有外在的华丽包装，而是说文章没有内在的表达手段。内在的表达手段，就是文采。苏轼在一封信（《答谢民师书》）中说得好："孔子曰：'言之不文，行而不远。'又曰：'辞达而已矣。'夫言止于达意，即疑若不文，是大不然。求物之妙，如系风捕影，能使是物了然于心者，盖千万人而不一遇也，而况能使了然于口与手者乎？是之谓辞达。辞至于能达，则文不可胜用矣。"有人认为，"行而不远"和"辞达而已"是互相矛盾的，言真即可，用不着修饰。苏轼反驳了这种看法，指出辞达并不是一件容易的事，不但要了然于心，而且要了然于口与手。我在这里还要说，不但要了然于口，而且要了然于手，因为有人虽然了然于口，而并未了然于手，还是写不出好文章。所以，辞能达或不能达，文的作用不可忽视，而这并不关乎辞藻的华丽。辞达可以分为能达和不能达，我认为，苏轼对于孔子的话给予了正确的解说。苏轼说得对，"辞至于能达"，就说明了它有文采。中国古代画论有"墨分五色"或"墨有六彩"之说，我看可以移来说文。所以，华丽不是文采，四六骈句不是文采，只有适度的华丽和必要的四六骈句，才称得上文采。简洁是文采。清人刘大櫆说得好："文贵简。凡文笔老则简，意真则简，辞切则简，理当则简，味淡则简，气蕴则简，品贵则简，神远而含藏不尽则简，故简为文章尽境。"我要补充一句说，简而洁是文章尽境。洁者，干净也。有繁而不觉其长者，这时的繁仍是简。刘大櫆又说："文贵华。"这里的"华"，只不过是适度的华丽而已。因为他又说："所恶于华者，恐其近俗耳。"过度的华丽，就近于恶俗了。

传统观点认为，语言是思想的外衣，是形式与内容的关系，是一种依附的关系。这与现代语言学的看法大相径庭。现代的观点认为，形式即内容，所谓有意味的形式，因此，注重内容的表达方式，是一篇随笔成功的决定性因素。能够欣赏语言，不是每个人都能做到的。拥有欣赏语言的能力，是一个从事写作的人的幸福。中国有句古话："文章本天成，妙手偶得之。"文章是否"天成"，且不去说它，但是，"妙手偶得之"是不错的。"偶得"的机制是什么，我没有能力去研究，我看还是把它归于偶然性吧。写出好文章是偶然，但是看到好文章就不是偶然了。这种看到好文章的能力是需要培养的，但是"入门须正"，养成一种正确地欣赏语言美的能力。我希望大家有朝一日都能具备这种能力。我希望我们能天天看到好文章，我也希望我们能不时地写出好文章。

总之，好的文学随笔，一是有新的思想，二是有新的表达，二者兼得最好，如不能兼得，只占一端亦好。中国古人说："文无定法。"好文章的面目是多种多样的，但是有一个原则，即读起来不觉得厌烦。

三、如何写好文学随笔？

由我来讲这个问题，真有些不自量力，仿佛我是一个写文学随笔的大师，来给大家讲作文秘诀。说实在的，如何写好文学随笔，我也不知道。古人说，"文无定法"，或者"文成法立"。这就决定了一切关于如何写好文章的说法，都失去了存在的根据。但是，既然我讲了什么是好的文学随笔，就必然要讲一讲达到好的途径，这是其势使然，不得不如此了。我不讲如何寻找主题，不讲如何谋篇布局，不讲如何遣词造句，也不讲如何刻意求新。这些东西在任何一本讲写作的书中都可以找到，至于能不能实际地运用，那就看大家的造化了。今天我讲一讲个人的体会，或者说，我是怎样写文学随笔的，可能具有某种可操作性。

首先，要善于读书。

读书人，顾名思义，就是以读书为爱好、为职业的人。对这样的人，提出读书的问题，岂不是大水冲了龙王庙？我以为未必。我不说读死书死读书读书死，那样说对我们读书人有点不公平。我只说要读各种各样的书，要读杂志，读报纸，要扩大我们的知识面，要活跃我们的头脑。要把一种书当作许多种书来读，我的意思是，当你为了写论文而读书的时候，你是为了你的主题而在书中找材料，那么，你不妨把暂时用不着而又可能有用的材料记下来，这时，一本书就变成了许多本书。专著当然要读，单篇的文章更要读，新鲜的思想、新鲜的语言往往在文章里。读书的时候，若碰到可能有用的材料，要不怕麻烦地记下来，否则，越是怕麻烦，日后的麻烦就会越多。我就有怕麻烦的毛病，许多有用的材料当时没有记下来，到了真用得上的时候，就得花更大的工夫去找，记得的还好，有许多恐怕记都记不得了。我们并不是每读必写，有人以为，读书是为了写作，而仅仅是为了写作，这是以读书为职业的人的态度。我认为，这种态度使我们成为读书的机器，失去了大部分读书的乐趣，这不能不说是我们的悲剧。我们应该不带目的地读书，应该只为了乐趣读书，起码有些书是应该这样读的。让写作的题目自然而然地产生。我说过，随笔是读书的产物，所以，善于读书是写好随笔的关键。

其次，要善于积累。

我们的主要任务是写论文、写专著，写随笔只是业余的事情。所以，当你有了写随笔的主题之后，要会积累材料，才能最后完成一篇随笔。原则上，随笔可以处理任何主题，但是，往往你有了一个主题，却苦于材料不够。随笔所需要的材料不可过多，亦不可过少，只有一个材料要完成一篇好随笔是很困难的。你不妨用一张卡片记下你的主题和你的材料，然后去读书，遇到有用的材料就记下来。你不必刻意去读书，去找你的材料。你随意读书，总能遇到你的材料。等到你的材料够了，你也考虑得差不多了，这时你开始写，用不了多长时间，一篇随笔就完成了。或者，你先有材料而后有主题，材料又太少，也可照此办理。

比方说，《"池塘生春草"：康复者眼中的世界》这篇文章，我是在翻译波德莱尔的《现代生活的画家》这篇文章时，对他关于康复者的观点有印象，后来我在读中国诗话时读到田承君和方东树有关"池塘生春草"的看法，突然想到两者的联系，这才有了写作的冲动。但是当时材料太少，我就陆续地把所有能够找到的诗论诗话找来，就这样把历代关于"池塘生春草"的评论找齐。说是找齐，其实不一定要完整，只要有代表性的材料齐了就行。材料不是一下子找到的，是逐步积累的，因为这不是一项任务，用不着着急。如果你做了很多卡片，随读随记，就会经常有成熟了的题目，只怕你没有时间来完成它。

再次，要善于联想。

随笔要写得有趣有味，没有想象力不行，没有想象力的随笔是干瘪的随笔。试想一篇干巴巴的随笔，开篇即讲主题，讲完主题戛然而止，所谓"黄茅白苇，一览无余"，读者怎么会读得有兴味呢？但是想象力不是凭空而来，要紧紧围绕着主题生发，而且随笔的想象也不是幻想，不是无根之想，仍然是一些材料，是读书的结果，只不过它可能和主题没有直接的联系。这样的随笔才能激发读者的回应，使他浮想联翩，收到意在言外的效果。这样，一篇文章既说明了主题，又使读者联想到其他，一石而二鸟，岂不妙哉！其实，我这里所说的想象力，更确切地说，应该是一种联想力，万方辐辏，而至于主题。比如《曹操的面目》这篇文章，其主题原本是"历史上的，文学上的，不会是一个人"，但是这主题由中国人不再喝浊酒而来，中间加上大仲马、司各特、古赞、子路、韩愈、卢梭、托尔斯泰、蒙田等人烘托，在主题之外，引人多少遐想！正是："青山依旧在，几度夕阳红。""古今多少事，都付笑谈中。"其中的关键在于："一壶浊酒喜相逢。"如今的人们，既无浊酒，相逢亦不喜，自然没有笑谈了，一切都以现实的功利为准，岂不悲哉！而这不过是一篇两千字的文章。

可以有许多办法写成一篇好的文学随笔，我这里只说了三条，我认为是最重要的。当然语言的打磨也很重要，但那是要看个人的心得的。近年来人们喜欢讲悟，我看悟来悟去，最重要的悟是对语言的美的悟。一说起悟，那就讲千言万语也没有用，还是大家去体会吧。

我的话讲完了，请大家批评指正。

传达原作的风格，是文学翻译的最高境界
——以《局外人》和《红与黑》为例

一

　　翻译是人类的一种十分古老的活动，于今为烈。《圣经·创世纪》说：先民本来言语口音是一样的，他们商量在巴别这个城市里建一座塔通天，告诉后代，以防他们因分散居住而沟通不畅。耶和华怒其狂妄，说："看哪，他们要成为一样的人民，都是一样的言语，如今既做起这事来，以后他们要做的事，就没有不成就的了。"于是，上帝变乱他们的言语口音，引起他们的纷争，这塔也就停工不造了。这就是众所周知的巴别塔的故事。从那以后，人们以语言的不同而分散居住，其间的沟通交流不得不通过语言的转换，即翻译。据称，中国有文字记载的翻译，始于两千多年前的先秦时期的诗歌。可见无论中外，翻译都是一件十分古老的事情。

　　然而，什么是翻译？翻译理论家、翻译工作者和翻译爱好者给出了多少有些不同的回答。我的回答是一个翻译爱好者的回答：翻译就是用一种文字（语言）传达用另一种文字（语言）写成或说成的作品，最后形成文字作品而不变更所表达和蕴涵的意义与信息。用杨绛先生的话

说，翻译就是"把原作换一种文字，照模照样地表达。原文说什么，译文就说什么；原文怎么说，译文也怎么说"。这是一种平实可靠、人人可以接受的定义。什么是文学翻译？文学翻译就是一种具有文学性的翻译。翻译有许多种，口译且不论，笔译就有科技翻译，有文学翻译；有理论翻译，有实用翻译；有社会科学翻译，有人文科学翻译，有自然科学翻译；等等。唯有文学的翻译具有文学性，有的哲学、历史等著作的翻译也具有文学性。那么，什么是文学性？文学性就是"那种使特定作品成为文学作品的东西"，例如想象力、虚构、描写、象征、比喻、修辞等等，即我们在今天的语境中所理解的严复的"翻译三难说"中的"雅"字，此为文学翻译所独有。"信、达、雅"之中的"雅"字，历来解说甚夥，然而大多斤斤于字面，多皮相之谈，唯钱锺书先生从反面予以阐释，谓"雅非为饰达""非润色加藻"。一个"非"字搔着了"雅"字的痒处，较之"文雅""高雅""古雅""汉以前字法句法"等等，更能切中肯綮，打开思路。以文学性解"雅"，可以与时俱进，对一个旧的概念给予新的解释，令其获得新的生命，所以，并非所有新的说法都显示了认识的深入和观念的进步。译文对原作以雅对雅，以俗应俗，或雅或俗，皆具文学性，此为文学翻译。故"雅"字在文学翻译中断乎不可少。

"译事三难：信、达、雅。"当合而析之，不应分而观之，以此为标准，可以分出译品的好坏善恶，全面而精当。大部分的翻译家对"信、达"取信服的态度，对"雅"字则如履薄冰，有的还做种种或明或显的抗拒状，以文学性解"雅"谅可消除其对"雅"的疑虑。如果扩大一些，对"雅"做宽泛的理解，则可以为"神似"。然而神似并非形似的反面，完全可以以形出神，不必"弃形取神"。关于"神似"的说法，以傅雷的观点最为著名，他说："以效果而论，翻译应当像临画一样，所求的不在形似而在神似。"请注意，这里说的是"效果"，而非标准。标准是衡量事物的准则，而效果则是由行为产生的有效的结果，两者不可同日而语。再说，"不在形似"不等于不要形似，完全可以既要形似，又要神似，形神兼顾，形留而神出。有一种说法，认为神似进一步发展，则进入"化境"。"化境"的说法来自钱锺书先生。他在1979年的《林纾的翻译》（收在《旧文四篇》里）中说："文学翻译的最高理想是'化'。把作品从一国文字转变成另一国文字，既能不因语文习惯的差异而露出生硬牵强的痕迹，又能完全保持原有的风味，那就算得入于'化境'。"所谓"原有的风味"者，乃是原作的风格之谓也。《林纾的翻译》于1964年首次发表。当时，"最高理想"一语是写作"最高标准"的，后来"标准"改为"理想"，显然不是信手随意的，必是深思熟虑后的产物。理想是同奋斗目标相联系的、有实现可能的想象，而标准是现实的存在，理想是追求的目标，两者不是同一性质的东西。因此，标准、效果和理想不是同一范畴的事物，不可混为一谈。由"信、达、雅"而"神似"，而"化境"，刘靖之先生将其看作一条由浅入深、不断延伸的线，"一脉相承"。我觉得，由标准而效果，而理想，不妨看作一个面，不断扩展，仿佛一圈圈涟漪。这样产生的译作可以称作善译，而其实现的方法，则如杨绛先生所说："把原文的句子作为单位，一句挨一句翻。"换句话说，就是以句子为单位的直译。于是，标准，效果，理想，方法，由点及面，一种翻译理论就宛然在目了。

文学作品的本质特征不在内容，而在形式，换句话说，决定一件作品是否文学作品，不是因为它讲述或描写了什么，而是看它是怎么讲述、怎么描写的。一件作品的"怎么"形成了这件作品的精神风貌，它是简约的还是繁缛的、是清丽的还是浓艳的、是婉约的还是豪放的、是优美的还是雄伟的等等，都是由其选词造句、结构框架、气息节奏、叙述技巧等决定的，一言以蔽之，是由其风格决定的。因此，依据"信、达、雅"的标准，翻译文学作品，只有"信、达"还不够，必须有"雅"，即必须有文学性，也就是说，必须传达出原作的风格，然后才有可能达到预期的效果，实现所追求的理想。然而，什么是原作的风格，什么是译作的风格，原作的风格和译作的风格之间的关系如何，这些都是翻译家中争论不休的问题。归根结底，是风格可译不可译的问题。简言之，认为风格可译的，大多是主张直译的人，一句挨一句地翻，就有可能多少传达原作的风格，有人将这些人称为"语言学派"，颇有不屑的意味；主张风格不可译的，大多是主张意译的人，他们自称"文艺学派"，由于认为原作的风格不可译，就随便给译作一种他们认为美的风格。主张风格不可译者未必明确地声称风格不可译，也不是都反对"信、达、雅"，不过他们以为"雅"就是高雅、典雅、美的词汇，雅的句子就是文采，而且认为只有华丽才是文采，总之，认为翻译是"美化之艺术"。一经美化，译作倒是有了风格，但已不是原作的风格了。在持这种观点的翻译家的眼中，什么原作的风格、译作的风格，根本是两种不相干的东西，各自管各自的事情好了。在他们的译作中，不，应该说在他们的"创作"中，出现一些具有强烈民族特色的词汇或表达方式，就毫不奇怪了。读者不免怀疑，难道外国人也有相同或类似的俗语和陈词滥调吗？一味求美，则雕缋满眼，其实只是堆砌辞藻，而真正的美则荡然无存了。不过，就实际的情况来说，真正美化的翻译实在是太少了，文艺学派的翻译家们似乎在沙盘推演，纸上谈兵。如果一定要分出派来的话，我宁愿加入直译派。

　　译作的风格只能以原作为依归，能够传达原作的风格，应该视为文学翻译的最高境界。是否达到了，则要看译者个人的造化。也许传达原作的风格只能是最高的理想，可望而难即，然而望与不望，差距不止毫厘。宋严羽说："入门须正，立志须高……行有未至，可加工力；路头一差，愈骛愈远……"八百多年前的古人之言，可供今之译者深思。你可能实现不了这种理想，进入不了这种境界，但是你正走在实现这种理想和进入这种境界的道路上。诚然，传达原作的风格，是很难的一件事，也许百不一见。但是，能不能是一回事，难不难是另一回事，不可将很难视作不能。译者主观上是否具有传达的意图，其结果是很不一样的。有，就会自设藩篱，循迹而行，或可在译文中见原作风格之一二；没有，就会自由散漫，失去约束，原作的风格也将不知所终。如此则不仅"雅"失去了准的，恐怕连"信、达"都要打折扣了。传达原作的风格是很困难的，但是有为的译者正是要克服这种困难，成就与原作相配的译作，正如杨绛先生在《艺术与克服困难》中所说："创作过程中遇到阻碍和约束，正可以逼使作者去搜索、去建造一个适合于自己的方式；而在搜索、建造的同时，他也锤炼了所要表达的内容，使合乎他自建的形式。这样他就把自己最深刻、最真挚的思想情感很完美地表达出来，成为伟大的艺术品。好比一股流水，遇到石头阻拦，又有堤岸约束住，得另觅途径，却又不能逃避阻碍，只好从石缝中进出，于是就激荡出波澜，冲溅出浪花来。"石头、堤坝、石缝等等，好比实现艺术目的过程中的种种困难，原作者要克服困难，译者也要跟随着原作者克服困难，因为翻译本身就是一种有限制的艺术，所谓戴着镣铐的舞蹈。

　　有人以为，原作的风格是不可传达的，译者不必为此多费脑筋，故译文若可以谈风格的话，那只不过是译者个人的风格或者随便给个风格罢了。此等议论殊不可解。风格是一种微妙而又模糊的东西，如果难以言传，至少是可以感觉到的。语言固然不同，但使用语言的人基本上是有同感同嗜的，否则操不同的语言的人之间就是不可交流的。幸亏事实上并非如此。什么是风格？我们不必去查《辞海》，也不必去找《文学概论》，只需听听法国博物学家、作家布封说的："风格就是人本身。"法国作家莫泊桑说，风格是一种"在其全部色彩和全部强度上表达一件事物的唯一的、绝对的方式"。法国作家朱利安·格拉克说："对一位作家来说，口吻最重要，比形象的美更重要，那是他称呼某些确为他所见的事物的口吻。"这"方式"，这"口吻"，说的就是风格。他看见了什么，选择什么样的句式、什么样的节奏、什么样的叙述方式、什么样的篇章结构、什么色彩的词汇、什么独特的姿态等等，构成了他独具的、个人的口吻。译者若能对原作有所感觉和体会的话，就是这种"方式"和"口吻"。译者应该在译作中努力传达的也是这种"方式"和"口吻"。这种"方式"和"口吻"望之有，即之无，但却缥缈而不虚幻，是一种确确实实的存在。因此，原作的风格是存在的。说到底，我们对于原作还是能分出姚鼐所说的"阳与刚之美"和"阴与柔之美"以及差强人意的多种色彩的。当然，这是需要译者多费脑筋的。所谓"风格不可译"和"诗不可译"，都是一种纯理论的命题，不能用来指导实践。而在实践中，倒是应该倒过来说，"风格可译"，"诗可译"，但须多费脑筋。所谓多费脑筋，不是说要多皱眉头，冥思苦想，而是要反复阅读原作，对原作有准确的整体把握。对原作风格的体会，说到底是在理解的基础上的一种感觉，尤其是对原作语言的感觉。而这种感觉是可以用另一种语言传达的，至于传达到何种程度，那就因人而异了。毋庸讳言，再好的译者也不敢自诩完全地掌握了原作的风格。但是不要紧，他可以借助原作者本国人的研究成果，再辅以个人随着阅读而逐渐清晰起来的印象，大体上确定其为豪放婉约、阳刚阴柔之类，译文循此方向努力，庶几可以传达其风格之一二。例如，我们不妨比较一下斯丹达尔和夏多布里昂。这两位作家的风格有明显的差别，而夏多布里昂尤为斯丹达尔所不喜，他们的文字风格可以说是一放一收，一明一暗，一浓一淡，一腴一瘠。有人将作家分为两类，一类是用眼睛读的，一类是用耳朵读的，斯丹达尔正是用眼睛读的作家的典型，而夏多布里昂则是用耳朵读的作家的代表。我们如果译夏多布里昂，不妨把译文拿来大声朗读，铿锵悦耳，气顺音高而能持久，就表明我们至少已经部分地传达出夏多布里昂的风格了。而对斯丹达尔，则恰恰相反，译文若是朗朗上口，能令人摇头晃脑，那就几乎可以说背离了他的风格了。阿兰（法国的一位哲学家，作家）说斯丹达尔的文字"拒绝唱歌"，此之谓也。风格的传达不在字句，在文章的总体效应和感觉。但必自字句始，通篇的大白话是难以传达典雅的风格的，反之亦然。

一位翻译界的前辈说："有人自诩翻译哪一个作家就能还出这个作家的面目或风格，我看这只是英雄欺人语；据我所知，就有翻译家对本文还不大能弄懂得，就大吹自己的翻译是旨在表现原作诗一般美丽的风格。依我看，对一个作家或者风格的认识也还是根据对作品本文的理解而来的，否则便是空话。教外国文学的人最喜欢谈风格，但是，对于一个搞实际翻译的人来说，风格却是一个最难谈得清楚的东西。我觉得，在通常情形下，它好像只是在无形中使译者受到感染，而且译者也是无形中把这种风格通过他的译文去感染读者的，所以既然是这样情形，我看就让风格自己去照顾自己好了，翻译工作者大可不必为它多伤脑筋。……我觉得翻译工作者如果要花许多功夫去钻研作品的风格，还不如花点功夫去培养自己的外语感受能力好些。"总之，"原文风格是无法传译的"。这位前辈说的固然是实际情况，译者多是做"英雄欺人语"，六十多年前如此，今天也好不了多少。出版的商业目的导致出书速度和书籍数量的上升，坏的和好的译作都多了，显然不是六十多年前可比，但是翻译工作者面对的问题还是一个，即"钻研作品的风格"还是"培养自己的外语感受能力"。细按这位前辈的意思，似乎前者是说给"教外国文学的人"的，后者是说给"搞实际翻译的人"的，两类人有两个不同的要求。实际上，无论是搞外国文学还是搞实际翻译，首先要做的都是"培养自己的外语感受能力"，所谓"外语感受能力"，其实是对原作风格的感受能力。那么有了这种能力之后呢？如果一个译者的外语感受能力不够，显然不能要求他传达原作的风格，如果他有了足以感受原作风格的能力了呢？可以说，如果"风格不可译"的说法说的是除了文学翻译以外的翻译工作者的话，是有道理的，但是不能说"原文风格是无法传译的"。外国文学工作者对一部外国文学作品的风格的钻研是他的本职工作的一部分，他的研究成果用本民族的语言发表出来，也是题中应有之义。试问，如果他有了一定的研究和体会，他若想把这部作品翻译给中国读者，他将如何做呢？能够用本民族的语言说明的事物，也必然能够用本民族的语言传达，只是程度有所不同而已。他势必要尽力表达他的研究和体会的成果，即把原作的风格传达出来。当然，他的研究是否正确，他传达出来与否，传达到何种程度，那是需要读者和时间说话的。但是，他必然有传达的意图。他实现这种意图的过程，就是他逐渐接近原作风格的努力。努力传达原作的风格，是以钻研、了解、体会原作的风格为前提的。风格也许是不可译的，却是可以传达的。王以铸先生论诗之不可译时说："译诗者要有知其不可而为之的劲头儿。"这"劲头儿"就是传达原作风格的意图。译诗者和译文者是一样的，有没有这种劲头儿，有没有这种意图，结果大不一样。其实，翻译家的存在正是要将无形变为有形，就是说，翻译家要把有形的语言转换在无形中感动读者。在读者是无形，在翻译家是有形，这就是读者和翻译家之间的区别。

<h1 style="text-align:center">二</h1>

我是一个外国文学的研究者，业余喜欢翻译，翻译的大多是我的研究对象的作品，极少旁骛。我"喜欢谈风格"，也觉得在我的翻译中应该传达原作的风格，至于传达的是否原作的风格，传达到何种程度，不是我应该关心的事。例如，从20世纪80年代开始，我持续地关注法国作家阿尔贝·加缪，在研究之余，把他的作品逐步地向中国读者介绍，是件分内的事；在介绍的过程中注意其风格的传达，也是很自然的事。1975年秋，我到日内瓦大学进修法文。在此之前，很少接触法国小说，尤其是十年"文革"中，连法文都很少接触。我阅读过的法文的法国小说十分有限，比如《红与黑》，还是在"文革"前学法文时读的，而且是苏联出版的。在日内瓦的两年中，我读了大量的法国和瑞士的文学作品，也曾经产生过翻译的念头，但是并没有付诸实践，因为我当时的进修是为了将来从事新闻工作的。回国后的第二年，1978年，我进入中国社会科学院研究生院学习，算是开始了我的外国文学研究的生涯。整个80年代，我做了两件事：一件是研究波德莱尔，写了《论〈恶之花〉》

和一些关于波德莱尔的专论；另一件是研究加缪，其成果以《阳光与阴影的交织》为题出版。在我的研究成果之外，我翻译并出版了《波德莱尔作品集》（四卷本）和《加缪文集》（三卷本），其中加缪文集的第三卷（散文卷）是在2010年最后完成的。1981年，我翻译并发表了加缪的短篇小说《约拿，或工作中的艺术家》，这是我翻译加缪作品的开始。1985年，《加缪中短篇小说集》出版；1986年，《西绪福斯神话》收入《文艺理论译丛（2）》；2011年，《反与正》《婚礼集》和《夏天集》问世；2016年，我完成了加缪《记事本》的选本的翻译。我翻译的加缪的作品不多，可是前后竟然连续30多年不曾中断！

我第一次接触加缪的作品是1976年在日内瓦的时候，当时连加缪是法国作家都不知道。《局外人》不长，语言也清晰简明，对国内本科法语专业的人来说，阅读可以说是容易的。当然，要说到深刻地领会作品的内涵，还谈不上。我是以一个普通读者的姿态阅读这本书的。普通读者，就是英国伍尔夫在《普通读者》一文中引述约翰逊博士所称之"普通读者"："能与普通读者的意见不谋而合，在我是高兴的事；因为，在评定诗歌荣誉的权利时，尽管高雅的敏感和学术的教条也起着作用，但最终说来应该根据那未受文学偏见污损的普通读者的常识。"普通读者，就是"不同于批评家和学者"的读者。这样的读者在接触作品时，头脑是空白的，心胸是开放的，作品的内容、形象、语词、符号遇到的是一个不设防的空地。于是，我读《局外人》的时候，首先吸引我的是语言的清晰、简洁、透明甚至枯涩。然后，主人公默而索时而是个白痴，时而是个怪人，时而是个常人，时而是个多余人，时而是个畸零人，时而是个明白人，然而他终究是个理性的人，他以不同的面目出现在我的脑海中。他是一个敏感、清醒、具有明确的自我意识、有着正常的理智的人，然而他有意识地拒绝文明社会，拒绝撒谎，拒绝夸大其词，拒绝接受传统的价值观念和行为模式。他没有为死去的母亲哭泣，但心里是爱她的；他"大概不爱"而娶玛丽，是因为他觉得人人都挂在嘴上的"爱"并不说明什么；他对职务的升迁不感兴趣，是因为他觉得那并不能改变生活；他拒绝接见神父，是因为他觉得"未来的生活"并不比他以往的生活"更真实"。最后，检察官控告他"怀着一颗杀人犯的心埋葬了一位母亲"，法院遂判了他死刑，而他则以一个看破红尘的面目出现在我的面前："面对着充满信息和星斗的夜，我第一次向这个世界的动人的冷漠敞开了心扉。我体验到这个世界如此像我，如此友爱，我觉得我过去曾经是幸福的，我现在仍然是幸福的。为了把一切都做得完善，为了使我感到不那么孤独，我还希望处决我的那一天有很多人来观看，希望他们对我报以仇恨的喊叫声。"这是小说的最后几句话，我合上书，叹了一口气："一个人和社会的关系竟是这样荒诞！"从此，一个孤独、冷漠但是对真实和绝对、对现实的生活怀有一种执着而深沉的激情的默而索便牢牢地活在了我的心中。至于这部小说的风格，我只对默而索的口吻印象深刻：他以一种极冷静极苦涩却又不乏幽默有时还带点激情的口吻，讲述他那既单调又平淡却又不乏欢乐有时还带点偶然的生活，直讲到不明不白地被判了死刑。我的头脑中并没有"风格"这两个字，我的确是在无形中受到感染的。后来我又读了《鼠疫》《堕落》等，但是我没有找关于加缪的评论来读。读关于加缪的评论，标志着从普通读者向批评家的转变，但并不标志着一种纵向的提高，只反映出一种横向的转移。

　　20世纪80年代初，加缪成了我的研究对象。加缪作品很少有译成中文的，似乎只有施康强先生译的《不忠的女人》，那是一篇短篇小说，发表于1978年的《世界文学》。据说还有孟安译的《局外人》，不过那是黄皮书的一种，"文革"前出版的，供批判用，很难找到。当时我也不知道，更不知道孟安为何许人。对加缪作品的翻译几乎是一片空白，我有了翻译的冲动，虽然还多少有些政治方面的恐惧。这时，我的心态也变了，不再能以一个普通读者的姿态对待作品了。不管我愿意不愿意，我都得拿出一个学者的身份，即我必须关注作品的形式，就是说，我不能满足于无形中受到感染，我要使无形变成有形，因此，我必须钻研作品的风格，必须冷静地评价作品。一个后天学习外语的人很难对原作有语言运用上的亲近感，很难对其词汇语句的色彩有自然的体会，很难对其节奏的安排有恰如其分的感觉，他必须借助于操原作语言的本国人的评论来弥补自己的不足。我自己就是这种情况：我如果是一个普通读者，而且是一个与原作操不同语言的普通读者，自然不会去管原作的风格，只需感觉到《局外人》用词简洁、结构清晰、形象鲜明即可，但是我要从事翻译，就不能满足于当一个普通读者了，而要以一个批评家的身份去引导和控制自己的翻译，也就是说，要传达原作的风格。读者可以在无形中受到感染，译者必须在有形中使读者受到感染。从无形到有形，除了自己的阅读与研究之外，还要靠法国人甚至操英语的人的研究。译者先做普通读者，然后做批评家，再做译者，译者可以说是普通读者和批评家的结合。评论《局外人》的法国批评家有让-保罗·萨特、帕斯卡尔·皮亚、莫尔旺·勒贝斯克、让-克洛德·布里斯维尔、让·格勒尼埃、罗兰·巴特、罗杰·格勒尼埃、赫伯特·R.洛特曼、皮埃尔-乔治·卡斯特克斯、M.G.巴里埃、罗杰·吉约、J.J.布罗谢尔等等，还有关于加缪研究的一些批评文集，总之，研究加缪的人很多，评论《局外人》的技巧的也不少，从中不难窥见加缪特别是《局外人》的风格特点。总结一下，大概有如下数端：

一、《局外人》选用的词汇简单、直接、具体，少用分析性的词语，特别少见的是心理分析的词语。《局外人》的词汇大多兼有叙述和描写的功能。大多数批评家注意到《局外人》的风格是"简约的""朴实的""单调的""枯燥的"。所谓"白色"的风格，即"没有色彩"的风格、"没有风格"的风格，也就是罗兰·巴特所说的"零度写作"："一种直陈式、新闻式的写作，一种毫不动心的、中性的写作。"这种"白色"风格其实是"无色"风格，表现了个人的经验与世界的不透明之间有一种荒诞的、格格不入的关系。当然，这是罗兰·巴特1945年的看法，十年之后，他的看法有所改变。

二、《局外人》的句子是短小的、独立的，相互之间没有明显的逻辑联系。萨特将加缪与海明威进行了比较，说："两人在写作中运用同样的短句子。每个句子都不承接上一句话造成的语势，每句话都是一个新的开端。每句话都像是在给一个姿势或一件物品抢镜头拍照。而对于每一个新姿态或话语，又都相应地造一个新句子。"他指出："《局外人》中的句子都是孤岛。"小说中的每一个事件都是孤立的，其间没有必然的逻辑关系。

三、《局外人》篇幅很小，但出场人物众多，每个人都以极精简的笔墨勾勒出肖像，在冷漠的社会背景上木偶般地活动。例如：护士代表"没有一丝笑容，向我低了低瘦骨嶙峋的长脸"；莱蒙"长得相当矮，肩膀却很宽，长着一个拳击手的鼻子"；马松"高大、魁梧，肩膀很宽，而他的妻子却又矮又胖、和蔼可亲，一口巴黎腔"；律师"又矮又胖，相当年轻，头发梳得服服帖帖"；记者"像只肥胖的鼬，戴着一副黑边大眼镜"；等等。

四、《局外人》的时间观念别具特色，大量地使用动词完成体，与传统小说中使用的非完成体具有明显的不同。非完成体的使用说明时间的叙述在过去的实践中已然完成，与现在没有关系；而完成体则不同，虽然事件在过去已经完成，但是它依然在现在的时间内保持着它的价值，即它的结果仿佛一直延续到现在。这一点是学习法语的外国人不敏感的，多半要靠操法语的人的评论。

五、《局外人》常常通过隐喻的手法表现戏剧性的场面。例如主人公默而索枪杀阿拉伯人的过程，从准备到酝酿，到发展，到高潮，到结束，全过程到处都充满了明喻和暗喻。太阳、大海、沙滩、泉水、刀光、手枪等等，都有着正反两方面的象征的含义。隐喻越是丰富，主人公的幻觉就越是强烈，这就有力地表现了他徒具自我防卫的初衷，却在检察官那里造成了蓄意杀人的荒诞结果。

六、《局外人》不乏幽默和反讽。萨特第一个指出了"加缪的小说是分析的，也是幽默的"，分析成了幽默的工具。加缪的分析是"重新构筑人的初始的直接经验"，是"排除了作为经验的组成部分的一切有意义的联系环节"。幽默和反讽显然出自叙述者的口吻，而《局外人》在第一人称的使用中，读者难以辨别谁是叙述者、谁是默而索。

七、《局外人》巧妙地使用间接引语，突出了默而索面对世界的孤独与冷漠。这样一本充满了事件的小说，是可以有许多对话的，然而默而索却像自言自语一样，把他的话以间接的方式说出来，少了生动性，却更能表现主人公的"无所谓"的心情。例如："我问他能不能关掉一盏灯。照在白墙上的灯光使我很难受。他说不行。灯就是那样装的：要么全开，要么全关。""他问我'总还好吧'，我说好，现在肚子饿了。""紧接着是马松说话，人们都不怎么听了，他说我是个正经人，他'甚至还要说，是个老实人'。"……

八、《局外人》的结构和节奏很有意思。全书共十一章，分为上下两部分，上半部（第一部）六章，下半部（第二部）五章。上半部的第六章仿佛全书的枢纽，起着连接两部分的作用，"结构完美如同精密机械"。第一部分仿佛是日记，用了"今天，妈妈死了""今天是星期四"等字样；第二部分仿佛是回忆，一个人在受刑的前夜回想他入狱以来一年多的遭遇。第一部语句简短，不相连属，仿佛流水账一般；第二部人在监狱中，仿佛安静下来，难免有心潮澎湃的时候，语句相应地膨胀，也庄重了许多。

九、《局外人》在普遍的简明枯燥的叙述中夹杂着发自内心深处的诗意，一种抒情的氛围弥漫在明澈而纡徐的叙述中。这一点在第二部中表现得尤为明显。例如，第二部第四章中，默而索的律师"继续发言时，一个卖冰的小贩吹响了喇叭……"，一种不再属于他的生活突然唤起了他"最可怜、最深刻难忘的快乐"。澄澈透明中有"诗意的爆发"，这是加缪的"另一种风格，一种郑重、讲究的风格"。

总之，《局外人》的风格兼有"斯丹达尔的风格的优点"和"某些夏多布里昂的风格的东西"，这两种截然相反的风格都是加缪喜欢的。简约甚至枯燥的风格，表现出一种平和、冷静的心态，而又有情绪高涨时的抒情口吻，仿佛一首乐曲的华彩乐段，表现出热爱生活、享受生活的每一瞬间的激情。《局外人》的风格继承了法国小说的古典传统，这一点萨特看得很清楚，他说："它可以被视作是道德家的中篇小说，具有审慎的讽刺笔触并包含一系列具有嘲讽意味的人物肖像，而且，尽管有德国存在主义者和美国小说家的影响，从根本上说，它却是与伏尔泰的小说一脉相承的。"

通过以普通读者的身份进行的阅读和中外诸多评论家的议论，我们大致掌握了原作的风格，余下的就是译者如何将一种语言转化为另一种语言。这不但需要译者有足够的中外语言的文字水平，也需要有明确而坚定的传达意识，否则，遇到阻碍的水流也将改道而去了。当然，由于中外语言的差异，译作完全地传达原作的风格之各个方面，几乎是不可能的，只能在几个方面做到惟妙惟肖，其他则取其大概，囫囵其形，勿使其距离原作太远。从长远看，汉语白话文的潜力是无穷的，其丰富与细腻也是无穷的，只有我们的能力是有限的。常常是眼到而心不到，心到而手不到，唯有"一句挨一句翻"，才有可能接近理想的译本。一部经典的作品，因时代的前进而焕发出新的光彩，所谓"苟日新，日日新"，是常见的事情，所以，没有"定于一尊"的译作。新译未必胜过旧译，后来未必居上，艺术并不时时处处以新为贵。但是，人们总是希望后浪推前浪，一代更比一代强，新的译者正是在这一信念的激励下力争推出胜过旧译的作品。他们的努力是值得尊重的。

三

《红与黑》的篇幅比较长，我可以说说我是如何在翻译过程中时时注意风格的。我是在1993年年初正式开笔翻译《红与黑》的，于4月下旬完成，加上此前作为试笔译就的八章，前后历时五个月。斯丹达尔1829年10月动了写作《于连》的念头，大约1830年春天动笔，到了4月才定名为《红与黑》，7月下旬匆匆完稿，前后估计写了五个月。这是一个很有意思的巧合，然而我的所谓"五个月"绝非只是撕去了日历上的一百五十张纸。我第一次读《红与黑》，还是个中学生，读的是

作者在中国翻译协会"译讲堂"开展讲座

罗玉君的本子。大学二年级的寒假里有些迫不及待,跟头把式地读了法文的《红与黑》,那是莫斯科版的,至今还记得封面上似乎有一袭黑袍和一柄红色的剑。不久因说了"于连是值得同情的"而险些跌进某君的圈套,后来又用原版的莫泊桑的《漂亮朋友》换了同宿舍的学长陈君的原版《斯丹达尔的作品》,还在里面画了不少的红杠杠。许多年以后我才知道,那本砖头一样的大书的作者亨利·马尔蒂诺乃是法国的"贝学"和"红学"的一大权威,所以五十多年过去了,这本书还竖立在我的书架上,有时也到我的书桌上走走。只是那本《红与黑》跟了我多年后竟不知所终了。可以说,我无意中为动笔翻译《红与黑》准备了三十年。

按说,在已有多个译本并且多有改善的情况下,再去增加一个,乃是一个近乎发疯的举动。然而,事实上,对于一个喜欢《红与黑》且可能已经在心里翻译过不止一遍的人来说,有人请他向读者贡献一部他心目中的《红与黑》,的确有"机不可失,时不再来"的感觉,其诱惑力是难以抗拒的。至于后来复译成了一股热潮，倒是当初没有料到的，否则，我若知道会有如许多的译家一展身手，我肯定会退避三舍，因为我实在不认为已经存在的译本必须被更新。不过，平心而论，复译成了热潮，且热度有升无降，除了不可避免的市场的原因之外，还与翻译事业的进步、翻译观念的演变和翻译人才的成长等学科发展的内在规律有关。社会语言的演化、读者欣赏趣味的改变、译者接受挑战的欲望等等，都是促成这股热潮的因素，人为的干预不会有很大的效果。除了某些极不严肃的粗制滥造甚至或显或隐的抄袭应该受到批评或制裁之外，人们似乎不必斤斤于"后来居上"还是"后来未必居上"的争论，至于自己去排座次而又与别人排的不一致，于是大动肝火，那就更不必了。以中国之大、译才之多，有特色的译本都有存在的权利，哪怕有"国优""省优"的区别亦未尝不可。

复译必然是个继承、借鉴、突破或另辟蹊径的过程，因为后来者不大可能没有读过已经存在的译本，也很可能要参考一下旧译，以不掠前人之美。没有必要步步设防，故意与旧译不同。既不苟同，又不苟异，可也。当然，一下笔就句句或很多字句与旧译雷同，那就不必再译了，掷笔兴叹就是。所以判定旧译不能令人满意或者完全满意，乃是决心复译的前提。我认为，先前存在的译本各有优点和特色，唯一的不足，是对风格的注意不够。或文字过于质木，缺少一种瘠中有腴的风采；或行文过于拖沓，没有《民法》中的精练的追求；等等。这是我决心复译的前提。再说，读者多一种选择，也未尝不是一件好事。

我译《红与黑》，主要是在风格的问题上费了些脑筋。风格（特别是文字的风格）是一位作家成熟的标志。就《红与黑》而论，译者首先要确认其文字是否有风格。对于这个问题其实历来有争议，当初就有不少人认为斯丹达尔根本不会写文章，自然谈不上风格。现代人大概很少有这样认为的了。不过，把文学翻译看作两种语言文化竞赛的译者实际上是置原作的风格于不顾的，也许他根本就不认为原作有风格，因为独特性只为一人所有，是不能竞赛的。我认为，《红与黑》的文字风格大体上可以用"简""枯"两个字加以概括。褒者可以称之为简洁与枯涩（这里的枯涩与流畅相对立，多为大作家所赏识，如波德莱尔、茅盾等），贬者可以称之为简单与枯燥。无论是褒还是贬，总之是脱不了"简""枯"二字。以此为基础，还可以加上法国学者所说的"几何学的清晰""数学的精确""《民法》的冷静""明白如话""自然"等等。用阿兰的话说，是"他（斯丹达尔——笔者按）喜欢平常的语言，然而这平常并非通俗"。其实，对于"简""枯"二字，斯丹达尔本人并不避讳，且每有自我批评之意。他在数年后重读《红与黑》的时候，写下了如下的感想："文笔过于涩，过于生。作者叙述的时候只想到思想。他缺乏让−雅克的《忏悔录》中的那种平缓的展开……多米尼克（斯丹达尔往往自称多米尼克——笔者按）对于1830年的才智之士的那种夸张的长句所怀有的厌恶使他陷入涩、生、断、硬之中。"他还在一部自传性的作品中说："我竭尽全力写得枯瘦……""对于现代空话的厌恶使我陷入相反的缺点之中，以致《红与黑》的好几部分写得枯瘦。""夏多布里昂先生和萨尔旺迪先生的匀称、矫饰的句子使他写作《红与黑》的时候文笔过于不连贯。"他还在手稿上写道："《红与黑》的口吻是否过于严峻？"斯丹达尔的自评中说到种种"过于"，那是以当时盛行的浮夸文风为参照的，今日的读者未必作如是感。总之，斯丹达尔追求的是"完全自然"，他"不希望用矫揉造作的手段迷惑读者的心灵"，他认为"最好的风格是让人忘记其为风格，最清晰地让人看见它所表达的思想"，所以他欣赏伏尔泰的"惊人的清晰"、孟德斯鸠的"凝练"和哲学家贝尔的"言简意赅"。上述有关《红与黑》的文字风格的议论，无论褒贬，我们都是可以在阅读中体会到的，称之为"简""枯"也是站得住的。我在反复阅读之后，神差鬼使般地竟然想到了中国人论书法的一句话，这句话是"书到瘦硬方通神"。这就是说，我觉得《红与黑》的文字风格乃是在朴素平实的叙述中透出"瘦""硬"二字所蕴含的神采，也可以说是"外枯中膏"。确认了《红与黑》的文字风格，剩下的就是如何尽量用中文传达出来，当然这"剩下的"其实是最大量、最艰巨的工作。不过，所谓"瘦""硬"，是就文本的总体感觉而言的，并不排斥个别语句、段落的轻灵、雍容甚至华丽。

基于对《红与黑》的风格的这种把握，我在动笔的时候，第一想到的是，严格控制形容词的使用，决不无缘无故地增加修饰语，因为现代汉语的形容词总嫌太多太滥，有时并没有增强或减弱的作用，不过是一些出于习惯的、毫无意义的陈词滥调罢了。例如，不必遇雪就称"皑皑"，遇马就称"骏"（顺便说一句，斯丹达尔认为，"不说马而说骏马，此为虚伪也"），遇大雨就称"滂沱"，遇小雨就称"霏霏"，遇到女人身上的物件就称"玉臂""酥胸""纤手""秀足"等等。第一章《小城》第二段有这样一句：

Les cimes brisées du Verra se couvrent de neige dès les premiers froids d'octobre.

"brisées"译作"嶙峋"，既方便又现成，但不如径直译作"破碎"，既鲜明生动，又贴近原文；"neige"则译作"雪"，连"白"都不要，遑论"皑皑"。原句是简洁的，现译作："十月乍寒，破碎的维拉峰顶便已盖满了雪。"不见一个废字，亦可称简洁。

第二，尽量避免使用成语或四字句。成语自然是汉语的特色，极富表现力，具有深厚的文化内涵，但用在文章里讲究巧妙和适当，用多了反而会给人一种陈腐感或不成熟感。用在译文里更要慎之又慎，否则会引起错误的乃至不伦不类的联想，实为翻译的大忌。至于把它当成点石成金的法宝，就更不可思议了。且看《红与黑》的第一句：

La petite ville de Verrières peut passer pour l'une des plus jolies de la Franche-Comté.

斯丹达尔无意作惊人语，故起得自然平淡，有娓娓道来的风致。然而译家，特别是后来诸君，大概鲜有不想先声夺人的，故起得用力，一个"风光秀美"竟不解气，还要来个"山清水秀，小巧玲珑"，其实何如"漂亮"二字，既指"秀"又指"小"，以少许胜多许？故译作"维里埃算得弗朗什-孔泰最漂亮的小城之一"，具有简洁之美。又如最后一章有"les plus riches provinces de France"一语，译作"法国那些最富庶的省份"，平实而少枝节；倘若译为"锦绣河山"，则未免空洞，亦不准确，何况法国人并不以"锦绣"称河山之美，而且于连当时关心的只是"富庶"而已。成语是用了一个，却难说以四字胜了十字，优势安在？

第三，不应追求文句的抑扬顿挫或人为的光彩，否则会有雕琢感和虚假感。斯丹达尔的语言不是一种富于音乐性的语言，也不以繁复的长句著称，他尤其反对语言的夏多布里昂化（这里所用的"chateaubrianter"明显地具有双关的意义）。倘若"足尺加三"，可能念起来顺口，意思就难保不走样了。例如第一章写制钉的一段：

> Ce travail, si rude en apparence, est un de ceux qui étonnent le plus le voyageur qui pénètre pour la première fois dans les montagnes qui séparent la France de l'Helvétie.

如果译作"这种粗活看来非常艰苦，头一回从瑞士翻山越岭到法国来的游客，见了不免大惊小怪"，初看不过是加了"非常艰苦"四字，细看则是语义尽失，弄巧成拙。这段话说的其实是，制钉这活儿只是看上去"粗笨"，操作起来并不艰苦，所以才由"水灵俏丽的姑娘"来干，而且转眼间小铁块就变成了钉子，在外来人眼中不失为一景（斯丹达尔尝来此地旅行，确称此种活计为"pittoresque"），所以旅人才会"啧啧称奇"。我们仿佛听见他说："真有意思！"他可能有点"少见多怪"，但绝不"大惊小怪"，更不会像译者那样，把这种粗活判为"非常艰苦"，准备为劳动人民鸣冤叫屈了。再说"翻山越岭"，的确化静态为动态，然而却不见得好，因为山已翻过、岭已越过，可能是到了平原地带。而斯丹达尔明明说的是"法国和瑞士之间这片山区"，纵然翻山越岭，人还在山里转，不如径说"进入"，简而明矣。何况所谓旅人者，很可能就是斯丹达尔本人呢。光彩是少了些，但斯丹达尔本来就是反对chateaubrianter的。

　　第四，用语自然，如对人言，切不可雕琢，以至于凿痕累累。例如第十三章说到德莱纳夫人偷情后的心情：

　　Elle se vit aussi heureuse dans dix ans qu'elle l'était en ce moment.
L'idée même de la vertu et de la fidélité jurée à M. de Rênal, qui l'avait
agitée quelques jours auparavant, se présenta en vain, on la renvoya
comme un hôte importun.

本来并不复杂的句子和并不深奥的意思，只因要进行语言竞赛而不得不
雕之琢之，竟被译得面目全非。"她看到自己十年之后，还和现在一样
幸福。对德莱纳先生发誓要忠贞不贰的念头，几天以前还使她心潮起
伏，现在却吹不皱心头的春水，因为一波乍起，风就停了，好像一个不
受欢迎的客人，一出现就给打发走了一样。"已经发过的誓变成了将要
发的誓，而且发誓人还"心潮起伏"，仿佛激动得不能自已，心里藏着
多深的感情似的，其实是她违背了结婚时的誓言，几天前还心烦意乱，
而今虽还记得，却已是不管不顾了。至于什么"春水""波""风"之
类，更是莫名其妙。再说，吹皱一池春水，干卿何事？但是，译文也不
可过于口语化。一听就懂的语言不是一种上乘的文学语言。茅盾说：
"就一般情形而言，欢迎流利漂亮想也不用想一想的文字的，多半是低
级趣味的读者。换一句话说，即是鉴赏力比较薄弱的读者。"茅盾说得
对。再说，不可一般而论口语，有峨冠博带者的口语，有三家村学究的
口语，有引车卖浆者的口语，而斯丹达尔是个读万卷书走万里路的才智
之士，他的口语切不可俗。瓦莱里尝论斯丹达尔的作品的"口吻"，
曰："不顾一切地尖锐；才智之士写作如同说话，有甚至隐晦的影射，
有空白、跳跃和离题；写起来几乎就像是自言自语；取一种自由的、欢
快的闲谈的姿态；有时竟是不加掩饰的独白；时时处处逃避诗笔，且

让人感觉到他在逃避，感觉到他躲过了漂亮句子，这种句子因其节奏和长度而显得过于纯、过于美，成了斯丹达尔嘲弄和憎恶的那种典雅文笔，他在其中只看见矫揉造作、装腔作势、不可告人的小算盘。"我们若注意到《红与黑》是"献给幸福的少数人"的，可知瓦莱里所言不虚。当然，瓦莱里也指出，斯丹达尔有时是为真诚而真诚，反让人觉得不自然。所以译《红与黑》，文句切不可过于通俗，亦不可雕琢过甚。"使老妪能解"，"寻章摘句老雕虫"，都不是斯丹达尔的态度。

第五，斯丹达尔虽然不以写人物对话著称，但是，不同的人在他的笔下仍有口吻的区别。尤其是多人聚会时的谈话，他显然是用了力的，既见锋芒，又见个性，可称精彩。所以，翻译对话时除不用过于俗白的词语外，仍要注意人物特别是主要人物的身份、年龄和教养之不同。例如，卷下第四章《德拉莫尔府》、第八章《哪一种勋章使人与众不同？》、第九章《舞会》、第十二章《这是一个丹东吗？》、第二十二章《讨论》等，都应多下功夫，除展示说话人的音容笑貌外，还可令读者一睹法国客厅谈话的风采，斯丹达尔本人乃是此中高手。

第六，在一般地拒绝抒情化的语句的原则下，留意作者个人感情的流露，因为斯丹达尔的冷静乃是一种内藏激情奔涌欲出的冷静，常会遏制不住而有所流露。第二章里作者凭墙远眺；第十章里于连在山间行走，凝视翱翔的雄鹰；第十二章里于连在山洞里奋笔疾书；等等。或作者直书其"我"，或给主人公有利于宣泄真情的环境，总之是融情入景，以景载情，抒情化的语句要求徐缓的节奏和平稳的展开。请以上述第十章的那一段为例：

　　Julien debout sur son grand rocher regardait le ciel, embrasé par un soleil d'août. Les cigales chantaient dans le champ au-dessus du rocher, quand elles se taisaient tout était silence autour de lui. Il voyait à ses pieds vingt lieues de pays. Quelque épervier parti des grandes roches au-dessus de sa tête était aperçu par lui, de temps à autre, décrivant en silence ses cercles immenses. L'oeil de Julien suivait machinalement l'oiseau de proie. Ses mouvements tranquilles et puissants le frappaient, il enviait cette force, il enviait cet isolement.

行文从容不迫，用词准确平实，正与环境的宁静相合，而雄鹰的出现与动作表明这是一种蕴涵着力量的宁静，这正是主人公的心境的写照，故译文照实写来，模仿原文的沉稳有力的节奏，而不求简洁，恐失力度。现录出，供检验："于连站在那块巨大的悬岩上，凝视着被八月的太阳烤得冒火的天空。蝉在悬岩下面的田野上鸣叫，当叫声停止的时候，周围一片寂静。方圆二十里的地方展现在他的脚下，宛然在目。于连看见一只鹰从头顶上那些大块的岩石中飞出，静静地盘旋，不时画出一个个巨大的圆圈。于连的眼睛不由自主地跟随着这只猛禽。这只猛禽的动作安详宁静，浑厚有力，深深地打动了他，他羡慕这种力量，他羡慕这种孤独。"译文避免了"骄阳似火"之类的套话，而以"烤"字暗含其意；最后的两个分句，"他"字一定要重复，方显得有力量。

　　第七，斯丹达尔写作《红与黑》时，已经四十七岁，是一个饱经事功和感情风霜的中年人，故翻译《红与黑》时，遣词造句不可有年轻人的幼稚和火气，又不能有老年人的圆滑和暮气，简言之，要于枯瘠中见膏腴，于沉静中见轻灵，于凝练中见活泼。原作中有些词反复出现，当有深意存焉，不可随意更换译法。如"la passion"，所见处，应一律以"激情"译之，少有例外，不能出之以"热情""热情奔放""意气风发"之类。

第八，袁宗道有言："夫时有古今，语言亦有古今。"故对于祖国语言的演化理应留意，但又应取谨慎警惕的态度。译《红与黑》，我们不能用时间上相去不远的《红楼梦》的语言，不能用差不多同时的桐城派的语言，也不能用时下的各种味儿的小说的语言，尤应避免当代的流行语或地域性的俏皮话羼入其中，只能使译文的语言在总体上保持在标准的当代书面文学语言的水平上，而且不排斥必要的欧化句子，使读者不致误会这是一位精通中文，尤其是古文功底深厚的洋人写的书。

以上种种想法当然不是"约法八章"，并未曾置之座右，时时省察，不敢稍懈，但也确实是在走笔疾书中时常想到的，不过事后稍作理董而已。八条即列，读后不觉汗颜，倘读者以此八条责我，我必不能朗声对曰："此斯丹达尔也！"然而我可以说，这是一个当代中国人心目中的斯丹达尔，而且他自以为知道斯丹达尔的音容笑貌。让他遗憾的只是力有不逮，不能传达得惟妙惟肖。斯丹达尔写《红与黑》，乃信笔由之，"辞达而已矣"。译者翻译《红与黑》，则须自设藩篱，循迹而行。译完《红与黑》，唯一令我欣慰的是，我从旧译中卸掉了五万个汉字。

日内瓦大学教授让·斯塔罗宾斯基尝论翻译："什么是翻译？翻译乃是让人接受，首先只是一只注意倾听的耳朵，然后利用我们的语言资源赋予这个声音以形体，使最初的音调的变化得以继续存在。任何真正完成了的翻译都建立起一种透明，创造一种能够传达先在的意义的新语言：……这样完成的作品乃是一种创造性的中介。"细按文意，实在是

"信、达、雅"的另一种表述。所谓"透明"者，非风格而何？

　　谈文学翻译，其实是谈我心目中的文学翻译；举的例子是自己的译作，并不意味着自己的译作是最好的，不过是熟悉亲切而已。讲得对与不对、正确与错误，是我自己的事，但是既已公之于众，还希望得到大家的批评和指正。